지음 |
카와하라 레키

일러스트 |
abec

옮김 |
김완

001

REKI KAWAHARA   ABEC   bee-pee

SWORD ART ONLINE
Aincrad

"싸게 사들여 싸게 제공하는 게
우리 가게의 모토거든."

에길 § 아인크라드 제50층에 위치한 도시
《알게이드》의 매매상

"웬일이야, 아스나?
이런 데를 다 들르고."

키리토 § 아인크라드 최상층 도달을 목표로 하는
《솔로 플레이어》 검사

"키리토 군."

─아스나 § ≪섬광≫이란 별명을 가진,
길드 ≪혈맹기사단≫의 부단장

"댁보단 잘할 걸?"

"……죽여버리겠어……
반드시 죽여버리겠어…….
네놈 같은 피라미 플레이어가 아스나 님을
호위할 수 있을 것 같으냐!!"

크라딜 § 길드 《혈맹기사단》의 멤버이며
아스나의 호위를 맡은 검사

"나와 싸워 이긴다면 아스나 군을 데려가게.
허나 패한다면 자네가 혈맹기사단에 들어오는 걸세."

성기사 히스클리프 § 십자 방패를 사용하는
최강의 《혈맹기사단》 길드 리더

"이, 이쪽…… 보지 마…….."

거대 부유성

아인크라드

전체 100층에 이르는, 암석과 강철로 이루어진 성. 내부에는 수많은 대도시, 소도시, 마을, 숲과 초원, 호수 등이 존재한다. 상하층을 잇는 계단이 각 층마다 하나씩 존재하지만, 이는 모두 괴물이 우글거리는 위험한 미궁 구역에 있다. 이 세계의 플레이어들은 무기 하나에 의지해 그곳을 돌파, 상층으로 가는 통로를 찾아내고 강력한 수호 몬스터를 쓰러뜨리며 끝없이 성 정상을 향한다. 몬스터와의 전투 외에도 대장장이 기술이나 가죽 세공, 재봉 같은 제조에, 낚시며 요리, 음악 등에 이르기까지 플레이 범위는 다채로우며, 광대한 필드를 모험하는 것만이 아니라 말 그대로 《생활》하는 것도 가능하다.

《아인크라드》란 VRMMORPG라는 세계 최초의 게임 장르를 표방한 《소드 아트 온라인》의 무대가 되는 세계이다.

「이것은 게임이지만
놀이가 아니다.」

—『소드 아트 온라인』 프로그래머 카야바 아키히코』

SWORD ART ONLINE
Aincrad

REKI KAWAHARA

ABEC

BEE-PEE

●커버 그림, 본문 일러스트 | abec

무한한 창공에 떠 있는 거대한 암석과 강철의 성.

그것이 이 세계의 전부이다.

할 일 없는 어떤 기술자 클래스들이 한 달에 걸쳐 측량한 결과 기반 플로어의 직경이 약 10킬로미터—세타가야 구가 그대로 들어갈 만한 크기란 사실을 알아냈다고 한다. 그 위에 무려 100개에 달하는 플로어가 쌓여 있다니, 그 까마득한 넓이는 상상을 초월한다. 총 데이터의 양은 얼마나 되는지 헤아릴 길도 없다.

내부에는 몇 개의 대도시와 수많은 일반 도시 및 마을, 숲과 초원, 호수마저 존재한다. 상하 플로어를 잇는 계단은 각 플로어마다 하나뿐이며, 그나마 모두 괴물들이 득실거리는 위험한 미궁구역에 존재하기 때문에 발견도, 돌파도 쉽지 않다. 하지만 아무나 한 번만 돌파해 상부 플로어 도시에 도착하면 그곳과 하층 플로어 각 도시의 《텔레포트 게이트》가 연결되므로 누구나 자유로이 이동할 수 있게 된다.

그렇게 해서 이 거성(巨城)은 2년에 걸쳐 현재까지 천천히 공략되고 있다. 현재의 최전선은 제74플로어.

성의 이름은 《아인크라드》. 약 6천 명이나 되는 인원을 집어삼킨 채 떠 있는 검과 전투의 세계. 또 다른 이름은—

《소드 아트 온라인》.

1

회색으로 빛나는 검극이 내 어깨를 살짝 갈랐다.

시야 왼쪽 위에 고정 표시된 가느다란 라인의 길이가 조금 줄어들었다. 동시에 가슴 속을 서늘한 손이 쓰다듬고 지나간다.

푸른 가로줄— 'HP(Hit Point)바' 라고 불리는 그것은 나의 생명력 잔량을 가시화한 것이다. 아직 최대치의 80퍼센트 이상이 남아 있다. 아니, 이 표현은 적절하지 않다. 나는 지금 20퍼센트 가량 죽음에 다가섰다.

적의 검이 다시 공격 모션에 들어가기도 전에 나는 크게 뒤로 대시해 거리를 벌렸다.

"허억…………."

억지로 크게 공기를 내뱉어 호흡을 가다듬는다. 이 세계의 《몸》에는 산소가 필요 없지만 저쪽, 즉 현실세계에 드러누운 내 몸은 지금 격렬하게 호흡을 되풀이하고 있을 것이다. 축 늘어진 손에서는 흥건히 식은땀이 배어나오고 심박도 천정부지로 가속하고 있으리라.

당연한 노릇이다.

설령 내가 보고 있는 모든 것이 3D 가상 오브젝트이며, 줄어든 것은 수치화된 히트 포인트라 해도 나는 지금 분명히 자신의 목숨을 담보로 싸우고 있으니까.

그렇게 따진다면 이 전투는 지극히 불공평하다. 왜냐하면 눈앞의 《적》―짙은 녹색으로 번들번들 빛나는 비늘 덮인 피부와 긴 팔, 도마뱀의 머리와 꼬리를 가진 반인반수(半人半獸) 괴물은 외모대로 인간도 아니거니와 진짜 생명을 가진 것도 아니다. 몇 번을 죽어도 시스템에 의해 무한히 재생성되는 디지털 덩어리.

―아니지.

지금 저 도마뱀 인간을 움직이는 AI 프로그램은 내 전술을 관찰하고 학습하여 대응력을 시시각각 향상시키고 있다. 하지만 그 학습 데이터는 현재의 개체가 소멸하는 순간 리셋되어 다음에 이 에이리어에 *리젠될 동종 개체에는 피드백되지 않는다.

그러니 어떤 의미로는 이 도마뱀 인간도 살아 있다. 세계에 유일무이한 존재로서.

"……그렇지?"

내가 중얼거린 말을 이해했을 리도 없지만, 도마뱀 인간―레벨 82 몬스터 《리저드맨 로드》는 가늘고 긴 턱에 돋아난 날카로운 송곳니를 드러낸 채 후르르, 하고 웃어 보였다.

현실이다. 이 세계의 모든 것은 현실. 가상공간의 가짜 따위는 하나도 없다.

나는 오른손에 쥔 한손용 롱 소드를 몸 정중선에 맞춰들고

---

*리젠 : 게임 용어로 regenerated의 줄임말. 게임 내에서 몬스터나 채집자원 등의 요소가 사라진 후 일정한 주기로 재생성되는 것을 말한다.

적을 노려보았다.

리저드맨도 왼손의 버클러(buckler)를 내밀며 오른손의 시미타(scimitar)를 뒤로 뺐다.

어두침침한 미궁의 통로 안에 어디선가 싸늘한 바람이 불어와선 벽의 횃불을 흔들었다. 깜빡거리는 불꽃들이 축축한 돌바닥에서 언뜻언뜻 반사되었다.

"크르아!!"

무시무시한 포효와 함께 리저드맨 로드가 땅을 박찼다. 멀리서 시미타가 예리한 원호를 그리며 내 품까지 날아들었다. 선명한 오렌지색 궤적이 허공에 눈부시게 빛난다. 곡도(曲刀) 카테고리에 속하는 상위 소드 스킬, 단발 중공격기 《펠 크레센트(Fell Crescent)》. 사정거리 4미터를 0.4초 만에 좁히며 달려오는 우수한 돌진계 소드 스킬이다.

하지만 나는 그 공격을 미리 읽고 있었다.

그렇게 되도록 일부러 거리를 계속 벌리면서 적의 AI 학습을 유도한 것이다. 시미터의 칼끝이 코앞 몇 센티미터 거리를 가르고 타는 듯한 냄새를 남기는 것을 의식하며 낮은 자세로 리저드맨의 몸에 밀착한다.

"……차앗!"

기합과 함께 오른손의 검을 수평으로 그었다. 하늘색 광원 이펙트를 두른 칼날이 비늘 엷은 배를 헤집자 혈액 대신 선홍색 빛줄기가 뿌려졌다. 키엑, 하는 둔중한 비명.

하지만 내 검은 멈추지 않는다. 수행된 모션에 따라 시스템이 자동적으로 내 움직임을 보조하며, 원래라면 불가능할 속도로 다음 일격을 이어준다.

이것이 이 세계에서 전투를 결정짓는 최대의 요소, 《검기(劍技)》—《소드 스킬》이다.

왼쪽에서 오른쪽으로 튀어 되돌아온 검이 다시 리저드맨의 가슴을 갈랐다. 나는 그대로 몸을 빙글 1회전시켰고, 제3격은 적의 몸을 한층 깊이 베었다.

"으그르르악!!"

리저드맨은 큰 스킬을 헛친 후의 경직이 풀리자마자 분노인지 공포인지 모를 포효와 함께 오른손의 시미타를 높이 치켜들었다.

하지만 나의 연속기는 아직 끝나지 않았다. 오른쪽으로 회전하면서 그었던 검이 용수철에 튕기듯 왼쪽 위로 솟구치며 적의 심장—크리티컬 포인트를 직격했다.

도합 네 차례의 연속공격에 의해 내 주위에 마름모꼴로 그려진 하늘색 빛의 라인이 화악 눈부시게 흩어졌다. 수평 4연격 소드 스킬, 《호리전틀 스퀘어(Horizontal Square)》.

선명한 광원 이펙트가 미궁의 벽을 강하게 비추더니 엷어졌다. 동시에 리저드맨의 머리 위에 표시된 HP바 또한 1도트도 남지 않고 사라졌다.

긴 단말마를 흘리며 뒤로 넘어지던 녹색 거구가 부자연스러운 각도에서 딱 멈추더니—

유리 덩어리를 깨뜨리는 듯한 큰 소리와 함께 미세한 폴리곤 파편이 되어 산산조각으로 사라졌다.

이것이 이 세계의 《죽음》이다. 순간적이며, 또한 간결하다. 일절 흔적을 남기지 않는 완전한 소멸.

나는 시야 한가운데에 보라색 폰트로 떠오르는 가산 경험치와 드롭 아이템 리스트를 흘끔 쳐다보고 검을 좌우로 턴후 등의 칼집에 집어넣었다. 그리고 그대로 몇 걸음 물러나 미궁 벽에 등을 대고는 비척비척 쓰러지듯 미끄러지며 주저앉았다.

꽉 막혔던 호흡을 크게 내뱉고 두 눈을 질끈 감자 오랜 시간 혼자 전투했던 피로 탓인지 관자놀이 안쪽이 묵직하게 아팠다. 몇 번씩 머리를 크게 흔들어 아픔을 떨쳐낸 후 다시 눈을 떴다.

시야 오른쪽 아래에 빛나는 시각 표시는 이미 오후 3시를 넘어섰다. 슬슬 미궁을 나서지 않는다면 어두워지기 전에 도시로 돌아갈 수 없다.

"…………그만 갈까."

누가 듣는 것도 아니지만, 나는 그렇게 툭 내뱉고 천천히 일어났다.

하루치 《공략》이 끝났다. 오늘도 어찌어찌 사신의 팔을 빠져나와 살아남았다. 하지만 본거지에 돌아가 짧은 휴식을 취하면 금세 또 내일의 싸움이 찾아온다. 아무리 안전선을 친다 하더라도 승률이 100퍼센트가 아닌 전투를 무한히 반복하다 보면 언젠가는 운명의 여신에게 배신당할 때가 올 것이다.

문제는 내가 스페이드 에이스를 뽑기 전에 이 게임이 《클리어》될 것인가, 말 것인가— 바로 그것이다.

생환을 가장 우선시한다면 안전권인 마을에서 한 걸음도 나가지 않고 다른 사람이 클리어해줄 날을 언제까지고 기다리는 것이 현명하리라. 하지만 그렇게 하지 않고 매일 최전선에 솔로로 기어들어가, 죽음의 위험과 맞바꿔 *스탯 강화를 반복하는 나는 *VRMMORPG에 뼛속까지 심취한 중독자일까, 아니면—

불손하게도 자신의 검으로 세상을 해방시키겠다는 생각이나 하는 바보천치인가.

어렴풋한 자조의 웃음을 띤 채 미궁구역의 출구를 향해 걸음을 옮기며, 나는 문득 그날을 떠올리고 있었다.

2년 전.

모든 것이 끝나고, 그리고 시작되었던, 그 순간을.

2

"으헉…… 에잇…… 으헤에에엑!!"

기묘한 기합에 맞춰 엉망진창으로 휘둘러진 검이 횡 횡 횡 공기만을 갈랐다.

---

*스탯 : 스테이터스(status)의 약어. 게임 내 캐릭터의 능력을 나타내는 수치들을 통틀어 일컫는 말.
*VRMMORPG : Virtual Reality Massively Multiplayer Online Role-Playing Game. 가상헌실 대규모 다중접속 온라인 RPG.

그 직후, 거구 치고는 준민한 움직임으로 검을 회피한 푸른 멧돼지가 공격자를 향해 맹렬히 돌진했다. 그가 멧돼지의 납작한 콧등에 들이받혀 허공을 날다 초원을 데굴데굴 구르는 꼴을 보고 나도 모르게 웃음을 터뜨렸다.

　"하하하…… 그게 아니야. 초동 모션이 중요하다니깐, 클라인."

　"아야야…… 저 자식."

　투덜거리며 일어난 공격자—파티 멤버인 클라인은 나를 흘끔 보며 한심한 목소리로 대답했다.

　"하지만 키리토, 아무리 그래도…… 저놈이 움직이는 걸 어떡하라고."

　붉은 기운이 감도는 머리카락을 이마의 반다나로 거꾸로 세우고, 장신의 늘씬한 체구에 간소한 가죽 갑옷을 입은 그와는 겨우 몇 시간 전에 만났다. 만약 피차 본명을 밝혔더라면 경칭을 생략하기는 어려웠겠지만, 그의 이름 클라인, 그리고 내 이름 키리토는 이 게임에 참가하며 명명한 캐릭터 네임이니 '씨'나 '군'을 붙여봤자 오히려 우스울 뿐이다.

　그 클라인의 다리가 후들후들 떨리고 있다.

　'조금 어지러운가 보다.'

　나는 왼손으로 발밑의 덤불에서 조약돌을 집어 어깨 위에 딱 치켜들었다. 시스템이 소드 스킬의 퍼스트 모션을 검출하자 조약돌이 어렴풋한 녹색으로 빛났다.

　그 후에는 거의 자동적으로 왼손이 움직이고, 공중에 선명한 빛의 라인을 그리며 날아간 조약돌은 다시 돌진에 들어가려던 푸른 멧돼지의 미간에 명중했다. 키이—익! 하는 분노의 외침을 올리며 멧돼지가 내 쪽을 돌아보았다.

"움직이는 거야 당연하지. 훈련용 허수아비가 아닌걸. 하지만 모선을 제대로 일으켜서 소드 스킬만 발동하면 그 다음엔 시스템이 스킬을 명중시켜준다고."

"모션…… 모션……."

주문처럼 반복해서 중얼거리며 클라인이 오른손에 쥔 커틀라스(cutlas)를 획 치켜들었다.

푸른 멧돼지, 정식 명칭 《프렌지 보어》는 레벨 1짜리 피라미 몬스터인데도, 공격은 빗나가고 반격은 얻어맞는 사이에 클라인의 HP바는 반 가까이 줄어들고 말았다. 딱히 죽는대 봤자 바로 근처에 위치한 《시작도시》에서 소생하면 그만이지만, 다시 이 사냥터까지 걸어오는 것도 귀찮다.

이 전투를 끝낼 수 있는 것은 앞으로 공방 한 번 정도를 펼칠 때까지가 한계일 것이다.

나는 멧돼지의 돌진을 오른손의 검으로 막으며 고개를 갸웃했다.

"으—음, 어떻게 설명하면 좋을까……. 하나 둘 셋 하면서 자세를 잡고 칼을 들어 베는 게 아니라, 초동 모션 때 살짝 힘을 모았다가, 스킬이 발동되는 게 느껴지면 그 다음에는 이렇게 파바—악! 하고 파고드는 느낌으로……."

"파바—악, 이라니……."

악취미스러운 무늬의 반다나 밑에서 강인하게 다잡힌 얼굴을 딱한 몰골로 일그러뜨리며, 클라인은 곡도를 중단으로 겨누었다.

스읍, 후우—, 심호흡을 한 후 자세를 낮추고, 오른쪽 어깨에 짊어지듯 검을 치켜든다. 이번엔 제대로 규정 모션이 검출되어, 천천히 호를 그리는 칼날이 오렌지색으로 번뜩 빛났다.

"차앗!"

굵은 기합 소리와 동시에, 이제까지와는 완전히 다른 매끄러운 움직임으로 왼발이 땅을 박찼다. 스걱—! 하는 시원한 효과음이 울려 퍼지며 칼날이 불꽃색 궤적을 허공에 그렸다. 한손용 곡도 기본 스킬 《리버(Reaver)》가 막 돌진에 들어가려던 푸른 멧돼지의 목에 멋지게 명중해, 클라인과 마찬가지로 반쯤 남아 있던 HP를 날려버렸다.

꾸웨엑— 하는 불쌍한 단말마에 이어 거구가 유리처럼 박살나고, 내 눈앞에 보라색 폰트로 가산 경험치 숫자가 떠올랐다.

"우앗싸아아아아!"

요란한 승리 포즈를 취하던 클라인이 만면에 미소를 띠며 날 돌아보고는 왼손을 크게 치켜들었다. 짜악, 하이파이브를 나눈 후 나는 다시 한 번 웃었다.

"첫 승리 축하해. ……하지만 그 멧돼지, 다른 게임으로 치면 슬라임 수준인데."

"엑, 진짜?! 난 무슨 중간 보스쯤 되는 줄 알았어!"

"그럴 리가 있냐."

나는 웃음을 쓴웃음으로 바꾸며 검을 등의 칼집에 넣었다.

말로는 놀려댔지만, 클라인의 기쁨과 감동은 나도 잘 이해한다. 지금까지는 경험과 지식 모두 클라인보다 두 달이나 웃도는 나만 몬스터를 쓰러뜨렸기 때문에, 그는 이제야 겨우 자기 검으로 적을 분쇄하는 상쾌함을 맛볼 수 있었던 것이다.

복습을 하려는지, 같은 소드 스킬을 몇 번이고 되풀이하며 신나게 괴성을 질러대는 클라인을 내버려둔 채 나는 주위를 둘러보았다.

사방으로 한없이 펼쳐진 초원은 어렴풋하게 붉은색을 띠기 시작한 햇빛 아래에서 아름다운 빛을 발했다. 까마득히 북쪽으로는 숲의 실루엣, 남쪽으로는 반짝이는 호수, 동쪽으로는 도시를 에워싼 성벽을 어렴풋하게 내다볼 수 있었다. 그리고 서쪽에는 무한히 이어진 하늘과 금색으로 빛나는 구름의 무리.

우리는 거대 부유성(浮遊城) 《아인크라드》 제1플로어 남쪽 끝에 존재하는 스타트 지점 《시작도시》의 서쪽에 펼쳐진 필드에 서 있었다. 주위에는 우리와 마찬가지로 적잖은 수의 플레이어가 몬스터와 싸우고 있겠지만, 공간의 어마어마한 규모 때문인지 시야에 다른 사람은 들어오지 않았다.

그제야 만족했는지 클라인이 검을 허리의 칼집에 집어넣으며 다가와선 나와 마찬가지로 주위를 두리번거렸다.

"하지만 거참…… 이렇게 몇 번을 둘러봐도 믿겨지지 않아. 여기가 《게임 속》이라니."

"속이라곤 해도 딱히 영혼이 게임 세계에 빨려들어 온 건 아니야. 우리의 뇌가 눈이나 귀를 대신해 직접 보고 듣는 것뿐이니까……. 《너브 기어》가 전자파에 실어 흘려보내주는 정보를."

내가 어깨를 으쓱하며 말하자 클라인은 어린아이처럼 입술을 비죽거렸다.

"너야 이젠 익숙하겠지. 하지만 난 《풀 다이브》 체험은 이게 처음인걸! 정말 대단하지 않냐고. 거참…… 진짜 이 시대에 태어나 다행이야!!"

"오버하기는."

웃으면서도 내심으론 나도 완전히 동감했다.

《너브 기어(Nerve Gear)》.

그것이 이 VRMMORPG―《소드 아트 온라인》을 움직이는 게임 하드웨어의 이름이다.

하지만 그 구조는 지난 시대의 거치형 머신과는 근본적으로 다르다.

'평면 모니터 장치'와 '손으로 조작하는 컨트롤러' 같은 두 개의 *맨머신 인터페이스를 필요로 하던 구식 하드웨어와는 달리 너브 기어의 인터페이스는 하나뿐이다. 머리에서 얼굴까지 완전히 감싸는 유선형 헤드기어.

그 내부에는 무수한 신호소자가 내장되어 있어, 이들이 발

---

*맨머신 인터페이스 : Man-Machine Interface. 컴퓨터와 이를 사용하는 인간 사이를 이어주는 역할을 하는 입출력 장치들의 통칭. 키보드나 모니터 등이 대표적이라 할 수 있다.

생시키는 다중 전자계를 통해 기어는 유저의 뇌 그 자체에 직접 접속한다. 유저는 자신의 눈이나 귀가 아니라 뇌의 시각영역 및 청각영역에 직접 주어지는 정보를 보고 듣는 것이다. 그뿐만이 아니라 너브 기어는 촉각이며 미각, 후각을 더한, 말하자면 모든 오감에 액세스할 수 있다.

헤드기어를 장착하고 턱밑에 고정 암을 잠근 후 개시 커맨드인 《링크 스타트》 한 마디를 말하는 순간, 온갖 노이즈는 사라지고 시야는 어둠에 휩싸인다. 그 한가운데로부터 펼쳐지는 무지개 색 고리를 빠져나가면 그곳은 이미 모든 것이 디지털 데이터로 구축된 다른 세상이다.

즉.

반년 전, 2022년 5월에 발매된 이 머신은 마침내 완전한 《버추얼 리얼리티》를 실현한 것이다. 너브 기어를 개발한 대형 전자기기 메이커는 너브 기어로 가상공간에 접속하는 행위를 이렇게 표현했다.

《풀 다이브(Full Dive)》라고.

그야말로 '풀'이라는 이름에 어울리는, 현실과의 완벽한 격리였다.

왜냐하면 너브 기어는 가상의 오감 정보만을 전달하는 것뿐만이 아니라—뇌에서 유저의 몸에 보내는 명령까지 차단, 회수하기 때문이다.

그것은 가상공간에서 자유로이 움직이기 위해서는 필수적인 기능이라고도 할 수 있다. 만약 현실의 몸에 대한 명령이 살아 있다면, 가령 풀 다이브한 유저가 가상공간에서 《달린다》는 의지를 발생시키는 순간 현실의 몸 또한 동시에 달려나가 자기 방의 벽에 격돌하고 말 것이다.

너브 기어가 뇌의 연수(延髓)에서 몸으로 보내는 명령 신호를 회수해 아바타를 움직이기 위한 디지털 신호로 변환해주는 덕에, 나나 클라인은 가상의 전장을 자유로이 돌아다니며 검을 휘둘러댈 수 있는 것이다.

게임 속으로 뛰어든다.

그 체험의 임팩트는 나를 포함한 수많은 게이머들을 깊이 매료시켰다. 이제 두 번 다시 터치펜이니 모션 센서 수준의 인터페이스로는 돌아갈 수 없을 것이라 확신하고 말 정도로.

바람에 나부끼는 초원이나 저편의 성벽을 쳐다보면서 진짜로 눈물을 글썽거리는 클라인에게 물었다.

"그럼 넌 너브 기어용 게임 자체도 이 《SAO》가 처음인 거야?"

전국시대의 젊은 무사처럼 늠름하고 단정한 얼굴을 내게 향하며 클라인은 끄덕였다.

"응."

진지한 표정을 지으면 사극의 주인공도 맡을 수 있을 정도로 멋진 풍채이지만, 이 용모는 물론 현실의 외모와는 다르다. 다종다양한 항목을 세밀하게 조정해 무(無)에서 창조한 아바타인 것이다.

당연히 나도 민망할 정도로 멋들어진, 판타지 애니메이션의 주인공 같은 용모를 갖추고 있다.

야무진 미성으로 클라인이 말을 이었다. 이것도 물론 현실과는 다른 목소리이리라.

"정확히 말하자면 SAO를 구할 수 있었던 덕에 허겁지겁 하드웨어도 산 거였어. 초회 물량이 겨우 1만 개뿐이었으니. 나도 운이 좋았지. ……뭐, 그렇게 따지자면 SAO 베타테스트에 뽑힌 네가 열 배는 더 운이 좋겠지만. 그거 겨우 천 명 뽑는 거였잖아!"

"으, 응, 그런 셈인가?"

빤히 노려보는 클라인. 나는 나도 모르게 머리를 긁었다.

《소드 아트 온라인》이라는 이름의 게임 타이틀이 각 미디어에 대대적으로 발표됐을 때의 흥분과 열광은 어제 일처럼 똑똑히 기억한다.

풀 다이브라는 신세대 게임 환경을 실현한 너브 기어. 하지만 너무나도 참신한 장치인 탓에 정작 중요한 소프트웨어는 영 신통찮은 것만이 발표되었다. 전부 시시한 퍼즐이나 교육, 환경 계열 타이틀뿐인지라 나 같은 게임 중독자들은 점점 더 큰 불만을 품게 된 것이다.

너브 기어는 진정한 가상세계를 만들어낸다.

그런데도 그 세계가 100미터를 걸으면 벽에 부딪치는 갑갑한 것이어서야 본말전도 아닌가. 하드웨어 발매 당시엔 자신이 게임 속에 들어간다는 체험에 푹 빠졌던 나나 다른 코어 게이머들이 금세 어떤 장르의 타이틀을 목이 빠져라 기다리게 된 것도 당연한 흐름이리라.

즉, 네트워크 대응 게임—그것도 광대한 이세계(異世界)에 수천, 수만의 플레이어가 동시에 접속해 자신의 분신을 키우고, 싸우고, 살아가는, MMORPG를.

그리고 기대와 갈망이 한계에 달했을 무렵, 때를 맞춰 발표된 것이 VRMMORPG라는 세계 최초의 게임 장르를 표방한 《소드 아트 온라인》이었던 것이다.

게임의 무대는 100개에 달하는 플로어를 가진 거대한 부유성.

초원이며 숲이며 마을까지 존재하는 그곳을 플레이어들은 무기 한 자루에 의지해 헤쳐나가 상부 플로어로 통하는 통로를 발견하고, 강력한 수호 몬스터를 쓰러뜨리며 끝없이 성의 정상으로 향한다.

판타지 MMORPG에선 필수적이라 여겨졌던 《마법》 요소는 대담하게 배제되었으며, 대신 《소드 스킬》이라는 이름의, 말하자면 필살기가 무한에 가깝게 설정되어 있다. 자신의 몸과 검을 실제로 움직여 싸운다는 풀 다이브 환경을 최대한 체감시키려는 기획의도 때문이었다.

스킬은 전투용 외에도 대장장이며 가죽세공이니 재봉 같은 생산용, 낚시나 요리에서 음악 같은 일상용까지 다채로워, 플레이어는 광대한 필드를 모험하는 것만이 아니라 말 그대로 《생활》을 누릴 수 있다. 원한다면, 그리고 노력이 따라준다면 자신만의 집을 사들여 밭을 일구고 양을 치며 살아가는 것도 가능하다.

이런 정보들이 단계적으로 발표될 때마다 게이머들의 열광은 뜨거워져만 갔다.

겨우 천 명으로 한정해 모집한 베타테스트 플레이어, 즉 정식 서비스 개시 전의 가동 시험 참가자 선발에는 당시 너브기어 총 판매수의 절반에 달하는 10만 명의 응모가 쇄도했다고 한다. 내가 그 좁은 문을 뚫고 당선된 것은 오로지 운덕이었다. 게다가 베타테스터에게는 그 후 정식판 패키지의 우선 구입권이라는 보너스까지 딸려 있었다.

두 달에 걸친 테스트 기간은 그야말로 꿈같은 나날이었다. 나는 학교에 있는 동안에는 끝없이 스킬 구성이며 장비 아이템에 대해 생각했고, 수업이 끝나면 쏜살같이 귀가해 새벽이 올 때까지 다이브했다. 눈 깜짝할 사이에 베타테스트가 끝나고, 내가 키운 캐릭터가 리셋된 날에는 마치 내 반쪽을 잃는 듯한 상실감을 맛보았다.

그리고 오늘—2022년 11월 6일, 일요일.

오후 1시에 모든 준비를 마친 《소드 아트 온라인》의 정식 서비스가 시작되었다.

당연히 나는 30분 전부터 대기하고 있다가 1초의 지체도 없이 로그인했는데도, 서버 상태를 확인하니 접속자는 이미 9천5백을 넘어섰다. 다른 운 좋은 구입자들도 나와 마찬가지 심정이었던 모양이다. 대형 통신판매 사이트는 어느 곳이나 상품 등록 몇 초 만에 초회 입고 분량이 매진되었다고 하며, 어제 시작된 오프라인 판매 또한 사흘 전부터 밤새 줄을 선 극성팬들 때문에 뉴스에까지 실렸으니, 말하자면 패키지를 구입한 사람은 거의 100퍼센트 중증 온라인 게임 중독자인 셈이다.

그것은 이 클라인이라는 친구가 보여주었던 온라인 게이머 내공에서도 여실히 드러난다.

SAO에 로그인해 그리운 《시작도시》의 돌판 깔린 길을 밟은 나는 복잡한 뒷골목 안에 위치한 염가 무기상을 향해 달려가려고 했다. 망설임 없는 그 대시를 보고 날 베타테스터라고 간파했던 것이리라. 클라인은 나를 불러 세우더니,

"조금만 가르쳐주라!"

라고 애원했던 것이다.

초면에 이리도 당당하고 뻔뻔할 수가. 어처구니가 없다 못해 감탄한 나는,

"어, 응. 그럼…… 무기상 갈래?"

라고 안내 *NPC 같은 대응을 보이고 말았으며, 어영부영 파티를 맺고 필드에서 전투 기초까지 가르쳐주게 되어—현재에 이렀다.

솔직히 말해서 나는 게임에서도 현실세계와 마찬가지로, 혹은 그 이상으로 사람을 잘 사귀지 못한다. 베타테스트 때는 아는 사람도 많이 생겼지만 친구라 부를 만한 상대는 결

---

*NPC : Non-Playable Character의 약자. 플레이어가 조작하지 않으며 인공지능 등으로 움직이는 캐릭터의 총칭. 몬스터 같은 적도 넓은 의미로는 여기에 포함된다.

국 하나도 만들지 못했다.

하지만 이 클라인이라는 녀석은 신기하게도 남에게 잘 파고드는 면이 있었고, 게다가 나도 그것이 불쾌하지 않았다. 잘만 하면 이 녀석과는 오랫동안 트고 지낼 수 있을지도 모르겠다고 생각하면서 나는 다시 입을 열었다.

"그럼…… 어떡할래? 감 잡을 때까지 사냥이나 더 해볼까?"

"당연하지! ……라고 하고 싶지만……."

클라인의 곱상한 눈이 슬쩍 오른쪽 아래를 향했다. 시야 한 구석에 표시된 현재 시각을 확인한 모양이다.

"……일단 접속종료하고 밥 좀 먹어야겠다. 5시 반에 피자 배달을 시켜놨거든."

"준비 철저하네."

어처구니없어하는 내게 클라인은 가슴을 펴며 당당히 말했다.

"그러엄! 아, 그리고 나, 이따가 다른 게임에서 알게 된 애들하고 《시작도시》에서 만나기로 약속했거든. 어때? 소개해 줄 테니까 걔들하고도 프렌드 등록하지 않을래? 그럼 언제든지 메시지 날릴 수 있어서 편하잖아."

"어…… 으음……."

나는 나도 모르게 우물거렸다.

이 클라인이라는 녀석과는 자연스럽게 사귀었지만 그 친구들과도 똑같이 친해질 수 있으리라는 보장은 없다. 오히려 그쪽과 잘 지내지 못해 클라인과도 어색해지고 말 가능성이

더 높을 것 같았다.

"그럴까나⋯⋯."

나의 시원찮은 대답에 클라인은 그 이유까지 알아차렸는지 금방 고개를 저었다.

"아, 물론 억지로 그러라는 건 아니야. 조만간 소개할 기회도 있을 테니까."

"⋯⋯응, 미안. 고마워."

사과하자 클라인은 다시 한 번 요란하게 고개를 가로저었다.

"야야, 인사는 내가 해야지! 네 덕에 엄청 도움 많이 됐어. 이 은혜는 조만간 확실하게 갚을게. 정신적으로."

클라인은 씨익 웃더니 다시 시계를 쳐다본다.

"⋯⋯그럼, 난 잠깐 끊는다. 진짜로 땡큐, 키리토. 앞으로도 잘 부탁해."

그리고 척 내미는 오른손. 나는 분명 이 녀석이 《다른 게임》에선 훌륭한 리더였을 것이라 생각하며 손을 맞잡았다.

"나야말로 잘 부탁해. 또 물어볼 거 있으면 언제든 불러."

"그래. 앞으로 종종 신세 좀 지자."

그리고 우리는 손을 놓았다.

내게 있어 아인크라드—혹은 소드 아트 온라인이라는 이름의 세계가 즐겁기만 한 《게임》이었던 것은 바로 이 순간까지였다.

클라인이 한 걸음 물러나 오른손 검지와 중지를 모아 치켜들더니 아래쪽으로 내렸다. 게임의 《메인메뉴 윈도우》를 부르는 액션이다. 곧바로 방울을 울리는 듯한 소리와 함께 보라색으로 발광하는 반투명 직사각형이 나타났다.

나도 몇 걸음 물러나 그곳에 있던 적당한 바위에 걸터앉아 윈도우를 열었다. 지금까지 멧돼지와 싸워서 얻었던 전리품을 정리하기 위해 손가락을 움직이려 했다.

그 순간.

"어라?"

클라인의 괴상한 목소리가 들렸다.

"뭐야, 이거. ……로그아웃 버튼이 없어."

그 한 마디에 나는 손을 멈추고 고개를 들었다.

"버튼이 없다니…… 그럴 리가. 잘 봐봐."

어이없어하며 그렇게 말하자 장신의 곡도전사는 악취미스러운 반다나 아래의 눈을 부릅뜨곤 얼굴을 메뉴에 바짝 들이댔다.

가로로 길쭉한 직사각형을 띤 윈도우에는 초기상태에선 왼쪽에 여러 개의 메뉴 탭이 붙어 있으며, 오른쪽에는 자신의 아이템 장비상황을 나타내는 인간형 실루엣이 표시된다. 그 메뉴 가장 아래에 《LOG OUT》—즉, 이 세계에서 이탈할 것을 명령하는 버튼이 있을 것이다.

시선을 다시 몇 시간 동안의 전투에서 얻은 아이템의 목록으로 돌리려 했을 때, 클라인이 약간 볼륨을 높인 목소리를 냈다.

"진짜 아무 데도 없어. 너도 좀 봐봐, 키리토."

"그러니까 그럴 리가 없대도……."

나는 한숨을 섞어 중얼거리고는 윈도우 왼쪽 위, 톱 메뉴로 돌아가기 위한 버튼을 눌렀다.

오른쪽에 열려 있던 인벤토리가 매끄럽게 닫히며 윈도우가 초기상태로 돌아갔다. 아직은 빈칸이 많은 장비 피규어가 떠오르며 왼쪽에 메뉴 탭이 빼곡히 늘어섰다.

나는 손에 익은 동작으로 그 가장 아래에 손가락을 미끄러 뜨린 후—

온몸의 움직임을 뚝 멈추었다.

없었다.

클라인의 말대로 베타테스트 때는—아니, 오늘 오후 1시에 로그인한 직후에도 분명히 있었던 로그아웃 버튼이 깔끔하게 사라졌다.

빈자리를 몇 초간 빤히 응시하고, 다시 한 번 메뉴 탭을 위에서부터 천천히 훑으며 버튼의 위치가 바뀐 것이 아니란 사실을 확인한 후 시선을 들었다. 클라인의 얼굴이 '그치?'라고 말하듯 기울어져 있었다.

"……없지?"

"응, 없네."

약간 아니꼽긴 했지만 순순히 고개를 끄덕여 보이자 곡도전사는 입가를 잡아당겨 씨익 웃더니 두툼한 턱을 쓰다듬었다.

"뭐, 오늘은 정식 서비스 첫날이니 이런 버그도 있겠지. 지금쯤 *GM 콜이 쇄도해서 운영자가 질질 짜고 있을 거야."

느긋한 말투로 그렇게 말하는 클라인에게 약간 짓궂은 목소리로 태클을 걸었다.

"그렇게 여유 부려도 될까? 아까 5시 반에 피자 주문해놨다고 하지 않았어?"

"으헉, 그랬지!!"

눈을 휘둥그렇게 뜨고 펄쩍 뛰는 그 모습에 나도 모르게 입가가 풀어졌다.

중량과다로 인해 붉게 변한 인벤토리에서 필요 없는 아이템을 삭제하여 정리를 마친 나는 자리에서 일어나 클라인의 곁으로 다가갔다.

"우워어, 나의 안초비 피자와 진저 에일이—!"

"너도 GM 불러봐. 서버 쪽에서 끊어줄지도 모르잖아."

"해봤는데, 반응이 없어. 아악, 벌써 5시 25분이잖아! 야, 키리토! 이거 말고 로그아웃하는 방법 혹시 뭐 없었냐?"

울상을 지으며 두 팔을 펼치는 클라인의 말에—.

내 얼굴에 떠올랐던 미소가 굳어졌다. 이유 없는 불안 같은 것이 싸늘하게 등을 쓸어내린 듯한 기분이 들었다.

"어디…… 로그아웃을 하려면……."

중얼거리며 생각한다.

---

*GM : Game Master의 약자. 온라인 게임을 서비스하는 업체 측의 운영자가 담당하는 캐릭터로, 여러 가지 권한을 가지고 있어 게임 내에서 발생한 문제를 직접 확인하고 대응한다.

이 가상세계에서 이탈해 현실세계의 내 방으로 돌아가기 위해서는 메인 윈도우를 열고, 로그아웃 버튼을 누르고, 오른쪽에 떠오르는 확인 다이얼로그의 【예】 버튼을 누르기만 하면 된다. 정말로 간단하다. 하지만— 동시에 그 이외의 방법을 나는 모른다.

나보다도 꽤 높은 곳에 위치한 클라인의 얼굴을 올려다보며, 나는 천천히 고개를 좌우로 저었다.

"아니…… 없어. 자발적으로 로그아웃하려면 메뉴를 조작하는 것 말고 다른 방법은 없어."

"그럴 리가…… 분명 뭔가 있겠지!"

클라인은 내 대답을 거부하듯 외치더니 갑자기 소리를 질러댔다.

"귀환! 로그아웃! 탈출!!"

하지만 당연히 아무 일도 일어나지 않는다. SAO에는 그런 보이스 커맨드가 탑재되어 있지 않다.

계속해서 이것저것 외치다 마침내 폴짝폴짝 점프까지 시작한 클라인에게 나는 꽉 억누른 목소리로 말했다.

"클라인, 소용없어. 매뉴얼에도 그런 긴급 접속종료 방법은 전혀 실려 있지 않았다고."

"하지만…… 웃기잖아, 이거! 아무리 버그라고 해도 자기 방으로…… 자기 몸으로, 내 맘대로 돌아가지도 못하다니!"

클라인은 휙 돌아서서 망연한 표정으로 외쳤다. 그 점에는 나도 완전히 동감이었다.

말도 안 된다. 넌센스다. 그렇지만 그것은 분명한 사실이었다.

"야, 야…… 이게 뭐야, 진짜 이상하네. 지금 우린 게임에서 나가질 못하고 있다고!"

클라인은 와하하하, 하고 약간 절박한 느낌이 드는 웃음소리를 내더니 재빠르게 말을 이었다.

"맞다, 전원을 끄면 되겠네. 아니면 머리에서 《기어》를 벗는 거야."

보이지 않는 모자를 벗으려는 듯 이마에 손을 가져다대는 클라인을 보고, 나는 다시 어렴풋한 불안이 돌아오는 것을 느끼며 조용히 말했다.

"그건 불가능해, 둘 다. 우린 지금 몸…… 현실의 몸을 움직일 수 없는걸. 《너브 기어》가 우리의 뇌에서 몸에 내리는 명령을 전부 여기서……."

손끝으로 뒤통수 아래, 연수를 톡톡 두들겼다.

"……가로채서 이 아바타를 움직이는 신호로 바꾸고 있으니까."

클라인은 입을 다물더니 천천히 손을 내렸다.

우리는 한동안 말을 잃고 각자 생각에 잠겼다.

너브 기어는 풀 다이브 환경을 실현하기 위해 뇌에서 척추로 보내 몸을 움직이는 명령신호를 완전히 가로채고, 대신이 세계의 몸을 움직이는 신호로 변환한다. 여기서 제아무리 요란하게 손을 휘젓는다 해도 현실세계에서 내 방 침대에 누워 있는 내 진짜 팔은 꿈쩍도 하지 않고, 따라서 책상 모서리에 부딪쳐 멍들 일도 없다.

하지만 바로 그 기능 탓에 지금 우리는 자발적으로 풀 다이브를 해제하지 못하고 있다.

"……그럼 결국 이 버그가 고쳐지거나, 현실세계에서 누군가 머리의 기어를 벗겨줄 때까지 기다릴 수밖에 없다는 거야?"

여전히 멍한 말투로 클라인이 중얼거렸다.

나는 말없이 수긍해 동의를 표했다.

"하지만 나는 자취하는걸. 너는?"

조금 주저했지만 솔직하게 대답했다.

"……어머니랑 여동생이랑 셋이 살아. 그러니까 저녁밥 시간이 되어도 안 내려오면 강제적으로 다이브가 해제될 거라고 생각하지만……."

"오옷?! 키, 키리토네 여동생 몇 살인데?!"

갑자기 눈을 빛내며 고개를 불쑥 내미는 클라인. 나는 그의 머리를 꾹 눌러 치웠다.

"이 상황에서도 여유만만하다, 너? 걔는 운동부인 데다 게임은 죽어라 싫어하니까 우리 같은 인종하곤 접점이 없다고. ……그보다 말인데."

억지로 화제를 바꾸기 위해 나는 오른팔을 크게 펼쳤다.

"뭔가…… 이상하다고 생각하지 않아?"

"그야 이상하지. 버그니까."

"그냥 버그도 아니고 《로그아웃 불능》쯤 되면 앞으로 게임 운영에도 차질이 생길 만한 큰 문제인걸. 실제로 이러는 동안에도 네가 주문한 피자는 시시각각 식어가고 있으니, 그건 현실세계에서 금전적 손해를 입는 셈이잖아?"

"…………식어버린 피자라니, 찰기 없는 낫토만도 못해…………."

나는 클라인의 이해할 수 없는 소리를 묵살하고 말을 이었다.

"상황이 이렇게 되면 운영 쪽은 사정이야 어쨌건 서버를 한번 내려서 플레이어를 전부 강제 로그아웃시키는 게 당연한 조치일 텐데 말이야. 그런데…… 우리가 버그를 알아차린 후로 벌써 15분은 지났는데 서버를 내리기는커녕 시스템 메시지조차 없다니, 너무 이상해."

"음, 듣고 보니 정말."

그제야 클라인은 진지해진 표정으로 턱을 북북 긁었다. 우뚝한 콧대에 살짝 들린 반다나 밑에서 가늘고 긴 눈이 예리하게 빛났다.

만약 게임 계정을 삭제한다면 그 순간 두 번 다시 만날 일도 없는, 일시적인 관계의 상대와 현실세계의 이야기를 하고 있다는 기묘한 위화감을 품으며 클라인이 하는 말에 귀를 기울였다.

"……SAO 개발사인 《아가스》라면 유저를 존중하는 자세로 유명한 회사잖아? 그런 믿음이 있었기에 처음으로 공개

된 온라인 게임인데도 그런 쟁탈전을 벌인 건데, 첫날부터 이렇게 큰 실수를 저지르면 의미가 없잖아."

"나도 동감이야. 게다가 SAO는 VRMMORPG란 장르의 선구자이기도 하니까. 여기서 문제를 일으켰다간 장르 그 자체가 규제될지도 모르는데."

나와 클라인은 가상세계의 얼굴을 마주하며 동시에 낮게 한숨을 쉬었다.

아인크라드의 사계절은 현실에 기반하고 있다. 따라서 지금은 현실세계와 마찬가지로 초겨울이다.

차갑고 메마른 가상의 공기를 깊이 들이마셔 폐로 느끼며 시선을 위로 들어올렸다.

멀리 100미터 상공에 제2플로어의 밑바닥이 엷은 보라색으로 흐릿하게 보였다. 그 우툴두툴한 평면을 눈으로 따라가자 그 너머에 거대한 탑— 상부 플로어로 이어지는 통로가 되는 《미궁구역》이 솟아 있었으며, 그것이 가장 바깥쪽 가장자리의 입구와 이어진 것이 보였다.

시각은 5시 반을 지나 가느다란 틈으로 엿보이는 하늘이 새빨간 저녁놀에 물들어 있었다. 내리쬐는 저녁햇살이 광대한 초원을 황금색으로 물들인 그 모습에 나는 이상한 상황임에도 불구하고 가상세계의 아름다움에 말을 잃었다.

그 직후.
세계는 그 모습을 영원히 바꾸었다.

3

갑자기 데엥, 데엥 하는, 종소리 같은—혹은 경보음 같은
커다란 볼륨의 사운드가 울려 퍼지는 바람에 나와 클라인은
놀라 펄쩍 뛰었다.

"으……."

"뭐지?!"

동시에 외친 우리는 서로의 모습을 보고 다시 눈을 크게
떴다.

나와 클라인의 몸을 선명한 푸른색 빛기둥이 에워싼 것이
다. 푸른 장막 너머에서 초원의 풍경이 점점 흐려져갔다.

이 현상 자체는 베타테스트 때 몇 번이나 체험했다. 장소
이동용 아이템에 의한 《텔레포트》였다. 하지만 나는 지금 아
이템을 들지도 않았고 커맨드를 외치지도 않았다. 운영 측에
서 강제이동을 시킨 걸까? 하지만 왜 아무런 안내조차 없이?

거기까지 생각했을 때, 몸을 감싼 빛이 한층 강하게 물결치
더니 내 시야를 빼앗아갔다.

푸른 광채가 옅어진 것과 동시에 풍경이 다시 돌아왔다. 그
러나 그곳은 이미 저녁놀이 깔린 초원이 아니었다.

광대한 돌바닥 길. 주위를 에워싼 가로수와 말쑥한 중세풍
의 거리. 그리고 정면 저 멀리 검은 빛을 발하는 거대한 궁전.

틀림없이 게임 스타트 지점인 《시작도시》의 중앙광장이었다.

나는 곁에서 멍하니 입을 벌리고 있는 클라인과 얼굴을 마주보았다. 그리고 둘이 동시에 주위를 몇 겹으로 에워싼 채 북적거리는 인파를 둘러보았다.

형형색색의 장비와 머리색을 갖춘 미목수려한 남녀들의 무리. 틀림없이 나와 같은 SAO 플레이어들이다. 어림잡아도 수천—1만 명 가까이 된다. 아마도 나나 클라인처럼 현재 로그인한 플레이어 전원이 동시에 이 광장으로 강제 텔레포트된 모양이었다.

몇 초 동안 사람들은 말없이 주위를 두리번거렸다.

마침내 술렁술렁, 웅성웅성 하는 소리가 여기저기서 들리더니 서서히 볼륨이 높아졌다.

"뭐가 어떻게 된 거야?"

"이젠 로그아웃할 수 있나?"

"얼른 좀 해결하지?"

그런 말들이 띄엄띄엄 귀에 들려왔다.

술렁임이 점차 짜증을 띠기 시작하면서 "장난하나?" "GM 나와!" 같은 외침도 산발적으로 터져 나왔다.

그리고 갑자기.

그런 목소리들을 밀어내고 누군가가 외쳤다.

"앗…… 위를 좀 봐!!"

나와 클라인은 반사적으로 시선을 들었다. 그리고 그곳에서 기이한 것을 보았다.

100미터 상공, 제2플로어 바닥이 진홍색 체크무늬로 물들어갔다.

자세히 보니 그것은 두 종류의 영문이 교대로 패턴 표시되는 것이었다. 새빨간 폰트로 적힌 단어는 【Warning】 그리고 【System Announcement】였다.

순간적으로 놀라긴 했지만, 나는 '아아, 드디어 운영자가 안내를 하는구나' 하는 생각에 어깨에서 힘을 뺐다. 광장에서 술렁임이 잦아들고 모두가 귀를 기울이는 기척이 가득 찼다.

하지만 이어서 나타난 현상은 나의 예상을 완전히 배신하는 것이었다.

하늘을 메운 진홍색 패턴 한가운데가 마치 거대한 핏방울처럼 끈적끈적하게 늘어졌다. 새빨간 한 방울은 높은 점도가 느껴지는 움직임으로 천천히 내려오며, 그러나 낙하하지는 않고 갑자기 공중에서 모습을 바꾸었다.

출현한 것은 신장 20미터는 될 법한, 진홍색 후드가 달린 로브를 걸친 거대한 인간의 모습이었다.

아니, 이는 정확한 표현이 아니다. 우리는 지면에서 올려다보고 있으므로 깊이 눌러쓴 후드의 내부를 똑똑히 볼 수 있었으나—그곳에는 얼굴이 없었던 것이다. 완전한 공동(空洞). 후드의 안감이나 녹색 자수까지 똑똑히 확인할 수 있다. 축 늘어진 긴 옷자락 안쪽도 마찬가지로 엷은 어둠이 퍼져 있을 뿐이었다.

로브의 형태 그 자체는 본 기억이 있다. 저건 베타테스트 때 아가스 사원이 맡은 GM이 늘 입던 의상이다. 하지만 그때 로브를 입었던 것은 남성 GM의 경우 마술사 같은 희고 긴 수염을 단 노인, 여성 GM의 경우에는 안경을 낀 소녀 아바타였다. 뭔가 오류가 있어 아바타를 준비하지 못해 급히 로브만 출현시킨 것인지 모르겠지만, 진홍색 후드 밑의 텅 빈 공간은 형언할 수 없는 불안감을 안겨주었다.

　주위의 무수한 플레이어들도 같은 심정이었으리라.

　"저거 GM이야?"

　"왜 얼굴이 없어?"

　그런 속삭임이 여기저기서 일어났다.

　그때, 그러한 목소리들을 가로막듯 갑자기 거대한 로브의 오른손이 움직였다.

　축 늘어진 소매에서 순백색 장갑이 드러났다. 하지만 소매와 장갑 또한 뚜렷이 떨어져나간 채 몸은 전혀 보이지 않았다.

　이어서 왼쪽 소매도 느릿느릿 들려졌다. 1만 플레이어들의 머리 위에서, 알맹이가 없는 흰 장갑을 좌우로 펼친 채, 얼굴 없는 누군가가 보이지 않는 입을 열었다—아니, 그렇게 느껴졌다. 그 직후, 낮고 침착한, 잘 울리는 남자의 목소리가 머나먼 상공에서 내려왔다.

『플레이어 제군, 나의 세계에 온 것을 환영한다.』

곧바로 의미를 이해하지는 못했다.

《나의 세계》? 저 붉은 로브가 운영 측의 GM이라면 분명 세계의 조작 권한을 가진 신과도 같은 존재이긴 하지만, 이제 와서 그걸 선언해 뭘 어쩌겠다는 말인가.

나와 클라인이 어이가 없어져 얼굴을 마주보는 가운데, 정체 모를 붉은 로브가 두 팔을 내리며 다시 말을 이었다.

『나의 이름은 카야바 아키히코. 현재 이 세계를 컨트롤할 수 있는 유일한 자다.』

"뭐⋯⋯⋯⋯?"

경악한 나머지 내 아바타의, 어쩌면 진짜 육체의 목이 콱 잠겼다.

카야바— 아키히코!!

나는 그 이름을 알고 있다. 모를 리가 없다.

몇 년 전까지만 해도 수많은 약소 게임 개발사들 중 하나였던 아가스가 업계 선두를 다툴 만큼 성장한 원동력이 된, 젊은 천재 게임 디자이너이자 양자물리학자.

그는 이 SAO의 개발 디렉터임과 동시에 너브 기어 그 자체의 기초 설계자이기도 한 것이다.

나는 한 사람의 코어 게이머로서 카야바를 깊이 동경하고 있었다. 그를 소개한 기사가 실린 잡지는 반드시 샀으며, 얼마 안 되는 인터뷰는 그야말로 암기할 정도로 반복해서 읽었다. 지금 잠깐 목소리를 들은 것만으로도 항상 백의를 걸치고 다니는 카야바의 지적인 용모가 즉시 뇌리에 떠오를 정도였다.

그러나 이제까지는 철저히 무대 뒤에서만 있었을 뿐 매스컴에 노출되는 것을 열심히 피하며, 물론 게임 마스터 역할따위는 한 번도 한 적이 없었을 그가— 어째서 이런 짓을?

멍하니 서 있던 나는 정지하려는 사고를 필사적으로 회전시켜 어떻게든 상황을 파악하려 애썼다. 하지만 텅 빈 후드밑에서 잇달아 들려온 말은 이해하려는 나의 노력을 비웃는 듯한 것이었다.

『플레이어 제군은 이미 메인메뉴에서 로그아웃 버튼이 소멸된 것을 알아차렸으리라 생각한다. 하지만 이것은 버그가 아니다. 반복한다. 이것은 버그가 아니라 《소드 아트 온라인》 본래의 시스템이다.』

"본래의…… 시스템, 이라고?"

클라인이 갈라진 목소리로 중얼거렸다. 그 말꼬리를 뒤덮듯 매끄러운 저음의 안내방송이 이어졌다.

『제군은 앞으로 이 성의 정상을 돌파할 때까지 게임에서 자발적으로 로그아웃할 수 없다.』

이 성, 이란 말의 의미를 나는 즉시 이해하지 못했다. 이 《시작도시》의 대체 어디에 성이 있단 말인가?

그러나 나의 당혹감은 카야바의 다음 말에 순식간에 날아가버리고 말았다.

『……또한 외부인에 의한 너브 기어의 정지, 혹은 해제도 용납되지 않는다. 만약 이것이 시도될 경우―』

약간의 침묵.

1만 명이 숨을 죽이는, 무시무시할 정도로 답답한 정적 속에서, 그 말은 천천히 흘러나왔다.

『―너브 기어의 신호소자가 발하는 고출력 전자파가 제군의 뇌를 파괴해 생명활동을 정지시킬 것이다.』

나와 클라인은 거의 몇 초 동안이나 서로의 얼빠진 얼굴을 쳐다보았다.

뇌 그 자체가 말의 의미를 이해하는 것을 거부하는 것만 같았다. 하지만 카야바의 너무나도 간결한 선언은 흉포하다 해도 좋을 만한 경도와 밀도로 내 머릿속에서 발끝까지 관통했다.

뇌를 파괴하겠다니.

그것은 즉, 죽이겠다는, 뜻이다.

너브 기어의 전원을 끊거나 록을 해제해 머리에서 벗기려 하면 장착한 유저를 죽이겠다. 카야바는 그렇게 선언한 것이다.

웅성, 웅성. 집단 여기저기에서 술렁임이 일어났다. 하지만 소리를 지르거나 날뛰는 사람은 없었다. 나를 포함한 모두가 아직도 그 말을 이해하지 못했거나, 혹은 이해를 거부하고 있었다.

클라인의 오른손이 천천히 올라가 현실세계에서는 그 자리에 있을 헤드기어를 붙잡으려 했다. 동시에 메마른 웃음이

섞인 목소리가 새어나왔다.

"하하…… 무슨 소리 하는 거야, 저 인간? 미친 거 아냐? 말이 되는 소릴 해야지. 너브 기어는…… 그냥 게임기잖아. 뇌를 파괴하다니…… 그런 짓을 어떻게 한다고?! 안 그래, 키리토?!"

뒷부분의 외침은 목소리가 갈라져 있었다. 클라인이 나를 잡아먹을 듯이 응시했지만, 나는 동의하기 위해 고개를 끄덕일 수가 없었다.

너브 기어는 헬멧 안에 내장된 무수한 신호소자가 미약한 전자파를 발생시켜 뇌세포 자체에 가상 감각신호를 주는 것이다.

그야말로 최첨단 울트라 테크놀로지라고 할 수 있겠지만, 원리로는 이와 완전히 똑같은 가전제품이 벌써 40년도 전부터 일본의 가정에서 쓰이고 있다. 즉—전자레인지.

충분한 출력만 있다면 너브 기어는 뇌세포 내의 수분을 고속 진동시켜 마찰열로 구워버리는 것이 가능하다. 그러나.

"…………이론상으로는, 있을 수 없는 일은 아니지만…… 하지만 분명 허풍일 거야. 왜냐하면, 갑자기 너브 기어의 전원 코드를 잡아 뽑으면 도저히 그런 고출력 전자파는 발생시킬 수 없을 테니까. 대용량 배터리라도 들어 있지 않는…… 한…………."

거기까지 말하다 내가 입을 다물어버린 이유를 클라인도 알아차렸을 것이다.

퀭한 표정으로 장신의 미장부는 신음하듯 말했다.

"들어…… 있어. 기어의 무게 중 3분의 1은 배터리라고 했다구. 하지만…… 완전 막무가내잖아, 그거! 순간정전이라도 일어나면 어떡하려고!!"

그러자 마치 클라인의 외침이 들린 것처럼 상공에서 카야바의 안내가 재개되었다.

『보다 구체적으로 말하자면 10분간의 외부 전원 차단, 두 시간의 네트워크 회선 절단, 너브 기어 본체의 록 해제 또는 분리 또는 파괴 시도―이상의 어느 한 가지 조건을 만족할 경우 뇌 파괴 시퀸스가 실행된다. 외부세계에선 이미 이 조건이 정부당국 및 매스컴을 통해 전해졌다. 참고로 현 시점에서 플레이어의 가족이나 친구 등이 경고를 무시하고 너브 기어의 강제 제거를 시도한 예가 적지 않았으며, 그 결과―』

웅웅 울리는 금속성 목소리는 여기서 한 호흡을 쉬고는.

『―유감스럽게도 이미 213명의 플레이어가 아인크라드 및 현실세계에서 영구 퇴장되었다.』

어디선가 한 줄기 가느다란 비명이 들려왔다. 하지만 주위의 플레이어 대다수는 믿겨지지 않는다, 혹은 믿을 수 없다는 식으로 멍하니 입을 벌리거나 엷은 비웃음을 띠고 있었다.

나 또한 머리로는 카야바의 말을 받아들이지 않으려 했다. 하지만 몸이 이를 배신하고 멋대로 다리가 덜덜 떨리기 시작했다.

나는 무릎이 후들거려 뒤로 몇 걸음 휘청거리다 쓰러지려는 것을 겨우 참았다. 클라인 쪽은 허탈한 표정으로 그 자리에서 털썩 엉덩방아를 찧었다.

이미 213명의 플레이어가.

그 부분만이 귓속에서 몇 번이고 몇 번이고 반복 재생되었다.

카야바의 말이 사실이라면—200명도 넘는 사람이 이 시점에서 이미 죽었다는 말인가?

그중에는 분명 나와 같은 베타테스터도 있으리라. 캐릭터 네임이나 아바타의 얼굴을 아는 녀석도 있었을지 모른다. 그런 사람들이 너브 기어에 뇌가 불타—죽었다고, 카야바는 그렇게 말한 것인가?

"안 믿어…… 안 믿는다고, 나는."

돌바닥에 주저앉은 클라인이 잠긴 목소리로 말했다.

"그냥 겁주는 거야. 그런 짓을 어떻게 하겠어. 말도 안 되는 소리 늘어놓지 말고 얼른 내보내달라고. 이딴 이벤트에 계속 장단 맞춰줄 만큼 한가하지 않아. 그래…… 전부 이벤트일 거야. 오프닝 연출일 거야. 그렇지?"

나도 머릿속으로는 그것과 완전히 똑같은 생각을 외쳐대고 있었다.

하지만 우리를 포함한 모든 플레이어의 희망을 불식시키듯, 어디까지고 실무적인 카야바의 안내가 재개되었다.

『제군이 저쪽에 두고 온 육체는 걱정할 필요가 없다. 현재 모든 TV, 라디오, 인터넷 미디어는 이 상황을, 다수의 사망자가 나왔다는 사실까지 포함해, 반복 보도하고 있으니까. 제군의 너브 기어가 억지로 해제될 위험은 이미 낮아졌다 해도 좋을 것이다. 앞으로 제군의 현실세계 측 육체는 너브 기어를 장착한 채 두 시간의 회선 절단 유예 시간 동안 병원 및 기타 시설로 옮겨져 엄중한 간호태세에 놓일 것이다. 제군들은 안심하고…… 게임 공략에 힘써주기 바란다.』

"뭣…………."

그제야 겨우 내 입에서 날카로운 외침이 터져 나왔다.

"무슨 소리야! 게임을 공략하라고?! 로그아웃도 못하는 상황에서 태평하게 놀고만 있으란 소리야?!"

상부 플로어 밑바닥에 떠오른 거대한 진홍색 로브를 노려보며, 나는 여전히 외쳐대고 있었다.

"이딴 건 더 이상 게임도 뭣도 아니잖아!!"

그러자 그 목소리가 들렸다는 듯 또다시.

카야바 아키히코의 억양 없는 목소리가 조용히 고했다.

『그러나 충분히 주의해주기 바란다. 제군에게 있어 《소드 아트 온라인》은 이미 단순한 게임이 아니다. 제2의 현실이라 불러야 할 존재가 되었다. ……앞으로, 게임에서, 모든 부활 수단은 작동하지 않을 것이다. 히트 포인트가 0이 되는 순간 제군의 아바타는 영구히 소멸되며, 동시에一』

이어질 말을 나는 선명하게 예상하고 있었다.

『제군들의 뇌는 너브 기어에 의해 파괴된다.』

순간 소리 높여 웃음을 터뜨리고 싶다는 충동이 뱃속 밑바닥에서부터 밀려올라와, 나는 필사적으로 이를 억눌렀다.

지금 나의 시야 왼쪽 위에는 가느다란 가로줄이 푸르게 빛나고 있다. 시선을 맞춰보니 그 위에 342/342라는 숫자가 오버레이 표시되었다.

히트 포인트. 목숨의 잔량.

이것이 0이 되는 순간, 나는 정말로 죽는다―전자파가 뇌를 불태워 즉사할 것이라고, 카야바는 그렇게 말한 것이다.

분명 이것은 게임이다. 진짜 목숨이 걸린 유희. 즉, 데스 게임.

나는 2개월간의 SAO 베타테스트 도중 아마도 100번은 죽었을 것이다. 광장 북쪽에 보이는 궁전, 《흑철궁(黑鐵宮)》이란 이름의 건물 안에서 민망한 웃음소리와 함께 부활하여 다시 전장으로 달려나갔다.

RPG란 원래 그런 것이다. 몇 번이고 몇 번이고 죽어도 학습하고 플레이어 스킬을 높여가는 종류의 게임이다. 그런데 그럴 수가 없다고? 한 번 죽으면 진짜 목숨까지 잃을 거라고? 게다가― 게임 플레이를 멈출 수도 없다고?

"……말도 안 돼."

나는 나지막이 중얼거렸다.

그런 조건에서 위험한 필드에 나갈 녀석이 어디 있겠나. 플레이어가 모두 안전한 도시구역 안에 틀어박혀 있을 게

뻔하다.

하지만 나의, 혹은 전 플레이어의 사고를 계속 읽고 있기라도 하듯, 다음 신탁이 내려왔다.

『제군이 이 게임에서 해방될 조건은 단 하나, 앞서 말했듯 아인크라드 최상층, 제100플로어까지 도달해 그곳에서 기다리는 최종 보스를 쓰러뜨리고 게임을 클리어하면 된다. 그 순간 살아남은 플레이어 전원이 완전히 로그아웃될 것을 보장하겠다.』

1만 명의 플레이어가 일제히 침묵했다.

나는 처음 카야바가 입에 담았던 《이 성의 정상을 돌파할 때까지》란 말의 진의를 그제야 깨달았다.

이 성이란 즉—우리를 최하층 플로어에 집어삼킨 채 머리 위에 99개나 되는 플로어를 겹겹이 하늘로 띄워 올리고 있는 거대 부유성, 아인크라드 그 자체를 가리키는 것이었다.

"클리어하라고…… 100플로어를?!"

갑자기 클라인이 외쳤다. 벌떡 일어나더니 주먹을 불끈 쥔 오른손을 하늘로 치켜들었다.

"무, 무슨 수로 깨란 말야, 그걸! 베타테스트 때도 위로 올라가기 죽어라 힘들었다던데!"

그 말은 사실이다. 천 명의 플레이어가 참가한 SAO 베타테스트에서 두 달의 기간 동안 클리어된 것은 겨우 6플로어였다. 이번 정식 서비스에는 약 1만 명이 다이브했을 테지만, 그렇다면 그 인원이 제100플로어를 클리어하려면 대체 얼마나 시간이 걸릴까?

해답의 여지가 없는 그런 의문을, 아마도 이 자리에 강제로 모인 플레이어 전원이 떠올렸으리라.

팽팽해진 정적이 마침내 낮은 웅성거림으로 채워져 갔다. 하지만 그곳에 공포나 절망의 음색은 거의 들리지 않았다.

아마도 대다수는 이 상황이 《진짜 위기》인지 《오프닝 이벤트의 과도한 연출》인지 아직도 판단하지 못했을 것이다. 카야바의 말은 한 마디 한 마디가 너무나도 무시무시한 까닭에 오히려 현실감이 없었다.

나는 고개를 치켜들어 텅 빈 로브를 노려보고, 필사적으로 인식을 상황에 맞추려고 노력했다.

나는 이제 두 번 다시 로그아웃하지 못한다. 현실세계의 내 방으로, 내 생활로 돌아갈 수 없다. 그것이 이루어지는 것은 언젠가, 누군가가 이 부유성 꼭대기에 있는 최종 보스를 쓰러뜨렸을 때뿐. 그때까지 한 번이라도 HP가 0이 된다면— 나는 죽는다. 진정한 죽음이 찾아와 나라는 인간은 영원히 소멸된다.

하지만.

그러한 정보를 사실로 받아들이는 일은 아무리 노력해도 불가능할 것 같았다. 나는 겨우 대여섯 시간 전에 어머니가 지어준 점심을 먹고, 여동생과 짧은 대화를 나누고, 우리 집 계단을 올라갔다.

그곳에, 이젠 돌아가지 못한다고? 이것이 정말 현실이란 말인가?

그때, 나와 다른 플레이어의 사고를 계속 앞질러가던 붉은 로브가 오른손 장갑을 휘릭 움직이더니 일절의 감정을 배제한 목소리로 고했다.

『그러면 마지막으로, 이 세계가 제군의 유일한 현실이라는 증거를 보여주겠다. 제군의 아이템 인벤토리에 내가 보내는 선물이 마련되어 있다. 확인하도록.』

그 말을 듣자마자 나는 거의 자동적으로 오른손 손가락 두 개를 모아 아래를 향해 휘두르고 있었다. 주위의 플레이어들도 같은 액션을 취해 광장 가득 전자적인 방울 소리의 사운드 이펙트가 울려 퍼졌다.

출현한 메인메뉴에서 아이템 란의 탭을 누르자 표시된 소지품 리스트 맨 위에 그것이 있었다.

아이템 이름은—《손거울》.

왜 이런 걸, 하고 생각하면서도 나는 그 이름을 두드려 떠오른 작은 윈도우에서 오브젝트화 버튼을 선택했다. 즉시 반짝반짝하는 효과음과 함께 조그마한 사각 거울이 나타났다.

주저주저하며 붙잡았으나 아무 일도 일어나지 않았다. 들여다본 거울에 비친 것은 내가 고심해서 만들어낸 용사 얼굴의 아바타뿐이었다.

나는 고개를 갸웃하고 곁의 클라인을 쳐다보았다. 강인한 용모의 사무라이도 마찬가지로 거울을 오른손에 들고 멍한 표정을 짓고 있었다.

―그때.

갑자기 클라인이며 주변의 아바타들을 하얀빛이 에워쌌다. 그렇게 생각한 순간 나도 같은 빛에 휩싸여 시야가 화이트아웃되었다.

거의 2, 3초 만에 빛은 사라지고 원래 풍경이 나타나……

아니.

눈앞에 있는 것은 눈에 익은 클라인의 얼굴이 아니었다.

판금을 짜 맞춘 갑옷도, 악취미한 반다나도, 뾰족하게 곤두선 붉은 머리카락도 원래 그대로였다. 하지만 얼굴만은 전혀 닮지 않은 조형으로 변모되어 있었다. 길고 가는 눈은 번득거리는 우묵한 눈으로. 섬세하고 우뚝하던 콧날은 긴 매부리코로. 그리고 뺨과 턱에는 덥수룩한 수염까지 났다. 원래 아바타가 시원시원한 젊은 사무라이였다면 이번 것은 낙오무사―혹은 산적이었다.

나는 온갖 상황을 다 잊어버리고 멍하니 중얼거렸다.

"넌…… 누구지?"

그리고 완전히 똑같은 말이, 눈앞에 선 사내의 입에서도 흘러나왔다.

"야…… 누구야, 넌."

그 순간 나는 모종의 예감에 사로잡혔으며, 동시에 카야바의 선물, 《손거울》의 의미를 깨달았다.

재빨리 치켜들어 노려본 거울 안에서 나를 마주보고 있던 것은.

얌전한 스타일의 검은 머리카락. 약간 긴 앞머리 아래의 유약해 보이는 두 눈. 사복을 입고 여동생과 함께 있으면 아직도 자매로 오해받을 때가 있는 선이 가는 얼굴.

몇 초 전까지의 《키리토》가 가졌던 용사의 늠름한 모습은 온데간데없었다. 거울 안에 있던 것은—.

내가 기피해마지않던, 현실세계의, 진짜 육체의 용모 그 자체였던 것이다.

"우헉………… 나잖아…….."

곁에서 똑같이 거울을 들여다보던 클라인이 뒤로 자빠졌다.

우리는 다시 한 번 서로의 얼굴을 쳐다보고 동시에 외쳤다.

"네가 클라인이야?!" "니가 키리토야?!"

양쪽 목소리 모두 보이스 이펙터가 정지되었는지 톤이 달라졌으나, 그런 것까지 신경 쓸 여유는 없었다.

두 사람의 손에서 거울이 떨어져 지면에 부딪치고, 미약한 파쇄음과 함께 소멸했다.

다시 주위를 돌아보자, 그곳에 존재한 것은 수십 초 전까지 있던, 어딜 봐도 판타지 게임 캐릭터답던 미남미녀들의 무리가 아니었다. 예를 들자면, 현실의 게임 쇼 전시장에서 바글거리는 관객들을 모아놓고 갑옷과 투구를 입혀놓으면 이런 것이 나오지 않을까 싶은, 리얼한 젊은이들의 집단이 그곳에 있었다. 가공스럽게도 남녀 성비마저 크게 바뀌었다.

대체 어떻게 이런 일이 가능하단 말인가. 나나 클라인, 그리고 아마도 주위의 플레이어들은 무로부터 창조된 아바타

에서 현실의 모습으로 바뀌었다. 분명 질감은 폴리곤 모델이며 세부에는 다소의 위화감도 남아 있지만, 그래도 무시무시하다고 할 만한 재현도였다. 마치 입체 스캔 장치에 걸린 것 같았다.

—스캔.

"……그렇구나!"

나는 클라인의 얼굴을 올려다보며 억누른 목소리를 쥐어짜냈다.

"너브 기어는 고밀도 신호소자로 머리와 얼굴 전체를 완전히 뒤덮고 있어. 말하자면 뇌만이 아니라 얼굴의 표면 형태도 정밀하게 파악할 수 있는 거야……."

"그, 그래도, 키라든가…… 체격은 어떻게 된 건데?"

클라인은 한층 더 작은 목소리로 말하며 흘끔흘끔 주위를 둘러보았다.

주위에서 아연실색한 표정으로 자신이며 남의 얼굴을 둘러보는 플레이어들의 평균 신장은 《변화》 이전보다 명백하게 낮아졌다. 나는—그리고 아마 클라인도—시점의 높이 차이로 인해 동작이 방해되는 것을 막기 위해 아바타의 신장을 현실과 똑같이 설정해두었으나, 대다수의 플레이어들은 현실보다도 10 내지 20센티미터씩 키워놓았던 것이리라.

그것만이 아니다. 체격 또한 가로 폭의 평균치가 꽤나 높아졌다. 이런 요소들은 머리에만 뒤집어쓰는 너브 기어로는 스캔할 방법이 없을 텐데도.

이 의문에 대답한 것은 클라인 본인이었다.

"아…… 잠깐만. 나는 너브 기어 본체도 어제 막 사서 기억하는데, 맨 처음 장착할 때 나오는 셋업에서 뭐라더라…… 캘러브레이션? 그거에서 자기 몸 여기저기를 직접 만져보잖아. 혹시 그건가……?"

"아, 아아…… 그렇구나, 그렇게 된 거였어……."

캘러브레이션(calibration)이란 말하자면, 장착자의 몸 표면감각을 재현하기 위해 《손을 얼마나 움직이면 자신의 몸에 닿을 수 있는가》의 기준치를 측정하는 작업이다. 그것은 말하자면, 자신의 리얼한 체격을 너브 기어 내에 데이터화하는 것과 마찬가지이다.

가능하다. 이 SAO 세계에서 모든 플레이어 아바타를 현실의 모습 그대로 상세하게 재현한 폴리곤 모델로 바꾸는 것은.

그리고 그 의도 또한 이젠 명백할 정도로 명확했다.

"……현실."

나는 중얼거렸다.

"놈이 아까 그랬어. 이건 현실이라고. 이 폴리곤 아바타와…… 수치화된 HP는 모두 진짜 몸이며, 목숨인 거라고. 그걸 억지로 인식시키기 위해 카야바는 현실 그대로의 얼굴과 몸을 재현시킨 거야……."

"하지만…… 하지만 말이야, 키리토."

클라인은 벅벅 머리를 긁더니, 반다나 밑의 번득거리는 두 눈을 빛내며 외쳤다.

"왜?! 대체, 왜 이딴 짓을 하냐고⋯⋯⋯⋯?!"

나는 그 말에는 대답하지 않고 손가락으로 머리 위를 가리켰다.

"조금 더 기다려봐. 어차피 그것도 금방 대답해줄 테니까."

카야바는 내 예상을 배신하지 않았다. 몇 초 후, 핏빛으로 물든 허공에서 엄숙하게마저 들리는 목소리가 내려왔다.

『제군은 지금 '왜'라고 생각하겠지. 왜 나는―SAO 및 너브 기어 개발자인 카야바 아키히코는 이런 짓을 한 것인가? 이것은 대규모 테러가 아닐까? 혹은 몸값을 목적으로 한 납치 사건이 아닐까? 하고.』

그제야 비로소 이제까지 일체의 감정을 보이지 않았던 카야바의 목소리가 모종의 색채를 띠었다. 나는 문득, 어처구니없게도 《동경》이라는 말을 떠올리고 말았다. 그럴 리가 없는데도.

『나의 목적은 그 어느 것도 아니다. 그뿐이 아니라 지금 나에게는 이미 일절의 목적도, 이유도 없다. 왜냐하면⋯⋯ 이 상황이 바로 내게 있어 최종적인 목적이었기 때문이다. 오로지 이 세계를 만들어내고 감상하기 위해서 나는 너브 기어를, SAO를 만들었다. 그리고 지금, 모든 것은 달성되었다.』

짧은 간격을 두고 다시 무기질적인 억양을 되찾은 카야바의 목소리가 울려 퍼졌다.

『⋯⋯이상으로 《소드 아트 온라인》의 정식 서비스 튜토리얼을 종료한다. 플레이어 제군의― 건투를 빈다.』

마지막 한 마디가 어렴풋한 메아리를 끌며 사라졌다.

진홍의 거대한 로브 모습이 소리도 없이 상승하고, 하늘을 메우던 시스템 메시지에 후드 끄트머리부터 녹아들듯 동화되어갔다.

어깨가, 가슴이, 그리고 두 팔과 다리가 핏빛 수면에 잠기고, 마지막으로 단 한 번 파문이 퍼졌다. 그 직후, 천공을 가득 메우던 메시지도 또한 나타났을 때와 마찬가지로 갑작스럽게 사라졌다.

광장 상공을 불어가는 바람 소리, NPC 악단이 연주하는 시가지의 BGM이 멀리서 들려와 부드럽게 청각을 어루만졌다.

게임은 다시 원래의 모습을 되찾았다. 몇몇 룰만이 예전과는 어처구니없을 정도로 달라졌지만.

그리고— 이 시점에 와서, 겨우.

1만의 플레이어 집단이 제대로 된 반응을 보였다.

즉, 압도적인 볼륨으로 터져 나온 수많은 음성이 드넓은 광장을 쩌렁쩌렁 진동시킨 것이다.

"장난하는 거지……? 뭐냐고 이게, 장난이지?!"

"웃기지 마! 내보내줘! 여기서 내보내달라고!"

"안 된단 말예요! 이따가 약속이 있는데!"

"싫어어어! 집에 갈래! 집에 갈 거야아아아아!"

비명. 노호. 절규. 욕설. 애원. 그리고 포효.

겨우 수십 분 만에 게임 플레이어에서 포로로 바뀌고 만 사람들은 머리를 싸쥐며 주저앉고, 두 팔을 치켜들고, 서로를 부둥켜안고, 혹은 욕설을 퍼부어댔다.

무수한 외침을 듣고 있는 동안, 신기하게도, 내 의식은 서서히 냉정을 되찾아갔다.

이것은, 현실이다.

카야바 아키히코의 선언은 모두 진실이다. 그자라면 이 정도쯤은 꾸밀 수 있다. 꾸미고도 남는다. 그렇게 생각할 수밖에 없는 파멸적인 천재성이 카야바의 매력이기도 했으니까.

나는 이제 당분간―몇 달, 혹은 그 이상, 현실세계로 돌아가지 못한다. 어머니나 여동생의 얼굴을 보는 것도, 대화하는 것도 불가능하다. 어쩌면 그 순간이 영원히 오지 않을지도 모른다. 이 세계에서 죽으면―

나는 정말로 죽는 것이다.

게임 머신이자, 감옥의 자물쇠이자, 그리고 처형도구이기도 한 너브 기어가, 뇌를 태워 죽인다.

천천히 숨을 들이마시고, 내뱉고, 나는 입을 열었다.

"클라인, 잠깐 와봐."

현실세계에서도 나보다 훨씬 장신인 듯한 곡도전사의 팔을 붙잡고, 나는 미쳐 날뛰는 인파를 헤치며 빠른 걸음으로 걷기 시작했다.

우리는 집단의 바깥쪽에 있었던지 금방 인파를 벗어날 수 있었다. 광장에서 방사형으로 펼쳐진 수많은 길들 중 하나로 들어가 멈춰선 마차의 뒤로 뛰어들었다.

"……클라인."

아직도 어딘가 넋이 나간 표정을 짓고 있는 그의 이름을, 나는 다시 한 번, 가급적 진지한 목소리로 불렀다.

"내 말 잘 들어. 나는 당장 이 도시를 나가서 다음 마을로 갈 거야. 너도 같이 가자."

악취미한 반다나 밑에서 눈을 크게 뜬 클라인에게, 나는 낮게 억누른 목소리로 말을 이었다.

"놈의 말이 전부 사실이라면 앞으로 이 세계에서 살아남기 위해선 무조건 자신을 강화시켜야만 해. 너도 잘 알겠지만 MMORPG란 건 플레이어 간의 *리소스 쟁탈전이야. 시스템이 공급하는 한정된 돈과 아이템과 경험치를 보다 많이 획득한 사람만이 강해질 수 있어. ……이 《시작도시》 주변의 필드는 똑같은 생각을 하는 놈들이 있는 대로 사냥해 금방 씨가 마를 거야. 몬스터가 리젠되길 하염없이 기다려야 한다고. 지금 이 틈에 다음 마을을 거점으로 삼는 편이 나아. 난 가는 길이나 위험한 포인트도 다 아니까 레벨 1인 지금이라도 안전하게 갈 수 있어."

내가 한 것치고는 꽤나 긴 말을 클라인은 꼼짝도 하지 않고 가만히 듣고 있었다.

그리고 몇 초 후, 살짝 표정을 찡그렸다.

"하지만…… 하지만 말이야. 아까도 말했잖아. 나, 다른 게임에서 친구였던 애들하고 같이 밤새 줄서서 이걸 샀어. 걔

---

*리소스 : resource. 자원이라는 뜻. 게임 플레이어의 입장에서는 사냥하기 위한 몬스터, 이를 통해 얻는 경험치나 화폐 및 아이템, 기타 탈것이나 생산재 등 자신에게 유리하게 이용할 수 있는 모든 수단을 리소스라 할 수 있다. 토큰(token)이라고도 한다.

들도 이미 로그인해서, 아까 그 광장에 있었을 거야. 걔들을
두고는…… 못 가."

"……."

나는 한숨을 쉬며 입술을 깨물었다.

클라인의 긴장된 시선에 담긴 것을, 나는 절실히 느낄 수
있었다.

그는— 명랑하고 호감이 가며, 아마도 남들도 잘 챙겨줄 것
이 분명한 그는, 친구들을 모두 함께 데리고 갈 것을 바라고
있다.

하지만 나는 도저히 고개를 끄덕일 수가 없었다.

클라인만이라면 레벨 1인 지금이라도 선공(先攻) 몬스터로
부터 몸을 지켜가며 다음 마을까지 데려갈 자신이 있다. 하
지만 앞으로 두 사람— 아니, 한 사람만 늘어나도 이미 위험
해진다.

만약 도중에 죽는 사람이 나오고, 그리고 그 결과, 카야바
의 선언대로 그 플레이어의 뇌가 불타 현실에서도 죽음을 맞
는다면.

그 책임은 안전한 시작도시에서 탈출할 것을 제안하고, 게
다가 동료를 지키지도 못한 나에게 돌아올 수밖에 없다.

그런 어마어마한 무게를 짊어지다니, 나는 그럴 수 없다.
절대로 불가능하다.

거의 순간적인 갈등을 클라인 또한 예리하게 읽어낸 모양
이었다. 수염이 덥수룩한 뺨에, 딱딱하게 굳긴 했지만 그래

도 시원한 웃음을 지으며 천천히 고개를 좌우로 저었다.

"아니다…… 네게 더 이상 신세를 질 수는 없겠어. 나도 예전에 하던 게임에선 길드 마스터였다고. 괜찮아. 이제까지 가르쳐준 테크닉으로 어떻게든 해볼게. 게다가…… 이게 전부 악취미스러운 이벤트 연출이고, 금방 로그아웃하게 될 가능성도 아직 없는 건 아니잖아. 그러니까 넌 신경 쓰지 말고 다음 마을로 가라."

"…………"

입을 다문 채, 나는 몇 초 동안, 평생 느껴보지 못했던 격렬한 갈등에 휩싸였다.

그리고 그 후 2년에 걸쳐 나를 괴롭히게 될 말을 선택했다.

"……그래."

나는 고개를 끄덕이고, 한 걸음 뒤로 물러서선 갈라진 목소리로 말했다.

"그럼, 여기서 헤어지자. 무슨 일 있으면 메시지 날려줘. ……그럼, 또 보자, 클라인."

눈을 내리깔고 돌아서려는 나에게 클라인이 짧게 외쳤다.

"키리토!"

"…………"

시선으로 의문을 던졌으나, 광대뼈 부근이 살짝 떨렸을 뿐 그는 아무 말도 하지 않았다.

나는 한 번 손을 흔들고, 몸을 북서쪽으로―다음 거점이 될 마을이 있는 방향으로 돌렸다.

다섯 걸음 정도 떨어졌을 때, 등 뒤에서 다시 한 번 목소리가 들려왔다.

"야, 키리토! 너, 실물은 제법 귀엽더라! 꽤 내 취향이었어!!"

나는 쓴웃음을 지으며 어깨 너머로 외쳤다.

"너도 그 낙오무사 같은 상판이 열 배는 잘 어울린다!"

그리고 나는, 이 세계에서 처음으로 생긴 친구에게 등을 돌린 채, 일직선으로, 한없이 걸음을 옮겼다.

좌우로 구불구불 구부러지는 가느다란 골목길을 몇 분쯤 나아간 후 한 번 뒤를 돌아보았으나, 당연히 이제는 누구의 모습도 보이지 않았다.

가슴이 콱 막히는 듯한 기묘한 감정을 이를 악물어 집어삼키고, 나는 달려나갔다.

시작도시의 북서쪽 게이트, 광대한 초원과 깊은 숲, 이를 넘어선 곳에 위치한 작은 마을—그리고 그 너머로 어디까지고 이어진, 끝없는 고독한 서바이벌을 향해, 나는 필사적으로 달려나갔다.

4

게임 개시 한 달 만에 2천 명이 죽었다.

외부에서 문제를 해결해주리라는 낙관은 결국 좌절되었다.

그뿐이랴, 메시지 하나 온 것이 없었다.

나는 직접 보진 못했지만, 이 세계에서 정말로 나가지 못한다는 것을 겨우 이해했을 때 플레이어들의 패닉은 광란, 그 한 마디로밖에 표현할 수 없었다고 한다. 울부짖는 사람, 울어대는 사람, 개중에는 게임 세계를 파괴하겠다며 도시의 바닥을 파헤치려는 사람도 있었던 모양이다. 물론 건축물은 모두 파괴 불능 오브젝트이므로 그 시도는 허사로 끝났겠지만.

간신히 모든 사람들이 지금 상황을 받아들이고, 저마다 이후의 방침을 생각하기 시작할 때까지는 며칠이 걸렸다는 말을 들었다.

플레이어들은 당초 크게 네 그룹으로 나뉘었다.

우선 약 절반을 차지하는 그룹으로, 카야바 아키히코가 내건 해방 조건을 믿지 않고 외부의 구조를 기다린 사람들이었다.

그들의 마음은 통렬할 정도로 이해가 갔다. 자신의 육체는 현실에선 의자 위나 침대 위에 축 늘어진 채 숨을 쉬고 있다. 그것이 진정한 자신이고 이 상황은 《가짜》이므로, 우연히, 아주 작은 계기만 있으면 저쪽으로 돌아갈 수 있을 것이다—물론 로그아웃 버튼은 메뉴에서 사라졌지만 제작진이 무언가 놓친 것을 찾아낸다면—.

혹은 외부에서는 지금 운영기업 아가스, 그리고 누구보다도 정부가 플레이어들을 구하기 위해 최대한의 노력을 기울이고 있을 것이다—조급하게 굴지 말고 기다리면 언젠가 아무 탈 없이 자기 방에서 눈을 뜨고 가족과 감동의 재회를 나눈 후, 학교나 직장에 복귀해 한때의 화제를 모을 것이다—.

그렇게 생각하는 것도 정말로 무리는 아니었다. 나도 내심으로는 어느 정도 그런 기대를 했던 것이다.

이들이 취한 행동은 기본적으로 《대기》. 도시에서 한 걸음도 나가지 않고, 초기 배포된 게임 내 통화—이 세계에서는 《콜》이라는 단위로 표기된다—를 조금씩 소모하며 하루하루 먹을 식량을 구입하고, 싸구려 여관에서 잠을 자며, 몇 명씩 그룹을 지어 막연히 매일을 보내고 있었다.

다행히 《시작도시》는 기반 플로어 면적의 약 20퍼센트를 차지하는, 도쿄의 작은 구 하나 정도가 들어갈 위용을 자랑하는 곳이었으므로 5천 명의 플레이어가 그리 답답하지 않게 살아갈 만한 공간은 있었다.

하지만 도움의 손길은 아무리 기다려도 오지 않았다. 몇 번 눈을 떠도 창밖에 펼쳐진 광경은 항상 푸른 하늘이 아니라 음울하게 뒤덮인 천공의 덮개였다. 초기자금도 영원히 유지될 리가 없었으며, 마침내 그들도 무언가 행동을 할 수밖에 없다는 것을 깨달았다.

두 번째는 전체의 약 30퍼센트인 3천 명 정도의 플레이어가 소속된 그룹인데, 서로 협력하여 긍정적으로 생존해나가자는 집단이었다. 리더가 된 것은 일본 국내에서도 최대의 온라인 게임 정보 사이트를 운영하는 관리자였다.

그를 중심으로 모인 플레이어들은 몇몇 집단으로 나뉘어 획득한 자원도 공동으로 관리하고, 정보를 모아 상부 플로어로 향하는 계단이 있는 미궁구역의 공략에 나섰다. 리더 그룹은 시작도시의 중앙광장에 위치한 《흑철궁》을 점거하고 물자를 축적하면서 소속 플레이어 집단에게 이것저것 지시를 내렸다.

이 거대 집단은 한동안 이름이 없었으나, 전원에게 공통된 제복이 지급된 후로는 누가 그렇게 부르기 시작했는지 《군(軍)》이라는 웃기 힘든 호칭이 붙었다.

세 번째는 어림잡아 천 명 정도가 해당되는데, 초기에 무절제하게 낭비하여 콜을 다 써버렸지만, 그렇다고 몬스터와 싸워 돈을 벌 생각도 없어 생계가 막막해진 자들이다.

참고로 가상세계인 SAO 내부에서도 엄연히 일어나는 생리적 욕구가 있다. 수면욕과 식욕이다.

수면욕이 존재하는 것은 이해가 간다. 플레이어의 뇌는 주어진 감각정보가 현실세계의 것인지 가상세계의 것인지를 의식하지 않을 테니 말이다. 플레이어는 졸리면 마을 여관에 가서 주머니 사정에 따라 방을 빌려 침대에 들어갈 수 있다. 막대한 콜을 벌어들이면 원하는 곳에 자신의 전용 집을 살수도 있으나, 쉽게 모을 만한 액수는 아니다.

식욕에 관해서는 아직도 많은 플레이어들이 의아하게 여기고 있다. 현실의 육체가 처한 상황 따위는 상상도 하고 싶지 않지만, 아마 모종의 수단에 따라 강제적으로 영양분을 투여 받고 있을 것이다. 말하자면 공복감을 느껴 이곳에서 식사를 하더라도 진짜 육체의 위장에 음식이 들어가는 것은 아니다.

하지만 실제로는 게임 내에서 가상의 빵이나 고기를 먹으면 공복감이 사라지고 배가 부른다. 이 이상한 메커니즘은 이젠 뇌 전문가에게 물어보지 않고는 해명할 방법이 없다.

반대로 말하자면, 일단 느낀 공복감은 먹지 않는 한 사라지지도 않는다. 아마 금식을 한다 해도 죽지는 않을 것이다. 하지만 역시 그것이 견디기 힘든 욕구라는 점에는 변함이 없었으며, 플레이어들은 매일 NPC가 경영하는 레스토랑에 들어가 데이터상의 음식을 위장에 채워 넣어야 했다.

사족이지만 게임 내에서 배설은 필요가 없다. 현실세계의 그것에 대해선 먹는 문제보다도 더더욱 상상하고 싶지 않다.

다시 본론으로 돌아와서—

초기에 돈을 탕진해, 자는 것은 물론 먹는 데도 곤궁에 빠진 플레이어들 중 대부분은 어쩔 수 없이 앞서 말한 공동 공략 그룹, 즉 《군》에 참가하게 되었다. 상부의 지시를 따르면 적어도 먹을 것은 지급되기 때문이다.

하지만 어느 세계에든 협동정신이라곤 약에 쓰려고 찾아봐도 없는 사람들이 존재한다. 처음부터 그룹에 속하는 것을 탐탁찮게 생각했던, 혹은 문제를 일으켜 추방당한 자들은 《시작도시》의 슬럼 지구를 근거지로 삼고 강도 행위를 시작하게 되었다.

도시 내부, 흔히 말하는 《안전권》은 시스템으로 보호를 받고 있어 플레이어는 다른 플레이어에게 일절 위해를 가할 수 없다. 하지만 도시 바깥은 그렇지만도 않다. 낙오자들은 낙오자들끼리 도당을 짜 어떤 의미로는 몬스터보다 많은 이익을 기대할 수 있으며, 위험도가 낮은 사냥감인 플레이어를 도시 바깥 필드나 미궁구역에서 매복하고 있다가 습격하게 된 것이다.

그렇다곤 하지만 그들도 《살인》까지는 저지르지 않았다—적어도 처음 1년간은.

이 그룹은 조금씩 증가하여 앞서 말한 대로 천 명에 달하는 것으로 추정된다.

마지막으로 네 번째 그룹은, 쉽게 말해서 그 외의 플레이어들이다.

공략을 목표로 삼았다 해도 거대 그룹에는 속하지 않았던 플레이어들이 만든 소규모 집단이 약 50여 개. 인원수로는 500명 정도가 있다. 이 집단은 《길드》라 불리며, 그들은 《군》은 갖추지 못한 기동성을 살려 충실한 공략을 통해 전력을 증강시켜나갔다.

그리고 극히 소수의 장인 및 상인 클래스를 선택한 자들. 겨우 2, 300 정도의 규모일 뿐이지만, 그들 또한 독자적으로 길드를 조직해 당면한 생활에 필요한 콜을 벌기 위한 스킬 수행을 시작했다.

100명이 채 못 되는 나머지가, 나도 여기에 속한 셈이지만 ―《솔로 플레이어》라 불리는 자들이다.

그룹에 속하지 않고 단독으로 행동하는 것이 자기강화, 나아가서는 생존에 보다 유리하다고 판단한 이기주의자들. 그 대부분은 베타테스트 경험자였다. 지식을 살려 빠른 스타트로 단기간에 레벨을 올려 혼자서도 몬스터며 강도들에게 대항할 힘을 얻고 나면, 솔직히 말해 다른 플레이어들과 함께 싸울 메리트는 거의 없었던 것이다.

게다가 SAO라는 게임은 《마법》, 즉 《100퍼센트 명중하는 원거리 공격》이 존재하지 않기 때문에 혼자서도 다수의 몬스터를 상대할 수 있다는 것이 특징이다. 확실한 기술만 있다면 솔로 플레이어가 경험치 효율 면에서 파티 플레이를 압도한다.

물론 리스크도 있다. 예를 들자면, 《마비》공격의 경우 파티 플레이어라면 남이 회복시켜주면 그만이지만 솔로의 경우에는 죽음의 위기와 직결된다. 실제로 초기의 솔로 플레이어 사망률은 모든 플레이어 카테고리 가운데에서도 최고 수준이었다.

하지만 위험을 회피할 만한 충분한 지식과 경험만 있다면 리스크를 웃도는 리턴이 보장된다. 또한 나를 포함한 베타테스터는 이미 그 두 가지를 가진 자들이었다.

귀중한 지식을 독점하고 맹렬한 속도로 레벨업을 해나가는 솔로 플레이어와 그 외의 사람들 사이에는 심각한 괴리가 발생했다. 게임이 어느 정도 안정화된 후, 솔로 플레이어는 모두 제1플로어를 벗어나 보다 상부 플로어에 위치한 도시를 근거지로 삼게 되었다.

흑철궁 내부, 원래는 《소생자의 방》이 있던 곳에는 베타테스트 때엔 존재하지 않았던 거대 금속제 비석이 놓여 있었다. 그 표면에는 1만 플레이어 전원의 이름이 각인되어 있었다. 아주 고맙게도 사망자의 이름 위에는 알기 쉽게 가로줄이 그어지고, 옆에 상세한 사망 시각과 사망 원인이 기록되는 시스템이다.

처음으로 가로줄이 그어지는 명예를 얻은 자가 나타난 것은 게임 시작 후 겨우 세 시간이 지났을 때였다.

사망 원인은 몬스터와 싸워서 패한 것이 아니었다. 자살이었다.

'너브 기어의 구조상 게임 시스템에서 분리된 자는 자동적으로 의식을 회복할 것이다' 라는 지론을 펼쳤던 그는 시작 도시의 남쪽 끝, 즉 아인크라드의 가장자리를 구성하는 전망 테라스의 높은 철책을 넘어가 몸을 날렸다.

부유성 아인크라드 밑으로는 아무리 노려봐도 육지 따위는 찾아볼 수 없었으며, 그저 끝없이 이어진 하늘과 몇 겹으로 펼쳐진 흰 구름이 존재할 뿐이었다. 수많은 갤러리가 테라스에서 몸을 내밀고 지켜보는 가운데, 절규의 꼬리를 끌며 사내의 모습은 점점 작아졌고, 마침내 구름 틈으로 사라졌다.

사내의 이름 위에 간결하면서도 무자비한 가로줄이 그어진 것은 그로부터 2분이 지난 후였다. 사망 원인은 《고공추락》. 2분간 그가 무엇을 체험했는지는 상상도 하고 싶지 않았다. 실제로 그가 현실세계에 복귀할 수 있었는가, 아니면 카야바의 말대로 뇌가 불타 죽는 결과를 맞이했는가—게임 내부에서는 알 방법이 없었다. 다만, 그런 안이한 수단으로 탈출할 수 있다면 바깥에서 회선을 절단해 이미 우리는 모두 구출되고도 남았으리라는 것이 대부분 플레이어들의 공통된 견해였다.

그러나 그가 게임 세계에서 사라진 후에도 이 단순한 방법의 유혹에 몸을 맡긴 자들은 산발적으로 나타났다. 나를 포함한 대부분의 플레이어는 SAO의 《죽음》에 좀처럼 실감을 가질 수 없었다.

그것은 지금도 변함이 없으리라. HP가 0이 되고, 몸을 구성하는 폴리곤이 소멸하는 그 현상은 우리에게 너무나도 친숙한, 흔히 말하는 《게임 오버》와 흡사했던 것이다. 아마 SAO에서 죽음의 의미를 진정으로 깨닫기 위해서는 실제로 체험하는 것 말고 다른 방법은 없을 것이다. 그 희박한 현실감각이 플레이어의 감소에 박차를 가한 한 요인이 되었다는 것은 틀림없다.

한편 《군》 내지는 그 이외의 집단에 속한 플레이어, 특히 대기파에 속한 사람들이 늦게나마 게임 공략을 개시함에 따라 역시 몬스터와의 전투에서 목숨을 잃는 자도 나타나기 시작했다.

　SAO의 전투에선 어느 정도 감과 적응이 필요하다. 억지로 움직이려 하지 말고 시스템의 서포트에 《맡기는》 것이 요령이라고나 할까.

　예를 들어, 단순한 한손검 상단베기라 해도 《한손 직검(直劍) 스킬》을 습득해 소드 스킬 리스트에 《상단베기》를 장비한 자가 그 스킬을 이미지화해 초기 모션을 취하면 그 다음은 시스템이 거의 자동으로 플레이어의 몸을 움직여준다. 하지만 스킬이 없는 사람이 억지로 움직임을 흉내 내려고 해봤자, 공격은 느리고 위력은 낮아 실전에선 거의 쓸 수 없다. 말하자면 어떤 의미로는 격투 게임에서 커맨드를 입력하는 것과 비슷하다고 할 수 있겠다.

　그러나 여기에 적응하지 못한 사람들은 손에 든 검을 무턱대고 휘두르기만 할 뿐, 초기부터 장비한 기본 단발 스킬을 사용하면 쉽게 이길 수 있는 멧돼지나 늑대에게도 밀렸다. 그래도 HP가 어느 정도 줄어든 시점에서 전투를 포기하고 이탈, 도망치면 죽는 결과를 맞지는 않았을 텐데—

　스크린 모니터를 통해 2D 그래픽의 적을 공격하는 것과 달리, SAO의 전투는 그 압도적인 리얼리티 탓에 원시적인 공포감이 일어난다. 아무리 봐도 진짜로밖에는 여겨지지 않는 몬스터가 흉악한 이를 드러내며 자신을 죽이겠다고 달려드는 것이다.

　베타테스트 때조차도 전투에서 패닉을 일으키는 자들이 있었는데, 현실의 죽음이 기다린다면 어떻겠는가. 공황에 빠진 플레이어들은 스킬을 펼치는 것도, 도망치는 것조차도 잊고 HP를 어이없이 날려 이 세상에서 영원히 퇴장하고 말았다.

자살. 대(對) 몬스터 전투에서의 패배. 무시무시한 속도로 늘어가는, 무자비한 가로선이 새겨진 이름들.

그 수가 게임 개시 한 달 만에 2천 명이라는 무시무시한 숫자에 달했을 때, 남은 플레이어들 위로 어두운 절망감이 드리워졌다. 이 속도로 사망자가 늘어간다면 반년도 지나지 않아 만 명이 전멸하고 만다. 제100플로어 돌파는 꿈이나 마찬가지.

하지만— 인간은 적응하는 생물이다.

한 달이 조금 지났을 무렵, 간신히 제1플로어 미궁구역을 공략하고, 그로부터 겨우 열흘 후에 제2플로어를 돌파한 후부터 사망자의 수는 눈에 띄게 줄어들기 시작했다. 살아남기 위해 수많은 정보가 오가고, 제대로 경험치를 쌓으며 레벨을 올려나가면 몬스터는 그리 무서운 존재가 아니라는 인식이 생겨났다.

이 게임을 클리어하고 현실세계로 돌아갈 수 있을지도 모른다. 그렇게 생각한 플레이어의 수는 조금씩, 하지만 착실하게 늘어갔다.

최상층 플로어는 까마득하게 멀었으나, 플레이어들은 어렴풋한 희망을 원동력으로 움직였고—세계는 소리를 내며 돌아가기 시작했다.

그로부터 2년, 남은 플로어는 26개, 생존자는 6천여 명.
그것이 아인크라드의 현재 상황이다.

5

제74플로어 《미궁구역》에 서식하는 강적 리저드맨 로드와
의 단독 전투를 마치고, 귀가 경로와 먼 기억을 동시에 더듬
으며 충분히 걸어 나온 나는 전방에서 출구의 빛을 발견하고
안도의 한숨을 내쉬었다.

생각을 떨치고, 빠른 걸음으로 통로를 빠져나온 후 맑고 신
선한 공기를 가슴 가득 들이마셨다.

눈앞에는 울창하게 우거진 어두운 숲을 뚫고 한 줄기 오솔
길이 이어졌다. 뒤를 돌아보면 지금 막 나온 미궁구역의 저
녁놀에 물든 거구가 까마득한 상공—정확히는 다음 플로어
의 밑바닥까지 솟아 있다.

성의 정점을 향해 간다는 게임의 구조상, 이 세계의 던전은
지하 미궁이 아닌 거대한 탑의 형상을 띠고 있다. 하지만 내
부에는 필드보다도 강력한 몬스터의 무리가 배회하며, 가장
깊은 곳에는 무시무시한 보스 몬스터가 기다린다는 정형은
변함이 없다.

현재 이 제74플로어 미궁구역은 약 80퍼센트의 공략—

즉, 매핑(mapping)이 완료되었다. 아마 앞으로 며칠이면 보스가 기다리는 방을 발견해 대규모 공략부대가 편성될 것이다. 그때는 솔로 플레이어인 나도 참가한다.

기대와 답답함을 동시에 느끼는 자신에게 쓴웃음을 지으며, 나는 오솔길을 걷기 시작했다.

현재 나의 홈타운은 제50플로어에 있는 아인크라드 최대의 도시 《알게이드》였다. 규모로 따지면 시작도시가 더 크지만, 그곳은 이제 완전히 《군》의 본거지가 되었기 때문에 드나들기가 껄끄럽다.

저녁놀의 빛이 짙어진 초원을 빠져나오자 울퉁불퉁한 고목이 늘어선 숲이 펼쳐졌다. 그 안을 30분이나 걸어가면 제74플로어의 《주거구역》이 있으며, 그곳의 《텔레포트 게이트》를 통해 제50플로어 알게이드로 순식간에 이동할 수 있다.

아이템 인벤토리에 든 순간 텔레포트 아이템을 사용하면 어디서든 알게이드로 귀환할 수 있지만, 다소 비싼 물건인지라 긴급할 때가 아니면 쓰기 꺼려졌다. 아직 해가 질 때까지는 시간이 좀 있으니, 한시라도 빨리 보금자리로 돌아가 몸을 눕히고 싶다는 유혹을 뿌리치고, 나는 숲속으로 발을 들였다.

아인크라드 각 플로어의 가장자리는 몇 개의 지지용 기둥 외에는 기본적으로 허공을 향해 뚫려 있다. 그곳을 통해 비스듬히 들어오는 햇빛이 숲의 나무들을 타오르는 듯한 붉은색으로 물들이고 있다. 줄기 사이를 흐르는 농밀한 안개의 띠가 낙조를 반사해 반짝반짝 요사스럽게 빛난다. 낮에는 시끄럽게 지저귀던 새소리도 드문드문해져, 스쳐가는 바람이 잔가지를 흔드는 소리가 공연히 크게 들렸다.

이 부근에 출몰하는 몬스터들은 졸면서 싸워도 이길 수 있는 레벨이란 것을 잘 알지만, 어둠에 잠겨드는 이 시간대가 되면 아무래도 불안감을 억누를 수가 없다. 어린 시절, 집에 돌아가다 길을 잃고 헤매던 때와 비슷한 감각이 가슴에 가득 찼다.

하지만 나는 이 기분이 딱히 싫지 않았다. 저쪽 세계에 살던 무렵에는 이런 원시적인 불안은 언제부터인가 잊고 있었다. 아무리 둘러봐도 누구 하나 보이지 않는 황야를 홀로 떠도는 고독감, 이것이야말로 RPG의 진수라고나 할까—.

향수 어린 감개에 사로잡혀 있던 나의 귀에 문득 기억에 없는 짐승의 울음소리가 어렴풋이 들려왔다.

높고 맑은, 풀피리 같은 한순간의 울림. 나는 발을 우뚝 멈추고는 신중하게 소리가 들려온 방향을 찾았다. 들은 적이 없는, 혹은 본 적이 없는 것의 출현은 이 세계에서는 뜻하지 않은 행운이거나 불운, 둘 중 하나가 찾아오는 것을 뜻한다.

솔로 플레이어인 나는 《색적(索敵) 스킬》을 키워놓았다. 이 스킬은 기습을 막는 효과와 함께 스킬 숙련도가 올라가면 하이딩(은폐) 상태에 있는 몬스터나 플레이어를 간파해내는 또 하나의 효과가 발생한다. 마침내 10미터쯤 떨어진 커다란 나뭇가지 틈에 숨은 몬스터의 모습이 시야에 떠올랐다.

그렇게 크지는 않다. 나뭇잎으로 위장하기 위한 녹회색 모피와 몸길이보다 길게 뻗은 귀. 시선을 집중하자 자동으로 몬스터가 타깃 상태가 되며 시야에 노란 커서와 대상의 이름이 표시된다.

그 문자를 본 순간 나는 숨을 들이켰다. 《라구 래빗(Ragout Rabbit)》. 초(超) 자가 붙을 정도로 레어한 몬스터다.

실물은 나도 처음 보았다. 나무 위에 서식하는 그 통통한 토끼는 특별히 강한 것도, 경험치가 높은 것도 아니지만—.

나는 조용히 허리의 벨트에서 가느다란 투척용 픽(pick)을 꺼냈다. 내 《투검(投劍) 스킬》은 스킬 트리의 징검다리 정도로 선택해두었을 뿐 숙련도는 그리 높지 않다. 하지만 라구 래빗의 도주 속도는 이제까지 알려진 몬스터 중에서도 최고라고 들었으므로 접근해서 검으로 전투를 벌일 만한 자신은 없었다.

상대가 이쪽을 미처 알아차리지 못한 지금이라면 아직, 단 한 번 퍼스트 어택 찬스가 있다. 나는 오른손에 픽을 들고 기도하는 심정으로 투검 기본 스킬 《싱글 숏(Single Shoot)》의 모션을 취했다.

아무리 스킬 숙련도가 낮다 해도 철저히 키운 민첩성 파라미터에 의한 보정을 받은 내 오른손은 번개처럼 번뜩였고, 내 손을 떠난 픽은 순간적으로 반짝하며 나뭇가지 사이로 빨려들었다. 공격을 개시하자마자 라구 래빗의 위치를 나타내는 커서는 전투를 알리는 붉은색으로 바뀌고, 그 밑에 녀석의 HP바가 표시되었다.

픽의 행방을 지켜보던 내 귀에 한층 더 높은 비명이 들리고
—HP바가 주춤하더니 0이 되었다. 폴리곤이 깨지는, 귀에
익은 경질적인 효과음.

나도 모르게 왼손을 꽉 움켜쥐었다. 즉시 오른손을 들어 메
뉴 화면을 불러냈다. 패널을 조작하는 손놀림마저 답답하게
느끼며 인벤토리를 열어보니 예상대로 신규 입수품의 제일 위
에 그 이름이 있었다. 《라구 래빗의 고기》. 플레이어를 상대로
거래하면 최소 10만 콜은 받을 수 있는 레어 아이템이다. 최
고급 오더메이드 무기를 맞추고도 거스름돈이 남는 액수.

그렇게 비싼 이유는 매우 단순하다. 이 세계에 존재하는 무
수한 식재료 아이템 가운데에서 최고급 맛으로 설정된 것이
기 때문이다.

먹는 것만이 거의 유일한 쾌락이라 해도 좋을 SAO 안에서
평소 입에 댈 수 있는 것이라고는 기껏해야 유럽 시골풍—인
지는 모르겠지만 소박한 빵이니 수프뿐이다. 요리 스킬을 선
택한 극소수의 기술자 플레이어들이 조금이라도 폭을 넓혀
보고자 궁리해서 만든 음식이지만, 이것도 그리 쉽게 먹을
수 있는 것은 아닌지라 거의 모든 플레이어는 만성적으로 맛
에 굶주린 상황이다.

물론 사정은 나도 마찬가지여서 단골 NPC 레스토랑에서
먹는 수프와 흑빵도 결코 싫어하진 않지만, 그래도 가끔은
부드럽고 육즙이 뚝뚝 넘쳐나는 고기를 한입 가득 뜯어보고

싶다는 욕구에 시달렸다.

나는 아이템 이름을 노려보며 한동안 끙끙거리고 있었다. 앞으로 이런 식재료를 입수할 가능성은 극히 희박할 것이다. 솔직히 말하자면 내가 먹어버리고 싶은 마음이 굴뚝같았지만, 식재료 아이템의 랭크가 높을수록 요리에 요구되는 스킬 레벨도 올라가므로 누군가 달인 수준의 기술자 플레이어에게 부탁해야만 한다.

그런 사람을 모르—는 것도 아니지만 일부러 부탁하러 가는 것도 귀찮은 데다, 슬슬 방어구도 새로 맞춰야 할 시기이기도 하므로 나는 이 아이템을 돈으로 바꾸기로 결심하고 자리를 떴다.

미련을 뿌리치듯 스탯 윈도우를 닫고 주위를 다시 색적 스킬로 둘러보았다. 설마 이런 최전선에, 바꿔 말하자면 변두리에 도적 플레이어가 출몰할 것 같지는 않았으나, S클래스 레어 아이템을 들고 있으니 아무리 조심해도 지나치지 않다.

이걸 돈으로 바꾸면 순간 텔레포트 아이템 정도는 원하는 대로 살 수 있을 테니, 나는 위험을 줄이기 위해 당장 알게이드까지 귀환해야겠다 생각하고 허리의 파우치를 뒤졌다.

손가락으로 집어낸 것은 짙은 푸른색으로 빛나는 팔각기둥형 크리스탈이었다. 《마법》의 요소가 거의 배제된 이 세계에서 드물게 존재하는 매직 아이템은 모두 이렇게 보석 모양을 하고 있다. 푸른색은 순간 텔레포트, 핑크색은 HP 회복, 녹색은 해독—뭐, 그런 식이다. 모두 즉석에서 효과를 발휘하는 편리한 아이템이지만 값도 비싸서, 예를 들어 회복을 할 때는 적에게서 이탈해 효과가 느린 싸구려 포션 등으로 해결하는 경우가 일반적이었다.

지금은 긴급 상황이라 해도 할 말이 없다고 스스로를 타이르며, 나는 푸른 크리스탈을 쥐고 외쳤다.

"텔레포트! 알게이드!"

수많은 방울을 울리는 듯한 아름다운 음색과 함께 손안에서 크리스탈이 덧없이 산산조각으로 깨졌다. 동시에 내 몸은 푸른빛에 휩싸이고, 주변 숲의 풍경은 녹아서 무너지듯 소멸해갔다. 빛이 한층 눈부시게 번쩍인 후—사라졌을 때는 텔레포트가 끝났다. 조금 전까지 들리던 나뭇잎 스치는 술렁임 대신 대장간의 드높은 망치질 소리와 시끌벅적한 도시의 소음이 내 귀를 때렸다.

내가 출현한 곳은 알게이드의 중앙에 위치한 《텔레포트 게이트》였다.

원형광장 한가운데에 높이 5미터에 달하는 거대한 금속제 게이트가 솟아 있다. 게이트 내부의 공간은 신기루처럼 일렁이며, 다른 도시로 텔레포트하는 사람, 혹은 어디선가 텔레포트해온 사람들이 끊임없이 출현과 소멸을 반복했다.

광장에서는 사방을 향해 거대한 대로가 뻗어 나왔으며, 모든 길의 양쪽에는 무수한 작은 가게가 북적북적 몰려 있었다. 오늘의 모험을 마치고 한순간의 휴식을 찾는 플레이어들이 음식 가판이나 술집 앞에서 대화로 꽃을 피웠다.

알게이드를 간결하게 표현하자면 《혼잡》이라는 한 마디로 표현할 수 있으리라.

시작도시에서 볼 수 있는 거대한 시설은 하나도 없고, 광대한 면적 가득히 무수한 골목길이 겹겹이 펼쳐져, 무엇을 파는지도 모를 수상쩍은 공방이며, 두 번 다시 나오지 못하는 것 아닌가 싶은 여관 등등이 처마를 맞대고 있다.

실제로 알게이드 뒷골목에 잘못 들어갔다가 며칠 동안 나오지 못했던 플레이어들의 수는 셀 수도 없을 정도였다. 나도 이곳에 자리를 잡은 지 1년이 다 되어가지만 아직까지 길을 절반도 기억하지 못했다. NPC 주민들 또한 클래스조차 파악하기 힘든 놈들뿐, 요즘은 이곳을 홈으로 삼는 플레이어도 아주 괴짜들뿐인 듯한 생각마저 든다.

하지만 나는 이 거리의 분위기가 마음에 들었다. 골목 구석구석에 위치한 단골가게에 틀어박혀 이상한 냄새가 나는 차를 홀짝거리는 시간만이 하루 중 유일하게 안식을 느끼는 시간이라 해도 과언이 아니었다. 옛날에 자주 놀러갔던 전자상가와 비슷해서 그럴 거라는 감상적인 이유—때문은 아니라고 생각하고 싶다.

나는 보금자리로 돌아가기 전에 예의 아이템을 처분할 생각으로 단골 매매상을 향해 발을 옮겼다.

텔레포트 게이트가 있는 중앙광장에서 서쪽으로 뻗은 번화가를, 인파를 헤치며 몇 분 걸어가면 금방 그 가게가 나타난다. 다섯 명만 들어서도 꽉 찰 것 같은 가게 안에는 플레이어 샵 특유의 혼잡함을 풍기는 진열장이 늘어서 있으며, 무기에서 도구, 식료품까지 마구 뒤섞여 있다.

가게 주인으로 말하자면, 지금 가게 앞에서 한참 흥정에 열을 올리는 중이었다.

아이템 매각 방법은 크게 두 가지로 나뉜다. 하나는 NPC, 즉 시스템이 조작하는 캐릭터에게 매각하는 방법으로, 사기 위험이 없는 대신 매입가는 기본적으로 일정하다. 콜의 인플레이션을 막기 위해 그 수치는 실제 시장가치보다도 낮게 설정되어 있다.

나머지 하나가 플레이어 간의 거래였다. 이 경우 흥정하기에 따라 상당히 고가로 팔 수도 있지만, 사줄 사람을 찾으려면 큰 수고를 겪어야 하며, 거래가 끝난 후 너무 비싸네 마음이 바뀌었네 딴소리를 하는 플레이어와 트러블을 겪는 경우도 없다고는 못한다.

그래서 드롭 아이템을 전문으로 처리하는 상인 플레이어가 등장했다.

원래 상인 클래스 플레이어의 존재 의의는 그것만이 아니다. 기술자 클래스도 그렇지만, 그들은 스킬 슬롯의 절반 이상을 비전투계 스킬로 채워야 한다. 하지만 그렇다고 필드에 나가지 않아도 되는 것은 아니다. 상인이라면 상품을, 기술자라면 재료를 입수하기 위해 몬스터와 싸울 필요가 있으며, 당연하게도 전투에선 순수 검사 클래스보다 고생해야만 한다. 적을 퇴치하는 상쾌한 기분 따위는 맛보기 힘들다.

즉, 그들의 아이덴티티는 게임 클리어를 위해 최전선으로 달려가는 검사들을 서포트한다는 숭고한 동기에서 찾아야 한다. 그 점에 있어 나는 상인이나 기술자들을 은근히, 깊이 존경한다.

─존경하지만, 지금 내 시야에 들어온 상인 플레이어는 자기희생 따위의 단어와는 까마득히 먼 캐릭터라는 것 또한 사실이었다.

"오케이, 그럼 결정! 《더스크 리저드의 가죽》 25장에 500콜!"

내가 단골로 삼은 매매상 에길은 굵은 오른팔을 휘둘러 흥정 상대─심약해 보이는 창전사의 등을 펑펑 두드렸다. 그대로 트레이드 윈도우를 불러내 다짜고짜 자기 쪽 트레이드 란에 금액을 입력한다.

상대는 아직도 좀 고민하는 것 같았지만, 역전의 전사로 착각할 만한 에길이 흉악한 얼굴로 한 번 노려보자─실제로 에길은 상인이면서 동시에 일류 도끼전사이기도 하지만─허겁지겁 자기 아이템 윈도우에서 물건을 트레이드 윈도우에 이동시키곤 OK 버튼을 눌렀다.

"매번 고맙습니다!! 또 부탁해, 형씨!"

마지막으로 창전사의 등을 한 번 철썩 때리며 에길은 호쾌하게 웃었다. 더스크 리저드의 가죽은 고성능 방어구의 재료가 된다. 아무리 생각해도 500은 너무 헐값이라는 생각이 들었지만, 그저 얌전하게 침묵을 지키며, 떠나가는 창전사를 지켜보았다. 매매상을 상대할 때는 절대로 양보해선 안 된다는 교훈의 수업료로 삼으라고 마음속으로 중얼거렸다.

"여, 언제 봐도 장사 하난 뻔뻔하게 잘 하는구나."

에길에게 뒤에서 말을 거니, 대머리의 거한은 돌아보며 씨익 웃었다.

"여어, 키리토구나. 싸게 사들여 싸게 제공하는 게 우리 가게의 모토잖냐."

미안한 기색도 없이 주워섬긴다.

"싸게 제공하는지는 좀 의심스럽지만. 뭐 됐고, 나도 매수 좀 부탁해."

"키리토는 단골이니까 강짜는 못 부리지, 어디……."

그렇게 말하며 에길은 굵고 짧은 고개를 내밀어 내가 제시한 트레이드 윈도우를 들여다보았다.

SAO 플레이어의 아바타는 너브 기어의 스캔 기능과 초기 체형 캘러브레이션에 따라 현실의 모습을 정밀하게 재현한 것인데, 이 에길을 볼 때마다 나는 '어쩌면 이렇게 딱 맞는 외모를 가진 사람이 다 있을까' 싶은 생각에 감탄을 금치 못한다.

180센티미터는 될 법한 체구는 근육과 지방으로 꽉꽉 다져졌으며, 그 위에 얹힌 머리는 악역 레슬러 뺨칠 정도로 울퉁불퉁해 마치 바위에서 깎아낸 듯한 모양이었다. 게다가 몇 안 되는 커스터마이즈 가능 요소인 헤어스타일을 매끈매끈한 스킨헤드로 해놓았으니, 그 무서움은 야만족 계열 몬스터에도 꿀리지 않는다.

하지만 그럼에도 불구하고 웃으면 실로 애교가 있는, 맛깔스러운 얼굴인 것이다. 나이는 20대 후반쯤 되겠지만 현실 세계에서 무엇을 하던 사람인지는 상상도 가지 않는다. 《저쪽》에 대한 사항을 묻지 않는 것이 이 세계의 불문율이기도 하다.

두툼하게 튀어나온 눈썹 밑의 두 눈이 트레이드 윈도우를 보자마자 휘둥그레졌다.

"우와아, S급 레어 아이템이잖아. 《라구 래빗의 고기》라니, 나도 실물은 처음 보는걸⋯⋯. 키리토, 너 딱히 돈이 궁한 건 아니지? 먹을 생각은 없냐?"

"있지. 아마 두 번 다시 얻기는 힘들 테니까⋯⋯. 하지만 말야, 이런 아이템을 다룰 만큼 요리 스킬을 올린 놈이 그리 흔하지는⋯⋯."

그때, 등 뒤에서 누군가가 내 어깨를 톡톡 두드렸다.

"키리토."

여자 목소리. 내 이름을 아는 여자 플레이어는 그리 많지 않다. 그렇다기보다 이 상황에선 한 사람밖에 없다. 나는 얼굴을 보기 전부터 상대를 짐작하고 있었다. 왼쪽 어깨에 닿아 있는 상대의 손을 재빨리 붙잡고는 돌아보며 말했다.

"주방장 확보."

"뭐⋯⋯ 뭐어?"

상대는 내게 손을 붙들린 채 수상쩍다는 표정으로 주춤거렸다.

긴 밤색 스트레이트 헤어를 양갈래로 늘어뜨린 얼굴은 조그마한 계란형이며, 커다란 헤이즐넛색 눈동자가 눈부실 정도로 빛을 뿜어낸다. 늘씬한 몸은 하얀색과 붉은색을 기조로 한 기사풍 전투복으로 감쌌으며, 하얀 가죽 검대(劍帶)에 매달아둔 것은 우아한 은백색 세검(細劍).

그녀의 이름은 아스나. SAO 내에서는 모르는 사람이 거의 없을 정도로 유명하다.

이유는 몇 가지가 있지만, 우선 압도적으로 적은 여성 플레이어이며, 또한 아무도 불만을 품지 못할 정도로 화려한 용모의 소유자라는 점을 들 수 있다.

플레이어의 현실 육체, 특히 얼굴의 형태를 거의 완전히 재현한 SAO에서 매우 입에 담기 어려운 말이지만, 미인 여성 플레이어란 초S급이라고도 할 만큼 레어한 존재이다. 아마 아스나만한 미인은 손으로 꼽을 정도일 것이다.

또 한 가지 그녀를 유명인으로 만든 이유는 순백색과 진홍색으로 채색된 기사복—길드 《혈맹기사단(血盟騎士團)》의 유니폼이다. 《Knights of the Blood》의 이니셜을 따 KoB 라고도 불리는 그들은 아인크라드의 수많은 길드 가운데서도 누구나 인정하는 최강 플레이어 길드였다.

구성 멤버는 30명 정도인 중규모 길드이지만 모두가 고레벨의 강력한 검사이며, 길드를 통솔하는 리더는 전설적인 존재라고도 할 만한 SAO 최강의 사내인 것이다. 아스나는 가련한 외견과 달리 그 길드의 부단장을 맡고 있다. 당연히 소드 스킬도 뛰어나 세검술은 《섬광》이라는 별명이 붙을 정도로 대단한 실력이다.

즉, 그녀는 용모로도 소드 스킬로도 6천 플레이어의 정점에 서는 존재였다. 그러니 유명해지지 않는 것이 오히려 이상하다. 당연히 무수한 팬이 있지만, 개중에는 광적으로 숭배하는 자들이며 스토커 같은, 더 나아가서는 반대로 격렬하게 적대시하는 자들도 있어 나름 고생을 하는 모양이었다.

하기야 최강 검사 중 하나인 아스나에게 정면으로 시비를 걸 만한 자들은 그리 많지 않겠지만, 경호에 만전을 기한다는 길드의 의향도 있는 듯, 그녀에게는 두 명 이상의 보디가드 플레이어가 따라다니는 경우가 많았다. 지금도 그녀에게서 몇 걸음 물러난 위치에 하얀 망토와 두터운 금속 갑옷으로 무장한 KoB 멤버로 보이는 두 사내가 서 있었는데, 특히 오른쪽의 긴 머리를 뒤로 묶은 비쩍 마른 사내가 아스나의 손을 붙잡은 내게 살기 가득한 시선을 보내고 있다.

나는 그녀를 놓고 그 사내에게 손을 파닥파닥 흔들어주며 대답했다.

"웬일이야, 아스나? 이런 쓰레기장에 다 들르고."

내가 아스나를 경칭 없이 부르는 것을 들은 장발의 사내와, 자신의 가게를 쓰레기장이라 불린 점장의 얼굴이 동시에 꿈틀꿈틀 경련했다. 다만 점장 쪽은—

"오랜만이에요, 에길 씨."

하는 아스나의 인사를 듣자마자 헤실헤실 표정을 풀었다.

아스나는 나를 돌아보더니 불만스럽게 입술을 비죽거렸다.

"뭐야, 이제 곧 다음 보스 공략이 있으니까 살아 있는지 확인하러 와줬더니."

"프렌드 리스트에 등록했으니 그 정도는 보면 알잖아. 애초에 맵에서 프렌드 추적을 했으니 여기까지 올 수 있었던 거 아냐?"

말대답하자 고개를 홱 돌려버리는 아스나.

그녀는 서브 리더이기도 하면서 길드 내에선 게임 공략의 책임자를 맡고 있다. 그 업무에는 나 같은 솔로 이기주의자들을 통솔해 보스전을 위한 합동 파티를 편성하는 것도 포함되어 있다. 하지만 그렇다 해도 굳이 직접 확인하러 오다니, 성실해도 정도가 있지.

반쯤은 질린, 반쯤은 감탄한 내 시선을 받으며 아스나는 두 손을 허리 언저리에 가져다대고 턱을 들어 올리는 듯한 몸짓으로 말했다.

"살아 있으면 됐어. 그…… 그보다도, 뭐야? 주방장 어쩌고 했던 건?"

"아, 맞아맞아. 너, 지금 요리 스킬 숙련도 얼마야?"

내가 알기로 아스나는 유별나게도 전투 스킬을 수행하는 짬짬이 기술자 계열인 요리 스킬을 올리고 있었다. 내 물음에 그녀는 자랑스럽게 씨익 웃으며 대답했다.

"듣고 놀라시라, 지난주에 《컴플리트(완전습득)》했지."

"뭐어?!"

바…… 바보다.

라고 잠깐 생각했지만, 물론 입에 담지는 않았다.

숙련도는 스킬을 사용할 때마다 정신이 아득해질 정도로 느릿느릿 올라가며, 최종적으로는 숙련도가 1천에 달했을 때 컴플리트 상태가 된다. 참고로 경험치에 따라 상승하는 레벨은 숙련도와는 별개여서 레벨업으로 상승하는 것은 HP, 근력, 민첩성 같은 스탯, 그리고 《스킬 슬롯》이라는 습득 가능한 스킬의 숫자뿐이다.

나는 지금 열두 개의 스킬 슬롯을 가지고 있는데, 컴플리트에 도달한 것은 한손 직검 스킬, 색적 스킬, 무기 방어 스킬 세 가지뿐이다. 말하자면 이 여자는 무시무시한 시간과 정열을 전투에는 아무런 도움도 되지 않는 스킬에 쏟아 부었다는 뜻이다.

"……그 실력을 믿고 부탁할 게 있는데."

나는 손짓해 아스나를 다가오게 한 다음 아이템 윈도우를 남에게 보이도록 가시(可視) 모드로 열어주었다. 수상쩍은 표정으로 들여다보던 아스나는 표시된 아이템 이름을 보더니 눈을 동그랗게 떴다.

"우와!! 이…… 이거, S급 식재료?!"

"거래하자. 이거 요리해주면 한 입 먹게 해줄게."

말이 끝나기도 전에 《섬광》 아스나의 오른손이 내 멱살을 와락 붙잡았다. 그대로 얼굴을 몇 센티미터 앞까지 불쑥 들

이대더니,

"절.반.내.놔!!"

생각지도 못한 기습에 가슴이 철렁한 나는 나도 모르게 고개를 끄덕이고 말았다. 퍼뜩 제정신을 차린 후에는 이미 때가 늦어, 아스나는 신이 나선 팔을 흔들고 있었다. 뭐, 저 가련한 얼굴을 지근거리에서 관찰할 수 있었으니 잘됐다고 생각하자. 나는 억지로 납득했다.

윈도우를 닫고 뒤로 돌아서서 에길의 얼굴을 올려다보며 말했다.

"미안. 그런고로 거래는 중지할게."

"아니, 그건 괜찮지만…… 야, 우리 친구지? 응? 나도 맛만 좀……."

"감상문을 800자 이상으로 정리해줄게."

"그, 그러지 말고!!"

이 세상이 다 끝난 것 같은 표정으로 측은한 목소리를 내는 에길에게 냉정하게 등을 돌리고 걸어가려던 찰나, 아스나가 내 코트 옷깃을 꽉 잡았다.

"요리하는 건 좋은데, 어디서 할 거야?"

"웃……."

요리 스킬을 사용하려면 식재료 외에도 최소한 요리도구며, 가마 내지는 오븐 같은 것이 필요하다. 우리 집에도 간단한 것이 있긴 하지만, 그런 지저분한 곳에 KoB 부단장님을 초대할 수는 없었다.

아스나는 말문이 막힌 나를 어이없다는 눈으로 쳐다보더니,

"어차피 너희 집엔 도구도 제대로 없겠지, 뭐. 이번만 특별히, 재료를 봐서 우리 집을 제공하지 못할 것도 없지만."

엄청난 소리를 태연하게 했다.

그 말의 내용을 뇌가 이해할 때까지 *랙으로 굳어버린 나는 아랑곳하지 않고, 아스나는 경호하는 길드 멤버 두 사람을 쳐다보며 말했다.

"저는 이제 곧장 《셀름부르그》로 텔레포트할 테니까 오늘은 그만 가보셔도 괜찮아요. 수고하셨습니다."

"아…… 아스나 님! 슬럼에 발을 들이신 것만으로도 모자라 이런 수상쩍은 놈을 자택에 들여놓으시다니, 대, 대체 무슨 생각이신 겁니까!"

그 요란스러운 대사에 나는 어이가 없어졌다. 《님》이란다. 이놈도 숭배자에 한없이 가까운 놈이려나. 내심 그런 생각을 하며 쳐다보니 당사자인 아스나도 진절머리가 난다는 표정이었다.

"이 사람은, 수상쩍은 건 그렇다 쳐도 실력만은 확실해요. 아마 당신보다도 10레벨은 위일걸요, 크라딜."

"무, 무슨 말씀을! 제가 이런 놈보다 못하다니……!"

사내의 반쯤 새는 목소리가 골목길에 울려 퍼졌다. 움푹 들어간 삼백안으로 날 잡아먹을 듯이 노려보던 그의 얼굴이 갑

---

*랙 : rag. 온라인상에서 회선 속도의 차이나 모종의 장애로 인해 명령과 처리 사이에 시간차가 발생하는 현상. 온라인 게임에서는 화면이 멈춘 것처럼 보이거나 한다.

자기 뭔가를 알아차렸다는 듯 일그러졌다.

"그렇구나…… 네놈, 분명히 《비터》렷다!"

비터란 《베타테스터》에 부정한 수단을 사용하는 사람을 가리키는 《치터(cheater)》를 합친 SAO 특유의 욕이었다. 지겹게 들은 단어이지만 몇 번을 들어도 그 말은 내게 상당한 아픔을 준다. 처음으로 내게 같은 말을 했던, 한때 친구였던 녀석의 얼굴이 언뜻 뇌리에 떠올랐다.

"그래, 맞아."

내가 무표정하게 긍정하자 사내는 신이 나서 주워섬겼댔다.

"아스나 님, 이놈들은 자기만 잘되면 그만인 놈들이란 말입니다! 이런 놈과 얽혀서 좋을 것 없습니다!"

그때까지 태연함을 유지하던 아스나의 눈썹이 불쾌함으로 일그러졌다. 어느샌가 주위에 구경꾼들이 몰려들어, 《KoB》니 《아스나》니 하는 단어가 띄엄띄엄 들려왔다.

아스나는 주위를 흘끔 돌아보고는 점점 흥분을 더해가는 크라딜이라는 사내에게,

"아무튼 오늘은 이만 돌아가세요. 부단장 명령이에요."

라고 무뚝뚝한 말을 던지고 왼손으로 내 코트 뒤의 벨트를 붙들었다. 그대로 질질 끌며 게이트 광장으로 걸음을 옮겼다.

"어…… 야, 그냥 둬도 괜찮겠어?"

"괜찮아!"

뭐, 나야 반대할 이유가 없지. 두 명의 보디가드와 아직까지도 아쉬워하고 있는 에길을 남겨둔 채 우리는 인파를 헤치

며 걸어나갔다. 마지막으로 흘끔 돌아봤을 때 우뚝 선 채 이쪽을 노려보는 크라딜이란 사내의 험악한 표정이 잔상처럼 내 시야에 달라붙었다.

6

셀름부르그는 제61플로어에 있는 아름다운 성새도시다.

규모는 그리 크지 않으나, 단아한 첨탑을 갖춘 고성(古城)을 중심으로 한 시가지는 모두 새하얀 화강암으로 섬세하게 지어져, 넘쳐나는 녹음과 멋진 대비를 이룬다. 시장에는 가게도 나름대로 풍부해 이곳을 홈타운으로 삼고 싶어 하는 플레이어는 많지만, 집값이 무시무시하게 비싸—아마 알게이드의 세 배는 되리라—웬만한 고레벨이 아니고선 구입은 불가능에 가깝다.

나와 아스나가 셀름부르그의 텔레포트 게이트에 도착했을 때는 이미 해가 져, 마지막 낙조가 거리를 짙은 보라색으로 물들이고 있었다.

제61플로어의 면적 대부분을 차지하는 것은 호수였으며, 셀름부르그는 그 중심에 위치한 작은 섬에 있으므로 바깥쪽에서 비쳐드는 석양이 수면에 반사되는 모습을 한 폭의 그림처럼 감상할 수 있다.

광대한 호수를 등지고 푸른색과 붉은색으로 빛나는 도시의 아름다운 모습에 나는 한동안 마음을 빼앗겼다. 너브 기어의 신세대 다이아몬드 반도체 CPU에겐 이 정도 광원 처리는 아무것도 아니겠지만.

텔레포트 게이트는 고성 앞의 광장에 설치되어 있으며, 가로수에 에워싸인 메인 스트리트가 그곳으로부터 시가지를 가로질러 남쪽으로 뻗어나간다. 양옆에는 기품 있는 점포며 주택이 질서정연하게 서 있고, 오가는 NPC며 플레이어의 모습도 어쩐지 말쑥하게 보였다. 공기의 맛도 알게이드와는 다른 것 같아 나도 모르게 두 손을 뻗으며 심호흡했다.

"으—음, 넓고 사람도 적으니 탁 트인 게 시원하구만."

"그럼 너도 이사 오지?"

"돈이 압도적으로 부족하답니다."

어깨를 움츠리며 대답한 후, 나는 표정을 다잡고 주저주저하며 물었다.

"……그건 그렇고, 정말 괜찮겠어? 아까……."

"…………."

그 말만으로도 내 의도를 알아차렸는지, 아스나는 휘릭 돌아서더니 고개를 숙이고 부츠 끝으로 땅을 툭툭 두드렸다.

"……나 혼자 있을 때, 몇 번인가 안 좋은 일이 있었던 건 사실이야. 하지만 보디가드까지는 좀 오버잖아. 필요 없다고 했는데…… 길드의 방침이라면서 참모들이 강요해선……."

그녀는 약간 가라앉은 목소리로 말을 이었다.

"옛날엔 단장이 한 사람 한 사람 말을 걸어가며 만든 소규모 길드였어. 하지만 사람이 늘어나고, 멤버가 바뀌고 하면서…… 최강 길드니 뭐니 불리기 시작했을 때부터, 뭔가가 이상해진 것 같아."

말을 끊고 아스나는 살짝 몸을 돌렸다. 그 눈동자에서 어쩐지 나를 의지하려는 듯한 감정이 보인 것 같아 나도 모르게 숨을 삼켰다.

무언가 말해야만 한다. 그런 생각이 들었지만, 이기적인 솔로 플레이어인 내가 무슨 말을 할 수 있단 말인가. 나는 침묵을 지킨 채 몇 초 동안 바라보고만 있었다.

먼저 시선을 돌린 것은 아스나였다. 짙은 쪽빛으로 물들어가는 호수를 보며, 어색한 분위기를 불식시키려는 듯 명랑한 목소리로 말했다.

"뭐, 별것 아니니까 마음에 두지 않아도 돼! 빨리 안 가면 해 지겠다."

앞서 걸어가는 아스나를 따라 나도 발을 옮겼다. 적잖은 수의 플레이어와 스쳐 지나갔으나, 아스나의 얼굴을 빤히 들여다보는 사람은 없었다.

셀름부르그는 이곳이 최전선이었던 반년쯤 전에 며칠 머무른 적이 있었을 뿐, 생각해보면 천천히 구경을 한 기억도 없다. 아름다운 조각으로 치장된 시가지를 새삼 바라보니, 문득 언젠가 한 번쯤은 이런 도시에 살아봐도 괜찮겠다는 생각이 들었다. 하지만 관광지는 가끔 찾아오는 정도가 딱 좋을 거라고 마음을 고쳐먹었다.

아스나가 사는 집은 번화가에서 동쪽으로 빠져나가 얼마 들어가지 않은 곳에 위치한, 작지만 아름다운 구조를 가진 *메조네트의 3층이었다. 물론 이곳에 오는 것은 처음이다. 잘 생각해보니, 이제까지 이 여자하곤 보스 공략 회의석상에서 이야기 몇 마디 나눈 것이 고작일 뿐, 함께 NPC 레스토랑에 들어간 적도 없었다. 그걸 의식한 나는 새삼스레 켕기는 마음에 건물 입구에서 주저하고 말았다.

"그래도…… 괜찮겠어? 그 뭐냐……."

"뭐야, 네가 먼저 꺼낸 얘기였잖아. 달리 요리할 곳도 없으니 어쩔 수 없는걸, 뭐!"

고개를 핵 돌리고, 아스나는 그대로 계단을 통통 올라가고 말았다. 나는 각오를 다지고 그 뒤를 따랐다.

"시…… 실례합니다."

주저주저하며 문을 들어선 나는 말을 잃고 멈춰 섰다.

이제까지 이만큼 정돈된 플레이어 홈은 본 적이 없었다. 넓은 거실 겸 식당과 인접한 부엌에는 통일감 있게 모스그린 천으로 장식된 밝은 색조의 목제가구가 있었다. 모두 최고급의 플레이어 메이드일 것이다.

그러면서 과도하게 장식적이지도 않아, 매우 마음이 편안해지는 분위기였다. 내 홈과는 한 마디로 말해 하늘과 땅 차이였다. 초대하지 않길 잘했다고 절실히 느꼈다.

"저기…… 이거, 얼마나 들었어……?"

---

*메조네트 : maisonette. 한 가구가 복층으로 된 공동주택.

즉물적인 내 질문에,

"음—, 집이랑 인테리어 합쳐서 4천k 정도? 옷 갈아입고 올 테니까 아무 데나 앉아 있어."

아무렇지도 않게 대답하며 아스나는 거실 안쪽의 문을 열고 사라졌다. k가 천을 나타내는 약자이므로, 4천k면 400만 콜이라는 소리다. 나도 매일같이 최전선에서 살다시피 했으니 그 정도 금액은 모으려면 모았겠지만, 조금 마음에 드는 검이니 수상쩍은 장비에 낭비를 하는 바람에 저금할 여유가 없었다. 어울리지도 않게 반성하며, 푹신한 소파에 몸을 기댔다.

이윽고 간소한 하얀 튜닉과 무릎길이 스커트로 갈아입은 아스나가 안쪽 방에서 나타났다. 갈아입는다 해도 실제로 벗고 입는 동작이 있는 것은 아니며, 스탯 윈도우의 장비 피규어를 조작하기만 하면 그만이다. 하지만 옷을 변경하는 몇 초 동안은 속옷 차림이 표시되기 때문에, 대담한 남자 플레이어라면 모를까 여자들은 남들 앞에서 장비 변경 조작을 하지 않는다. 우리의 육체는 3D 오브젝트의 데이터에 지나지 않는다 해도 2년이나 지내다 보면 그런 인식은 희미해져, 지금도 유감없이 드러난 아스나의 팔다리에 자연스럽게 눈길이 가고 만다.

그런 나의 내적 갈등을 알 리도 없는 아스나는 날카로운 시선을 던지며 말했다.

"넌 언제까지 그런 차림으로 있을 거야?"

나는 허겁지겁 메뉴 화면을 열어 전투용 가죽 코트와 검대 등의 무장을 해제했다. 겸사겸사 아이템 윈도우를 열고 《라구 래빗의 고기》를 오브젝트화해, 도자기 항아리에 담긴 그것을 살짝 눈앞의 테이블에 놓았다.

아스나는 말없이 그것을 들고 안을 들여다보았다.

"이게 전설의 S급 식재료구나아―. ……그런데, 무슨 요리로 할까?"

"주, 주방장 추천 코스로."

"그래……? 그럼 스튜로 하자. *《삶는다》는 이름이 붙었을 정도니까."

그대로 옆방으로 향하는 아스나의 뒤를 나도 따라갔다.

부엌은 넓었으며, 커다란 장작 오븐이 놓인 옆에는 언뜻 보기에도 고급스러운 요리도구 아이템이 종류별로 갖춰져 있었다. 아스나는 오븐 표면을 더블클릭해 팝업메뉴를 불러내곤 조리시간을 설정한 후 찬장에서 금속제 솥을 꺼냈다. 단지 안의 날고기를 솥으로 옮기고, 이런저런 향초와 물을 채우더니 뚜껑을 닫는다.

"진짜로 하려면 온갖 준비가 필요하지만, SAO의 요리는 너무 간략화돼서 재미가 없다니깐."

불만스러워하며 솥을 오븐 안에 넣고는 메뉴에서 조리 개시 버튼을 누른다. 300초라고 표시된 대기시간 동안에도 그녀는 척척 움직이며 무수한 식재료들을 잇달아 오브젝트화

---

*《삶는다》는 이름이 붙었을 정도니까 : 라구(ragout)는 불어로 '푹 삶는다' 는 뜻.

102

해선 흐트러짐 없는 손길로 찬거리를 만들어나갔다. 실제 작업과 메뉴 조작을 한 번도 틀리지 않고 실행하는 그 동작을 나는 넋 놓고 바라보았다.

겨우 5분 만에 호화로운 식탁이 완성되고, 나와 아스나는 테이블에 마주앉았다. 눈앞의 큰 접시에는 먹음직스러운 브라운 스튜가 올라와 코를 자극하는 향을 동반한 김이 모락모락 피어났다. 윤기 흐르는 진한 소스에 덮인 큼지막한 고기가 듬뿍 쌓여 있었으며, 크림색의 하얀 힘줄이 그리는 마블링이 실로 매혹적이었다.

우리는 '잘 먹겠습니다'라고 말하는 순간마저 아까워하며 스푼을 들고는, SAO 내에 존재할 수 있는 최상급 음식인 그것을 한입 가득 베어 물었다. 입 안에 충만한 열기와 향기를 한껏 음미하고 부드러운 고기를 씹자 육즙이 넘쳐났다.

SAO의 식사는 오브젝트를 씹는 감촉을 일일이 연산해 시뮬레이트하는 것이 아니라, 아가스와 제휴한 환경 프로그램 설계사가 개발한 《미각 재생 엔진》을 사용한다.

이것은 미리 입력된 다양한 《음식을 먹는》 감각을 뇌에 보내 사용자에게 현실의 식사와 동일한 체험을 시킬 수 있다는 뜻이다. 원래는 다이어트나 식사 제한이 필요한 사람들을 위해 개발된 것인데, 말하자면 맛과 향, 열 등을 느끼는 뇌의 각 부위에 가짜 신호를 보내 착각을 일으키는 것이다. 즉, 우리의 진짜 육체는 이 순간에도 무언가를 먹고 있는 것이 아니며, 그저 시스템이 뇌의 감각영역을 왕성하게 자극하고 있는 것에 지나지 않는다.

하지만 이 상황에서 그런 걸 생각하는 건 멋없는 짓이다. 지금 내가 느끼는, 로그인한 이래 최고의 진미는 틀림없는 진짜다. 나와 아스나는 한 마디도 하지 않고, 그저 큰 접시에 스푼을 꽂아선 입으로 가져가는 작업을 묵묵히 지속했다.

마침내 깔끔하게—문자 그대로 스튜가 존재한 흔적도 없을 정도로—비어버린 접시와 솥을 앞에 두고, 아스나는 깊고 긴 한숨을 내쉬었다.

"아아…… 이제까지 열심히 살아남길 잘했어……."

100퍼센트 동감이다. 나는 오랜만에 원시적 욕구를 한껏 채운 충족감에 빠져들며, 신비한 향이 나는 차를 마셨다. 조금 전에 먹었던 고기와 이 차는 실제로 현실세계에 존재하는 식재료의 맛을 기록한 것일까, 아니면 파라미터를 조작해 만들어낸 가공의 맛일까. 그런 생각을 멍하니 하고 있었다.

내 맞은편에서 찻잔을 두 손으로 든 아스나가 문득 향연의 여운에 가득 찬 몇 분의 침묵을 깼다.

"왠지 이상해……. 뭐랄까, 이 세계에서 태어나 이제까지 계속 살아왔던 것 같은, 그런 기분이 들어."

"……나도 요즘, 저쪽 세계가 전혀 생각나지 않는 날이 있어. 나만이 아닐걸……. 요즘은 클리어니 탈출이니 혈안이 된 녀석들이 적어졌더라고."

"공략 페이스 자체도 떨어졌는걸. 지금 최전선에서 싸우는 플레이어는 500명도 안 될 거야. 위험도 때문만이 아니라…… 다들, 익숙해진 거야. 이 세계에……."

나는 오렌지색 램프 불빛에 비친, 생각에 잠긴 아스나의 아름다운 얼굴을 가만히 바라보았다.

분명 그 얼굴은, 살아 있는 인간의 것은 아니다. 매끄러운 피부, 윤기 있는 머리카락. 생물의 것이라 하기에는 지나치게 아름답다. 하지만 지금 내게는 그 얼굴이 더 이상 폴리곤의 산물로는 보이지 않았다. 원래 그런 생물인 거라고 솔직하게 받아들일 수 있었다. 아마 지금 원래의 세계로 돌아간다 해도, 진짜 사람을 보면 심각한 위화감이 들겠지.

나는 정말로 돌아가고 싶다고 생각하는 걸까…… 그 세계로……?

문득 떠오른 그런 생각에 당황했다. 매일 아침 일찍 일어나선 위험한 미궁에 들어가 미지의 구역을 매핑하며 경험치를 벌어나가는 것은 정말로 이 게임을 탈출하기 위한 행동일까.

옛날에는 분명 그랬을 것이다. 언젠가 죽을지도 모를 데스 게임으로부터 하루라도 빨리 빠져나가고 싶었다. 하지만 이 세계의 인생에 익숙해지고 만 지금은—

"하지만 난 돌아가고 싶어."

내 내심의 갈등을 들여다본 것처럼 또렷한 목소리로 아스나가 말했다. 나는 흠칫 고개를 들었다.

아스나는 웬일로 내게 미소를 지어 보이더니 말을 이었다.

"왜냐면, 그쪽에서 못한 일이, 잔뜩 있는걸."

그 말에 나는 순순히 고개를 끄덕이고 있었다.

"맞아. 우리가 노력해야겠지. 안 그러면 서포트해준 기술자 클래스 친구들에게 면목이 없는걸……."

사라지지 않는 갈등을 함께 집어삼키듯, 나는 찻잔을 크게 기울였다. 아직도 최상층 플로어는 멀다. 그때가 온 후 생각해도 늦지 않을 것이다.

어울리지 않게 솔직한 기분이 되어, 나는 어떻게 감사를 전할지 말을 고르며 아스나를 바라보았다. 그러자 아스나는 얼굴을 찡그리며 눈앞에서 손을 흔들더니 말했다.

"아……아, 안 돼."

"뭐, 뭐가?"

"이제까지 그런 표정을 한 남자 플레이어들에게 결혼신청 받은 적이 몇 번 있었어."

"뭣……."

분하게도, 전투 스킬은 숙달했어도 그런 경험은 없는 나는 뭐라 반박하지도 못한 채 입만 뻐끔거리고 있었다.

어지간히 얼빠진 표정이었는지, 그런 날 보고 아스나가 씨익 웃었다.

"보아하니, 특별히 친하게 지내는 애는 없나보네?"

"그러면 안 되냐……? 됐어, 뭐. 어차피 솔로인걸."

"기왕 MMORPG를 하는 거니까 친구 좀 많이 사귀지 그래."

아스나는 웃음을 지우더니, 마치 누나나 선생님이라도 된 듯한 말투로 물었다.

"넌, 길드에 들어갈 생각은 없어?"

"에……."

"베타테스터 경험자가 집단에 적응하지 못하는 건 이해해. 하지만……."

표정이 다시 진지해졌다.

"70플로어를 넘어선 후로, 몬스터의 알고리듬에 불확정 요소가 늘어난 것 같아."

그것은 나도 느낀 사실이었다. CPU의 전술을 읽기 어려워진 것은 애초부터 기획된 것일까, 아니면 시스템이 스스로 학습한 결과일까. 후자라면 앞으로 점점 더 힘들어질 것이다.

"솔로라면, 생각지도 못한 사태에 대처하기 힘들 때도 있을 거야. 언제나 긴급탈출을 할 수 있는 것도 아닌걸. 파티를 짜면 훨씬 안전해."

"안전선은 충분히 잡고 있어. 충고는 고맙게 받아들이겠지만…… 길드는, 좀 그래. 게다가……."

그냥 넘어갔으면 좋았을 것을, 나는 공연히 허세를 부려 쓸데없는 소리를 했다.

"파티 멤버란 건 도움보다도 방해가 될 때가 많다고. 내 경우엔."

"어머, 그래?"

반짝, 하고 눈앞을 은색 섬광이 가로지른다 싶더니, 그때는 이미 아스나의 오른손에 들린 나이프가 내 코앞에 딱 멈춰 있었다. 세검술 기본 스킬 《리니어(Linear)》였다. 기본기라고는 하나 압도적인 민첩성 파라미터 보정으로 인해 어마어마한 스피드가 되었다. 솔직히 말해, 스킬의 궤적은 전혀 보이지 않았다.

굳은 웃음과 함께, 나는 두 손을 가볍게 들어 항복 포즈를 취했다.

"……알았어. 넌 예외야."

"흥."

재미없다는 표정으로 나이프를 거두더니, 그것을 손가락으로 빙글빙글 돌리며 아스나가 어처구니없는 소리를 했다.

"그럼 한동안 나랑 콤비 짜. 보스 공략 파티 편성 책임자로서, 네가 소문만큼 강한지 어떤지 확인해야겠고. 내 실력도 똑똑히 가르쳐줬고. 이번 주 행운의 색깔은 검정이고."

"뭐, 뭔 소리야 그게!"

너무나도 부조리한 선언에 나도 모르게 뒤로 자빠질 뻔하며 필사적으로 반대할 거리를 찾아보았다.

"그…… 그런 소릴 하면 너, 길드는 어쩌게?!"

"우린 딱히 레벨업 할당량도 없고."

"그, 그럼 보디가드는?"

"두고 갈 거고."

시간을 벌 생각으로 찻잔을 입에 가져갔으나, 이미 비었다는 사실을 깨달았다. 아스나가 새침한 얼굴로 그것을 빼앗더니 포트에서 뜨거운 액체를 따라주었다.

솔직히— 매력적인 제안이기는 했다. 아인크라드 최고라고 해도 좋을 미인과 콤비를 짜고 싶지 않은 남자가 어디 있을까. 하지만 그렇기 때문에 더더욱, 아스나 같은 유명인이 어째서, 하는 생각에 주눅이 드는 것이다.

혹시 음침한 솔로 플레이어라고 불쌍하게 생각한 것일까? 소극적인 생각에 사로잡히면서 무심코 내뱉은 한 마디가 화근이 되었다.

"최전선은 위험해."

다시 아스나의 오른손에 들린 나이프가 치켜 올라가고, 아까보다 강한 광원 이펙트를 띠기 시작하는 것을 보고 나는 황급히 고개를 끄덕였다. 최전선 공략 플레이어 집단, 통칭 《공략파》 중에서도 딱히 눈에 띄지도 않는 나를 어째서, 라고 생각하면서도 각오하고 말했다.

"아, 알았어. 그럼…… 내일 아침 9시에, 74플로어 게이트에서 기다릴게."

손을 내리며, 아스나는 흐흥 하고 당찬 웃음으로 대답했다.

혼자 사는 여성의 집에 대체 몇 시까지 실례해도 좋은 것인지 전혀 알지 못하는 나는 식사가 끝나자마자 허둥허둥 작별을 고했다. 건물 계단 아래까지 배웅해준 아스나가 살짝 고개를 움직이며 말했다.

"오늘은…… 뭐, 그래도 고맙다는 인사는 해야겠지. 잘 먹었어."

"나, 나야말로. 또 부탁……하고 싶긴 하지만, 이젠 그런 식재료 아이템은 얻지 못하려나."

"어머, 평범한 재료도 실력에 따라 맛이 달라지는걸."

되받아치더니 아스나는 고개를 휙 들어 하늘을 올려다본다. 완전히 밤의 어둠에 휩싸인 하늘. 하지만 물론 별빛은 존재하지 않는다. 100미터 상공에 암석과 강철로 이루어진 덮개가 음울하게 덮여 있을 뿐이다. 그녀를 따라 고개를 들면서 나는 문득 중얼거리고 있었다.

"……지금 이 상태, 이 세계가, 진짜로 카야바 아키히코가 만들고 싶었던 것일까……."

반쯤은 스스로를 향한 나의 질문에 두 사람은 모두 대답할 수 없었다.

어딘가에 몸을 숨긴 채 이 세계를 보고 있을 것이 분명한 카야바, 그는 지금 무슨 생각을 하고 있을까. 초기의 피에 얼룩진 혼돈기를 벗어나 일정한 평화와 질서를 얻은 현재의 상황은 카야바에게 실망과 만족 중 어느 쪽을 가져다주었을까. 나로선 알 도리가 없었다.

아스나는 말없이 내 곁에 한 걸음 다가섰다. 팔에 어렴풋한 온기가 느껴졌다. 그것은 착각이었을까, 아니면 충실한 온감 시뮬레이트의 결과였을까.

이 데스 게임이 시작된 것이 2022년 11월 6일. 그리고 오늘은 2024년 10월 하순. 2년 가까운 시간이 경과한 지금도 구출의 손길은 고사하고 외부의 연락조차 들어오지 않고 있다. 우리가 할 수 있는 것이라곤 그저 하루하루를 살아남으며 한 걸음씩 위를 향해 올라가는 것뿐이다.

이렇게 또다시 아인크라드의 하루가 저물어간다. 우리가 어디로 향하고 있는지, 이 게임의 결말에 무엇이 기다릴지, 지금으로선 알 수 없는 것투성이다. 갈 길은 아득히 멀고, 광명은 너무나도 미약하다. 그래도— 괜찮은 구석도 있다.

나는 상공의 강철 덮개를 올려다보며, 아직 가보지 못한 미지의 세계를 향해 상상의 나래를 펼쳤다.

7

오전 9시.

오늘 기상 설정은 약간 흐림. 도시를 폭 에워싼 아침 안개는 아직도 걷히지 않았으며, 바깥쪽에서 새어드는 햇빛이 미세한 입자에 난반사되며 주위를 레몬옐로우 빛으로 물들이고 있었다.

아인크라드의 달력은 현재 가을이 깊어가는 《물푸레나무의 달》이다. 기온은 약간 서늘한 정도로, 1년 중 가장 상쾌한 계절이지만 내 기분은 상당히 저조했다.

나는 제74플로어의 거주구역 게이트 광장에서 아스나를 기다리고 있었다. 어제는 웬일인지 잠을 잘 이룰 수가 없어, 알게이드의 홈에 돌아가 간소한 침대에 누운 후에도 엎치락뒤치락하기만 했다. 잠이 든 것은 아마 새벽 3시가 지난 무렵이었으리라. SAO에는 이모저모로 플레이어를 서포트하는 편리한 기능이 있는데, 유감스럽게도 버튼 하나로 즉시 편안하게 잠드는 기능은 없었다.

하지만 어떻게 된 노릇인지 그 반대는 존재한다. 메인메뉴의 시각 관련 옵션에는 《강제 기상 알람》이란 것이 있어, 지정한 시각이 되면 임의의 음악을 틀어 플레이어를 억지로 깨워준다. 물론 그 후 다시 잠들지 말지는 자유지만, 오전 8시 50분에 시스템에 의해 억지로 일어난 나는 의지력을 쥐어짜 내 침대에서 기어 나오는 데 성공했다.

수많은 게으름뱅이 플레이어들에게는 축복이겠지만, 게임 내에선 목욕을 하거나 옷을 갈아입을 필요가 없으므로—괴짜들은 매일 입욕을 하는 모양이지만, 액체 환경의 구현은 아무리 너브 기어라 해도 약간 부담이 가므로 진짜 목욕을 그대로 재현하지는 못한다—나는 아슬아슬한 시간에 일어난 후 20초 만에 장비를 갖추고, 휘청휘청 알게이드의 텔레포트 게이트를 빠져나와 수면 부족의 불쾌감에 시달리며 그 여자를 기다리고 있는 것인데—.

"안 오네……."

시각은 이미 9시 10분. 근면한 공략파들은 차례차례 게이트에서 나타나 미궁구역을 향해 걸어간다.

나는 하릴없이 메뉴를 불러내선 이미 달달 외우다시피 한 미궁의 맵이니 스킬 상승 정도를 확인하며 시간을 때웠다.

'아아, 뭔가 휴대용 게임기라도 있으면 좋겠다.'

문득 그런 생각을 한 자신에게 어이가 없어졌다. 게임 속에서 게임을 하고 싶다니, 나도 중증이구나.

 그냥 돌아가서 잘까…… 하는 생각마저 들었을 때, 게이트 내부에 몇 번째인지 모를 푸른 텔레포트 이펙트가 발생했다. 딱히 기대도 하지 않고 게이트를 쳐다본다. 그러자 그 순간—

 "꺄아아아아악! 피, 피해주세요—!"

 "으아아아아악?!"

 원래 텔레포트한 플레이어는 게이트 내의 지면에 출현하게 되어 있으나, 지상에서 1미터는 떨어진 공중에서 사람이 실체화되더니— 그대로 허공을 가로질러 나를 향해 달려들었다.

 "어, 어……?!"

 피하거나 받아낼 틈도 없이 그 인물은 나에게 있는 힘껏 충돌해, 우리는 한데 뭉쳐 요란하게 땅바닥을 굴러갔다. 돌바닥에 거세게 뒷머리를 부딪쳤다. 도시 내부가 아니었다면 HP바가 몇 도트는 깎여나갔을 것이다.

 이것은 즉, 이 덜렁이 플레이어가 저쪽 게이트에 점프로 뛰어들어선 그대로 이곳에 튀어나왔다—는 뜻이겠지. 그런 태평스러운 고찰이 뇌리를 스쳤다. 혼탁한 의식 속에서, 나는 아직도 내 위에 얹힌 덜렁이의 몸을 치우기 위해 오른손을 뻗어 꽉 움켜쥐었다.

 "……응?"

 그러자 내 손에 무언가 바람직하고 신비한 감촉이 전해져 왔다. 부드럽고 탄력이 풍부한 그것의 정체를 알아내기 위해

두 번, 세 번 힘을 줘본다.

"끼, 끼약——!!"

갑자기 귓가에 커다란 비명이 들리고, 내 뒷머리는 다시 거세게 지면에 부딪쳤다. 동시에 내 몸에서 무게가 사라졌다. 그 새로운 충격에 간신히 사고를 회복한 나는 벌떡 몸을 일으켰다.

눈앞에, 털퍼덕 주저앉은 여자 플레이어가 있었다. 하얀 바탕에 붉은 자수가 들어간 기사복과 무릎길이 미니스커트. 검대에는 은색 레이피어. 어떻게 된 노릇인지, 이루 형언할 수 없는 살기가 깃든 눈으로 날 노려다보고 있다. 얼굴은 최대급의 감정 이펙트를 동원해 귀까지 새빨갛게 물들였으며, 두 팔은 가슴 앞에서 굳게 교차되어——…… 가슴……?

그 순간 나는 조금 전 내 오른손이 움켜쥔 것의 정체를 직감했다. 동시에 지금 내가 처한 위기상황을 뒤늦게나마 깨달았다. 평소부터 단련된 위기 회피 사고법 따위 깔끔쌈빡하게 잊어버리고, 둘 곳 없는 오른손을 쥐었다 폈다 하면서 굳은 미소와 함께 입을 열었다.

"여…… 여어. 좋은 아침, 아스나."

아스나의 눈에 떠오른 살기가 한층 강해진 것 같았다. 저건 분명 무기를 뽑을까 말까 생각하는 눈이다.

즉시 떠오른 《도망》 옵션의 가능성에 대해 검토해보려던 순간, 다시 게이트가 푸르게 발광했다. 아스나는 흠칫 놀란 표정으로 뒤를 돌아보더니 황급히 일어나서는 내 뒤로 돌아왔다.

"엥......?"

영문도 모른 채 나도 일어났다. 게이트는 점점 빛을 더하더니, 중앙에서 새로운 누군가를 출현시켰다. 이번 플레이어는 제대로 지면을 밟고 있었다.

빛이 사라지자, 그곳에 서 있던 것은 본 적이 있는 얼굴이었다. 거창한 순백색 망토에 붉은 문장. 길드 혈맹기사단의 유니폼을 입고, 약간 장식이 과다하게 들어간 듯한 금속 갑옷과 양손용 검을 장비한 그 사내는 어제 아스나를 따라다니던 장발의 보디가드였다. 이름은 아마 크라딜이라고 했지.

게이트에서 나온 크라딜은 나와 등 뒤의 아스나를 보자 미간과 콧등에 새겨진 주름을 한층 더 깊이 지었다. 나이는 그리 많지 않다. 아마 20대 전반 정도겠지만, 그 주름 탓에 묘하게 늙어 보였다. 그는 뿌득뿌득 소리가 들릴 정도로 이를 갈아대더니 울분을 주체하지 못하며 말했다.

"아...... 아스나 님, 멋대로 행동하시면 안 됩니다......!"

히스테릭한 분위기를 띤 째지는 목소리를 들으며, 나는 '이거 번거롭게 될 것 같다'는 생각에 어깨를 움츠렸다. 움푹 들어간 삼백안을 이글이글 빛내며, 크라딜은 다시 말했다.

"자아, 아스나 님. 길드 본부로 돌아가시지요."

"싫어. 오늘은 활동하는 날도 아닌걸! ......게다가 크라딜, 왜 아침부터 집 앞에 서 있었던 거야?!"

내 등 뒤에서, 이쪽 또한 상당히 화가 난 듯한 분위기로 아스나가 대답했다.

"후후, 이런 일이 일어날 것을 뻔히 알고 있었으므로 저는 한 달 전부터 줄곧 셀름부르그에서 아침 일찍 감시 임무를 다했지요."

득의양양한 크라딜의 대답에 아연실색할 수밖에 없었다. 아스나도 마찬가지로 얼어붙었다. 한참 침묵이 이어진 후 그녀가 굳은 목소리로 되묻는다.

"그…… 그거, 단장님 지시는 아니겠지……?"

"저의 임무는 아스나 님을 호위하는 것입니다! 여기에는 당연히 자택의 감시도 포함……."

"포함되긴 뭐가 포함돼, 바보야!"

그러자 크라딜은 한층 더한 분노와 짜증의 표정을 짓더니, 저벅저벅 다가와 나를 난폭하게 밀쳐내고 아스나의 팔을 붙들었다.

"말귀를 못 알아들으시는군요. 이러지 마십시오. ……자아, 본부로 돌아가시지요."

억제할 수 없는 무언가가 깃든 목소리에 아스나는 순간적으로 겁을 먹은 것 같았다. 곁에 선 내게 애원하는 듯한 시선을 보낸다.

솔직히 말하자면 나는 그 순간까지도 평소의 나쁜 버릇대로 도망칠까 하는 생각을 하고 있었다. 하지만 아스나의 눈을 본 순간 멋대로 오른손이 움직이고 있었다. 아스나를 붙든 크라딜의 오른손을 붙잡고, 거주구역 안전권 내의 범죄 방지 코드가 발동하기 직전까지 힘을 실었다.

"미안한데, 댁네 부단장님은 오늘 하루 내가 전세냈거든."

내가 생각해도 어이가 없어지는 대사였지만 이젠 물러날 수 없다. 지금까지 일부러 내 존재를 무시하던 크라딜은 얼굴을 일그러뜨리며 손을 뿌리쳤다.

"네놈……!"

삐걱거리는 듯한 목소리로 신음한다. 그 표정에선 시스템에 의한 과장은 차치하더라도 어딘가 상식적인 범위를 벗어난 무언가가 느껴졌다.

"아스나의 안전은 내가 책임지겠어. 딱히 오늘 보스전을 벌일 것도 아니고. 본부에는 그쪽이나 혼자 가."

"우…… 웃기지 마라!! 네놈 같은 피라미 플레이어가 아스나 님을 호위할 수 있을 것 같으냐!!"

"댁보단 잘할걸?"

"이 애송이가……! 그, 그렇게까지 큰소리를 친다면, 그걸 증명할 각오도 되어 있겠지……?"

안면이 창백해진 크라딜은 떨리는 오른손으로 윈도우를 불러내더니 재빠르게 조작했다. 즉시 내 시야에 반투명 시스템 메시지가 출현했다. 내용은 보기 전에 이미 상상이 갔다.

【크라딜 로부터 1 vs 1 듀얼 신청이 들어왔습니다. 승낙하시겠습니까?】

무표정하게 발광하는 문자 밑의 Yes/No 버튼과 몇몇 옵션들. 나는 흘끔 곁의 아스나에게 시선을 보냈다. 그녀에겐 이 메시지가 보이지 않겠지만 상황을 통해 눈치를 챈 모양이었다. 당연히 말릴 거라 생각했으나, 놀랍게도 아스나는 굳은 표정으로 살짝 고개를 끄덕였다.

"……괜찮아? 길드에서 문제가 되진 않을까……?"

작은 목소리로 묻는 내게, 그녀는 마찬가지로 작지만 또렷한 목소리로 대답했다.

"괜찮아. 단장님께는 내가 보고하겠어."

나는 고개를 끄덕여 대답하고 Yes 버튼을 누른 후, 옵션에서 《초격(初擊) 종료 모드》를 선택했다.

이것은 처음으로 강공격을 히트시키거나 혹은 상대의 HP를 반감시킨 쪽이 승리한다는 조건이다. 메시지는 【크라딜과의 1 vs 1 듀얼을 승낙했습니다】로 바뀌고, 그 밑에 60초의 카운트다운이 시작되었다. 이 숫자가 0이 되는 순간, 나와 놈 사이에선 마을 내의 HP 보호가 소멸되며 승패가 결정될 때까지 검을 나눌 수 있게 된다.

크라딜은 아스나의 수긍을 어떻게 해석했는지,

"지켜봐주십시오, 아스나 님! 저 외에는 호위 임무를 다할 자가 없다는 것을 증명해 드리겠습니다!"

광희(狂喜)를 억누른 듯한 표정으로 외치더니 연극적인 몸짓으로 허리에서 커다란 양손검을 뽑고는 철컥 소리를 내며 자세를 잡았다.

아스나가 몇 걸음 물러나는 것을 확인하며 나도 등에서 한손검을 뽑았다. 역시 명문 길드의 소속답게 무기는 놈의 것이 훨씬 멋들어졌다. 양손검과 한손검의 사이즈 차이만이 아니라, 내 애검이 오로지 실용성만을 추구한 소박한 것임에 비해 저쪽은 일류의 세공 기술자가 기술을 쏟아 부은 화려한 장식이 가미된 것이었다.

우리가 5미터 정도 거리를 두고 마주선 채 카운트를 기다리는 동안에도 주위에선 속속 갤러리들이 모여들었다. 무리도 아니다. 이곳은 시내 한복판의 게이트 광장인 데다, 나도 놈도 제법 이름이 알려진 플레이어인 것이다.

"솔로 키리토랑 KoB 멤버가 듀얼을 한대!"

갤러리 중 한 사람이 큰 소리로 외치자 여기저기서 왁자한 환성이 터져 나왔다. 원래 듀얼이란 친구끼리 실력을 비교하기 위해 치러지는 것인지라, 이 사태에 이르기까지의 험악한 분위기를 모르는 구경꾼들은 휘파람을 불고 함성을 지르는 등 시끌벅적했다.

하지만 카운트가 진행됨에 따라 내겐 그런 소리가 점점 들리지 않게 되었다. 몬스터와 대치할 때와 마찬가지로, 날카롭게 정제된 차가운 실이 온몸을 꿰뚫는 것을 느꼈다. 함성을 신경 쓰며 흘끔흘끔 주위에 짜증 섞인 시선을 보내는 크라딜의 모든 분위기, 검을 겨눈 자세며 발을 움직이는 법 등 온갖 《기척》을 읽기 위해, 나는 의식을 집중했다.

인간 플레이어는 몬스터 이상으로 스킬을 펼치려 할 때의 버릇이 미리 나타나는 법이다. 돌진계냐 방어계냐, 상단에서 시작하느냐 하단에서 시작하느냐, 이러한 정보를 상대에게 전해주고 만다면 대인전투에서는 치명적인 허점이 된다.

크라딜은 검을 중단에서 약간 뒤로 기울여 든 채 앞으로 구부정한 자세로 하반신을 낮추었다. 명백한 돌진계 상단 공격의 기척이었다. 물론 그것이 페인트일 가능성도 있다. 실제로 나는 지금 검을 하단으로 든 채 느슨하게 서서 첫 공격을 아래쪽 약공격부터 시작하려는 것처럼 위장하고 있다. 이러한 허실(虛失)의 탐색전은 감과 경험에 의지할 수밖에 없다.

카운트가 한 자리까지 떨어지자 나는 윈도우를 지웠다. 이젠 주위의 잡음은 들리지도 않았다.

마지막까지 나와 윈도우 사이에서 시선을 왕복시키던 크라딜의 움직임이 멈추고, 온몸의 근육이 긴장하는 것이 보였다. 두 사람 사이의 공간에 보라색 섬광을 띤 【DUEL!!】이란 문자가 터져나오고, 동시에 나는 맹렬히 지면을 박차고 있었다. 부츠 밑바닥에서 불꽃이 튀고 어깨로 가른 공기가 무겁게 울부짖었다.

아주아주 조금, 불과 한순간 늦게 크라딜의 몸도 움직이기 시작했다. 하지만 그 얼굴에는 경악의 표정이 들러붙어 있었다. 하단 방어계 공격인 척하던 내가 예상을 깨고 돌진했기 때문이다.

크라딜의 첫 공격은 추측대로 양손용 대검 상단 돌진계 스킬, 《애벌런치(Avalanche)》였다. 가드가 어설플 경우 방어 자체는 성공하더라도 충격이 너무 커 곧장 반격에 들어가지 못하고, 피하더라도 돌진력 때문에 거리가 벌어지므로 사용자가 자세를 가다듬을 여유를 주는 우수한 고레벨 소드 스킬이다. 어디까지 몬스터가 상대라면 말이지만.

그 스킬을 미리 읽은 나는 같은 상단의 한손검 돌진계 스킬인 《소닉 리프(Sonic Leap)》를 선택했다. 이대로 들어가면 스킬과 스킬이 맞부딪치게 된다.

스킬의 위력 자체만 보면 저쪽이 위였다. 그리고 무기에 의한 공격과 공격이 충돌할 경우 보다 무거운 스킬 쪽에 유리한 판정이 주어진다. 이 경우엔 일반적으로는 내 검이 튕겨나가고, 위력은 조금 떨어지겠지만 승패를 결정짓기에는 충분한 대미지가 내 몸에 도달할 것이다. 하지만 내가 노리는 것은 크라딜 본인이 아니었다.

두 사람의 거리가 무시무시한 스피드로 줄어들어갔다. 하지만 동시에 내 지각도 가속되어 서서히 시간의 흐름이 느려지는 듯한 감각을 맛보았다. 이것이 SAO 시스템 어시스트의 결과인지, 인간 본래의 능력인지는 알 수 없다. 다만 내 눈에는 검기를 펼치는 놈의 모든 움직임이 똑똑히 보였다.

크게 뒤로 치켜든 대검이 오렌지색 광원 이펙트를 발하며 나를 향해 달려든다. 역시 최강 길드의 구성원답게 스탯은 제법 되는지, 스킬의 발생 속도가 내 예상보다도 빠르다. 강하게 빛나는 검신이 짓쳐들어온다. 필살의 위력을 머금은 그것을 정면으로 맞았다간 일격 종료 듀얼이라곤 하나 간과할 수 없는 대미지를 입을 것이 틀림없다. 승리를 확신한 크라딜의 얼굴에 감출 수 없는 광희의 빛이 떠오른다. 하지만—.

선수를 취해 한순간 일찍 움직이기 시작한 내 검은 비스듬한 황록색의 궤적을 그리며, 아직 휘두르는 도중이기 때문에 공격판정이 발생하기 직전인 놈의 대검 옆면에 명중했다. 엄청난 양의 불꽃.

무기와 무기의 공격이 충돌할 경우의 또 한 가지 결과, 그것이 《무기 파괴》이다. 어떤 무기의 구조상 약한 부위 및 방향에서 강렬한 타격이 주어졌을 경우에만 발생할 가능성이 있다.

하지만 내게는 부러질 거란 확신이 있었다. 장식이 요란한 무기는 대개 내구력이 떨어진다.

예상대로— 귀를 찢는 듯한 금속음을 흩뿌리며 크라딜의 양손검이 부러졌다. 폭발하듯 요란한 광원 이펙트가 작렬했다.

그대로 놈과 나는 공중에서 스쳐지나가며 원래 있던 위치를 바꿔 착지했다. 회전하며 하늘 높이 튕겨나간 놈의 검 반쪽이 상공에서 번뜩 햇빛을 반사하나 싶더니만 두 사람의 한가운데 돌바닥에 틀어박혔다. 그 직후, 그 반쪽과 크라딜의 손에 남아 있던 반쪽이 무수한 폴리곤 파편이 되며 박살났다.

한동안 침묵이 광장을 뒤덮었다. 구경꾼들은 모두 입을 쩍 벌린 채 얼어붙어 있었다. 하지만 내가 착지자세에서 몸을 일으켜 여느 때의 버릇대로 검을 좌우로 털자 와아, 하는 함성이 솟았다.

"대단하다!"

"저거 노리고 한 거야?!"

입을 모아 순간의 공방을 강평하기 시작하는 것을 들으며, 나는 한숨을 쉬었다. 스킬 하나라곤 하나 여러 사람들이 보는 가운데 내 카드를 드러낸 것은 별로 기분 좋은 일이 아니었다.

검을 오른손에 든 채, 나는 등을 돌리고 주저앉은 크라딜에게 천천히 다가갔다. 하얀 망토에 싸인 등이 부들부들 떨고 있다. 일부러 소리를 내며 검을 등의 칼집에 꽂은 후, 나는 작은 목소리로 말했다.

"무기를 바꿔 다시 덤비겠다면 상대해주겠지만…… 이만하면 되지 않았을까?"

크라딜은 나를 보려 하지도 않고 양손으로 돌바닥에 손톱을 세운 채 열병이라도 걸린 듯 몸을 가늘게 떨고 있었으나, 이윽고 삐걱이는 듯한 목소리로 "I resign."이라고 말했다. 그냥 우리말로 《항복》이나 《졌다》고 해도 듀얼은 끝나는데.

직후, 개시했을 때와 같은 위치에 듀얼 종료와 승자의 이름을 알리는 보라색 문자열이 반짝였다. 다시 와아 하는 함성. 크라딜은 비틀거리며 일어나선 갤러리들을 향해 외쳤다.

"무슨 구경났나! 꺼져! 꺼져!"

이어서, 천천히 내 쪽을 돌아본다.

"네놈…… 죽여버리겠어…… 반드시 죽여버리겠어……"

그 눈빛에는 나도 조금 오싹했다는 것을 인정하지 않을 수 없다.

SAO의 감정표현은 약간 오버되는 감이 있지만, 그걸 차치하고라도 크라딜의 삼백안에 떠오른 증오의 빛은 몬스터의 위압감 이상이었다.

　당황해 입을 다문 내 곁으로 누군가가 슥 다가왔다.

　"크라딜, 혈맹기사단 부단장으로서 명령하겠어요. 오늘부로 보디가드에서 해임한다. 별도의 명령이 있을 때까지 길드 본부에서 대기할 것. 이상."

　아스나의 목소리는 표정 이상으로 싸늘했다. 하지만 나는 그 가운데 억누른 고뇌의 빛을 느끼고, 무의식중에 아스나의 어깨에 손을 가져갔다. 딱딱하게 긴장한 아스나의 몸이 살짝 비틀거리더니 내게 기대듯 체중을 실었다.

　"……뭐…… 뭐라고…… 이……."

　간신히 그 말만이 들려왔다. 나머지 말, 아마 수도 없는 저주임이 분명한 그 말을 입 안에서 중얼거리며 크라딜은 우리를 노려보았다. 범죄 방지 코드에 저촉되는 것을 알면서도 예비 무기를 장비해 덤벼들까 생각하는 것이 틀림없었다.

　하지만 놈은 간신히 자제하고, 망토 안에서 텔레포트 크리스탈을 꺼내들었다. 악력으로 박살낼 것처럼 꽉 쥔 그것을 치켜들더니 "텔레포트…… 그랜덤."이라고 중얼거렸다. 푸른 빛에 휩싸여 사라지는 마지막 순간까지 크라딜은 우리에게 증오 어린 시선을 보내고 있었다.

　텔레포트의 빛이 사라진 후, 광장은 뒷맛 씁쓸한 침묵에 사로잡혔다. 구경꾼들은 모두 크라딜의 독기에 쏘인 듯한 표정을 하고 있었으나, 마침내 삼삼오오 흩어져갔다. 마지막으로 남은 나와 아스나는 한동안 그 자리에 계속 서 있었다.

무슨 말을 해야 좋을까, 그 생각만 머릿속을 빙글빙글 맴돌았으나, 2년간 오로지 자신의 강화만 생각했던 내 머리에서 센스 있는 말 따위가 떠오를 리 없었다. 시키는 대로 듀얼을 받아들여 승리한 것조차 잘했는지 어떤지 확신이 들지 않았다.

마침내 아스나가 한 걸음 물러난 채, 평소의 위압감은 거짓말처럼 사라진 목소리로 속삭였다.

"……미안해. 언짢은 일에 말려들게 했네."

"아니…… 난 괜찮지만, 너야말로 괜찮겠냐?"

천천히 고개를 저으며, 최강 길드의 서브 리더는 씩씩한, 하지만 유약한 미소를 지어 보였다.

"응. 요즘의 길드 분위기는 게임 공략만 최우선적으로 생각해 멤버에게 규율을 강요했던 내게도 책임이 있을 거라 생각하니까……."

"그건…… 어쩔 수 없는 것 같은데. 반대로 너 같은 사람이 없었다면 공략도 훨씬 늦어졌을걸. 솔로로 늘쩍지근하게 하는 내가 할 말은 아니지만…… 아니, 그게 아니고."

대체 내가 무슨 말을 하고 싶은 건지도 알 수 없어, 나는 횡설수설 입을 움직였다.

"……그러니까, 너도 가끔은, 나처럼 생각 없는 놈이랑 파티를 짜서 한숨 돌리는 정도는, 누구도 뭐라고 할 수 없을…… 거야."

그러자 아스나는 어리둥절한 얼굴로 몇 번인가 눈을 깜빡이더니, 마침내 반쯤 쓴웃음을 지으며 굳은 표정을 풀었다.

"……뭐, 고맙다고 말해둘게. 그럼, 사양 않고 오늘은 즐겨보도록 하겠어. 포워드 잘 부탁해."

그리고 씩씩하게 돌아서더니 마을 바깥쪽으로 이어지는 길을 성큼성큼 걸어간다.

"아니, 야! 포워드는 원래 교대로 하는 거잖아!"

투덜거리면서도 나는 살짝 안도의 한숨을 내쉬고, 찰랑거리는 밤색 머리카락을 뒤따라갔다.

8

미궁구역으로 가는 숲속 오솔길은 저녁 무렵의 기분 나쁜 풍경이 거짓말이었던 것처럼 따뜻한 공기에 에워싸여 있었다. 나뭇가지 틈에서 비쳐드는 아침 햇살이 수많은 금색 기둥을 만들어내며, 그 틈을 아름다운 나비가 팔랑팔랑 날아다닌다. 유감스럽게도 실체가 없는 비주얼 이펙트인지라 쫓아간다 해도 붙잡을 수는 없지만.

부드럽게 우거진 풀숲을 사박사박 기분 좋은 소리와 함께 밟아가며, 아스나가 놀리듯 말했다.

"그런데 넌 언제나 똑같은 차림이구나."

윽.

말문이 막힌 나는 내 몸을 내려다보았다. 후줄근한 검은색 가죽 코트에 같은 색 셔츠와 바지. 금속 방어구는 거의 없다.

"뭐, 뭐 어때. 옷에 들일 돈이 있으면 맛있는 거라도 사먹는 게 낫지……."

"새까만 색으로 통일한 건, 뭔가 합리적인 이유가 있는 거야? 아니면 캐릭터 표현?"

"그, 그렇게 따지면 너는 안 그래? 언제나 그놈의 얼빠진 허옇고 뻘건 옷하며……."

그렇게 말하며 나는 여느 때의 버릇처럼 아무 생각 없이 색적 스캔을 시작했다. 몬스터의 반응은 없었다. 하지만—.

"그럼 어떡하라구. 이건 길드 제복…… 응? 왜 그래?"

"잠깐……."

나는 살짝 오른손을 들어 아스나의 말을 가로막았다. 색적 가능 범위 끄트머리에 플레이어의 반응이 있었던 것이다. 후방으로 시선을 집중하자 플레이어의 존재를 알리는 녹색 커서가 연속적으로 수도 없이 깜빡였다.

범죄자 플레이어의 집단일 가능성은 없다. 놈들은 자신들보다 확실하게 레벨이 낮은 사냥감을 노리기 때문에 최강 클래스 플레이어가 모이는 최전선에 모습을 나타내는 일은 거의 없으며, 무엇보다 한 번이라도 범죄행위를 저지른 플레이어는 상당히 오랜 시간 동안 커서 색이 녹색에서 오렌지로 변화하기 때문이다. 내가 신경이 쓰였던 것은 그들의 인원수와 대형이었다.

메인메뉴에서 맵을 불러내 아스나에게도 보이도록 가시 모드로 설정했다. 주위의 숲을 표시한 맵에는 나의 색적 스킬과 연동되어 플레이어를 나타내는 녹색 광점이 떠올랐다. 그 수는 열둘.

"많다······."

아스나의 말에 고개를 끄덕인다. 파티는 인원수가 지나치게 많으면 연대를 취하기가 어려워지므로 대여섯 정도로 편성하는 것이 보통이다.

"게다가 봐, 이 대형."

맵 끄트머리 부근에서 이쪽 방향을 향해 상당히 빠른 속도로 접근하고 있는 그 광점의 무리는 질서정연한 2열종대로 행진하고 있었다. 위험한 던전이라면 모를까, 별 대단한 몬스터도 없는 필드에서 이렇게까지 꽉 잡힌 대형을 짜는 경우는 드물다.

만약 집단구성원들의 레벨만 알면 그 정체도 어느 정도 추측할 수 있을 텐데. 처음 보는 플레이어들끼리는 레벨은 고사하고 이름조차 커서에 표시되지 않는다. 《PK》─플레이어 킬(Player Kill)의 남발을 막기 위한 디폴트 시스템이지만, 이런 경우에는 직접 눈으로 보고 장비를 통해 레벨을 추측할 수밖에 없다.

나는 맵을 닫고 아스나를 흘끔 보았다.

"일단 확인해야겠다. 이 근처에 숨어서 지나갈 때까지 기다리자."

"그래야겠어."

아스나도 긴장한 표정으로 끄덕였다. 길을 벗어난 우리는 둔덕을 기어 올라가 키 정도 높이에 밀집한 관목 덤불을 발견하고 그 그늘에 몸을 웅크렸다. 길을 내려다볼 수 있는 절호의 위치였다.

"아……."

갑자기 아스나가 자신의 차림을 내려다보았다. 희고 붉은 제복은 녹색 수풀 안에서 상당히 눈에 띄었다.

"어쩜 좋아. 나 다른 장비는 없는데……."

맵의 광점들은 이미 상당히 가까이 다가와 있었다. 슬슬 가시범위에 들어온다.

"잠깐 실례."

나는 내 가죽 코트 앞을 벌려 오른쪽 옆에 웅크리고 앉은 아스나의 몸을 감쌌다. 아스나가 잠깐 나를 노려보았지만 얌전히 자기 몸이 코트에 가려지도록 내버려두었다. 후줄근한 검은 코트는 볼품은 없지만 하이딩 보너스가 높다. 이 정도로 은폐 조건을 만족한다면 웬만한 고레벨 색적 스킬로 스캔하지 않는 한 발견하기 힘들다.

"어때? 우중충한 옷이지만 가끔은 도움이 되지?"

"몰라! ……쉿, 왔다!"

아스나는 속삭이며 손가락을 입술 앞에 세웠다. 한층 몸을 웅크린 내 귓가에 저벅저벅하는 규칙적인 발소리가 어렴풋이 들리기 시작했다.

마침내 구불구불한 오솔길 너머에서 그 집단이 모습을 나타냈다.

모두 검사 클래스였다. 통일된 흑철색 금속 갑옷에 진녹색 전투복. 모두 실용적인 디자인이지만, 앞장선 여섯 명이 든 대형 실드의 표면에는 특징적인 성의 인장이 새겨져 있었다.

포워드 여섯 명의 무장은 한손검. 백업 여섯 명은 거대한 할버드(halberd). 전원 헬멧의 바이저를 깊이 눌러쓴 탓에 표정을 알아볼 수는 없었다. 일사불란한 행진을 보고 있으려니, 마치 열두 명의 완전히 똑같은 NPC가 시스템에 의해 움직이고 있는 것 같다는 생각마저 들었다.

이젠 확실했다. 그들은 기반 플로어를 본거지로 삼고 있는 초거대 길드, 《군》의 멤버들이다. 곁에 있는 아스나도 이를 알아차렸는지 몸을 굳히고 숨을 죽이는 기척이 전해져왔다.

그들은 결코 일반 플레이어에게 적대적인 존재가 아니다. 오히려 필드에서 벌어지는 범죄행위를 가장 열심히 막는 집단이라고 해야 할 것이다.

하지만 그들의 방법은 다소 과격해 범죄자 플래그를 가진 플레이어—커서 색 때문에 《오렌지 플레이어》라 불린다—를 발견하자마자 다짜고짜 공격해 항복한 자를 무장 해제시킨 후 본거지인 흑철궁 지하감옥 에이리어에 감금한다고 한다. 투항하지 않고 이탈에도 실패한 자들의 대우에 대한 무시무시한 소문도 매우 그럴듯하게 나돌았다.

또한 언제나 많은 인원으로 파티를 짜서 행동하는 데다 사냥터를 장시간 독점하는 경우도 있어, 일반 플레이어들 사이에서는 '《군》에는 절대 다가가지 말라'는 공통 인식이 자리 잡게 되었다. 하기야 놈들은 주로 제50플로어 이하의 저층에서 치안 유지와 세력 확대를 꾀하기 때문에 최전선에서 보이는 경우는 드물지만—.

우리가 숨을 죽이고 지켜보는 가운데, 열두 명의 중무장 전사들은 갑옷이 맞부딪치는 금속음과 함께 묵직한 부츠 소리를 울리며 정연한 행진으로 눈 아래의 길을 통과해 깊은 숲 속으로 사라지고 말았다.

현재 SAO의 포로가 된 수천 명의 플레이어들은 발매일에 소프트웨어를 입수할 수 있었던 것만 봐도 확고부동한 게임 매니아라고 봐야 할 것이다. 그리고 게임 매니아란 분명 《규율》이란 말과 가장 인연이 없는 인종일 것이다. 2년이 경과했다고는 하나 저만큼 통제된 움직임을 보인다는 것은 보통 일이 아니다. 아마 《군》 내에서도 최정예 부대가 아닐까.

맵에서 놈들이 색적 범위 밖으로 벗어난 것을 확인하고, 나와 아스나는 웅크린 채 깊은 한숨을 내쉬었다.

"……그 소문, 사실이었어……."

내 코트를 덮어쓴 채 아스나가 조용히 중얼거렸다.

"소문?"

"응. 길드 정기회의에서 들었는데, 《군》이 방침을 바꿔서 상위 플로어로 나오고 있대. 원래는 그쪽도 클리어를 목표로 하는 집단이었지? 하지만 제25플로어 공략 때 큰 피해가 나온 후로는, 클리어보다도 조직을 강화하려는 분위기가 돼서 전선에 안 나오게 됐잖아? 그 때문에 요즘은 내부에 불만이 있었대나봐. ―그래서, 예전처럼 미궁에 잔뜩 몰려가 혼란을 일으키는 것보다도 소수 정예부대를 보내 공을 세우고, 그걸로 클리어 의지를 과시하려는 방침이 됐다는 거야. 그러니 조만간 제1진이 나타나지 않을까, 하는 보고가 있었어."

"실력을 앞세운 선전활동이라 이거군. 하지만 그렇다고 느닷없이 공략도 안 된 최전선에 나와도 괜찮을까……? 레벨은 그럭저럭 돼 보였지만……."

"어쩌면…… 보스 몬스터 공략을 노리는 걸지도……."

각 플로어의 미궁구역에는 상부 플로어로 이어지는 계단을 지키는 보스 몬스터가 반드시 존재한다. 단 한 번만 출현하며 무시무시하게 강하지만, 쓰러뜨렸을 때의 화제성은 분명 엄청날 것이다. 아주 좋은 선전이 되겠지.

"그래서 저런 인원을……? 하지만 아무리 그래도 무모해. 제74플로어 보스는 아직 아무도 본 적이 없는걸. 원래는 정찰을 계속 보내면서 보스의 전력과 패턴을 확인한 다음 큰 파티를 모아 공략하는 법이잖아."

"보스 공략만은 길드끼리도 협력하니 말이지. 저 사람들도 그러려는 걸까……?"

"글쎄……. 뭐, 놈들도 느닷없이 보스에게 도전하는 무모한 짓은 안 할 거야. 우리도 서두르자. 안에서 맞닥뜨리지 않았으면 좋겠는데."

나는 아스나와 밀착한 상황을 아쉬워하면서도 일어났다. 코트에서 나온 아스나가 추운지 몸을 움츠렸다.

"이제 곧 겨울이구나……. 나도 겉옷 좀 살까. 그거 어느 가게에서 팔아?"

"음…… 아마 알게이드 서쪽 구역에 있는 플레이어 샵이었을걸."

"그럼 모험 끝나면 안내해줘."

그런 말을 남기고, 아스나는 가벼운 동작으로 3미터 아래의 오솔길로 뛰어내렸다. 나도 뒤를 따른다. 파라미터 보정 덕에 이 정도 높이는 아무렇지도 않다.

태양이 곧 중천에 달할 시각이 되었다. 나와 아스나는 맵에 주의를 기울이며 가능한 한 빠른 속도로 길을 서둘렀다.

다행히 한 번도 몬스터와 만나지 않고 숲을 빠져나오니, 여기저기 하늘색 꽃이 점점이 핀 초원이 펼쳐졌다. 길은 초원 한가운데를 가로질러 서쪽으로 뻗었으며, 그 끝에 제74플로어 미궁구역이 위용을 자랑하듯 우뚝 솟아 있었다.

이 미궁구역의 최상층 부근에는 한층 커다란 방이 있으며, 다음 플로어—이 경우에는 제75플로어로 이어지는 계단을 흉포한 보스 몬스터가 지키고 있을 것이다. 그곳을 돌파해 다음 플로어 주거구역에 도달, 텔레포트 게이트를 활성화시키면 드디어 한 플로어의 공략을 달성한 것이다.

《도시 개방》 때는 새로운 풍물을 구경하기 위해 플레이어들이 하부 플로어 여기저기에서 쇄도해 거주구역 전체가 축

제라도 벌이는 것처럼 시끌벅적해진다. 현재 최전선인 제74 플로어의 공략이 시작된 이래 오늘이 9일째. 슬슬 보스방이 발견될 무렵이다.

초원 너머에 우뚝 솟은 거탑은 적갈색 사암으로 지어진 원형 구조물이었다. 나도 아스나도 이미 몇 번이나 방문한 곳이지만, 조금씩 다가감에 따라 하늘을 뒤덮을 듯한 그 거구에 압도될 수밖에 없었다. 그런데도 이것이 아인크라드 전체의 겨우 100분의 1 높이인 것이다. 부질없는 바람이긴 하지만, 언젠가 바깥에서 부유 거대성 전체의 모습을 바라보고 싶다는 것이 나의 은밀한 꿈이었다.

《군》의 부대는 보이지 않았다. 이미 안으로 들어간 것이리라. 우리는 자신도 모르게 빨라지는 걸음으로, 드디어 다가온 미궁구역의 입구로 다가갔다.

9

길드 혈맹기사단이 최강의 자리를 공고히 다진 것은 벌써 1년도 더 전의 일이다.

그 무렵부터 《전설의 사나이》, 즉 길드 리더는 물론 서브 리더인 아스나도 톱 검사로서 이름을 날리며 《섬광》이라는 별명을 아인크라드 내에 떨치고 있었다. 그리고 레벨이 올라가면서 세검전사의 스킬 구성을 완성한 아스나의 대 일반 몬스터 전투를, 나는 눈앞에서 직접 볼 기회를 얻었다.

때마침 전투 도중. 적은 《데모니시 서번트(Demonish Servant)》라는 이름을 가진 해골검사였다. 신장 2미터를 넘는 몸에 기분 나쁜 푸른 인광(燐光)을 두른 채 오른손에는 커다란 직검을, 왼손에는 원형 금속 방패를 장비하고 있다. 당연히 근육이라곤 한 점도 없지만, 그런 주제에 무시무시한 근력 파라미터를 가진 까다로운 상대였다.

하지만 아스나는 그 어려운 적을 상대로 한 발도 물러나지 않았다.

"흐르르르그르르르르으!"

괴상한 외침과 함께 해골의 검이 푸른 잔광을 끌며 잇달아 날아들었다. 4연타 스킬 《버티컬 스퀘어(Vertical Square)》. 몇 걸음 물러난 위치에서 내가 조마조마한 심정으로 지켜보는 가운데, 아스나는 좌우로 화려한 스텝을 밟으며 그 공격을 모두 피해냈다.

설령 2대 1의 상황이라 해도 무기를 장비한 상대라면 이쪽에서 둘이 동시에 덤벼들 수는 없다. 시스템적으로 불가능한 것은 아니지만, 눈에도 보이지 않는 속도로 칼날이 오가는 간격에 아군이 바짝 달라붙어 있으면 서로의 스킬을 방해한다는 단점이 더 크다. 그래서 파티 전투에선 고도한 연대가 요구되는 《스위치》라는 테크닉이 사용된다.

4연격의 마지막 풀 스윙을 헛친 데모니시 서번트의 자세가 살짝 흐트러졌다. 그 틈을 놓치지 않고 아스나는 반격으로 들어갔다.

은백색으로 빛나는 세검을 중단으로 차례차례 내지른다. 모든 공격이 멋지게 히트하고, 해골의 HP바가 줄어든다. 일격의 대미지가 높다고는 할 수 없지만 뭐니 뭐니 해도 히트 수가 엄청나다.

중단 찌르기를 3연속으로 맞고 가드가 살짝 올라간 적의 하반신에 공격 방식을 바꿔 베기 공격을 왕복시킨다. 이어서 비스듬히 튀어오른 세검의 끄트머리가 순백색 팡원 이펙트를 흩뿌리며 상단으로 두 차례의 강한 찌르기를 선보인다.

무려 8연속 공격이다. 분명 《스타 스플래시(Star Splash)》라는 이름을 가진 고레벨 소드 스킬. 원래 세검과 상성이 나쁜 해골계 몬스터를 상대로 그 가느다란 칼을 정확하게 히트시켜나가는 기량은 보통이 아니다.

해골의 HP바를 30퍼센트 가량 깎아낸 위력도 위력이지만, 사용자를 포함해 그 화려한 모습을 나는 그만 넋 놓고 바라보았다. 검무(劍舞)란 바로 이런 것을 말하는 것이다.

멍하니 서 있던 내게, 마치 등에도 눈이 달린 것처럼 아스나가 외쳤다.

"키리토, 스위치!!"

"어, 응!"

허겁지겁 검을 고쳐 들면서, 동시에, 아스나는 단발의 강렬한 찌르기를 날렸다.

그 공격은 해골의 왼손 금속 방패에 가로막혀 요란한 불꽃을 흩뿌렸다. 하지만 이는 예정된 결과였다. 무거운 공격을 가드한 적은 아주 일시적인 경직시간에 빠져 즉시 공격에 들어갈 수 없다.

물론 큰 스킬을 가드당한 아스나도 경직에 빠졌지만, 중요한 것은 그 《간격》이었다.

나는 즉시 돌진계 스킬로 적의 정면에 뛰어들었다. 일부러 전투 중에 브레이크 포인트를 만들어 동료와 교대하는 것이 바로 《스위치》다.

아스나가 충분한 거리를 두고 물러나는 것을 시야 끝으로 확인한 나는 오른손의 검을 꽉 움켜쥐고 적에게 맹렬히 달려들었다. 그녀만한 달인이라면 몰라도 기본적으로 이 데모니시 서번트처럼 《틈새》가 많은 적에게는 찌르기 스킬보다 베기 스킬이 효과적이다. 가장 상성이 좋은 것은 메이스 같은 타격무기지만, 나도, 그리고 아마 아스나도 타격계 스킬은 가지고 있지 않다.

내가 날린 《버티컬 스퀘어》는 4회 모두 보기 좋게 적에게 히트해 HP를 크게 깎아냈다. 해골의 반응이 둔했다. 몬스터의 AI는 갑작스럽게 공격 패턴을 변경하면 대응에 시간이 걸린다는 특징이 있기 때문이다. 어제 나는 솔로로 이 상황을 만들어내기 위해 긴 시간을 투자해 리저드맨의 AI를 유도했으나, 동료가 있을 때는 스위치 한 번이면 끝난다. 이것이 파티로 전투할 때의 가장 큰 메리트 중 하나다.

적의 반격을 무기로 패리(parry)해 막아낸 나는 승부를 결정짓기 위해 대형 스킬을·펼쳤다. 느닷없이 오른쪽 대각선으로 내리그은 강공격에서, 손목을 뒤틀어 골프 스윙처럼 똑같은 궤도를 거슬러가 베어 올린다. 검이 적의 뼈뿐인 몸을 포착할 때마다 뻐억 하는 충격음과 함께 오렌지색 빛줄기가 튀었다.

상단의 검을 받아내기 위해 방패를 치켜드는 적의 예상을 뒤엎고, 나는 왼쪽 어깨로 몸통 부딪치기를 감행했다. 자세가 비틀거리는 해골의 텅 빈 몸통을 향해 오른쪽 수평베기를 날린다. 지체 없이 이번엔 오른쪽 어깨로 다시 몸통 부딪치기. 강공격을 연타하는 허점을 태클로 보완하는 희귀한 스킬, 《미티어 브레이크(Meteor Break)》였다. 자랑은 아니지만 한손검 외에 체술 스킬도 있어야만 쓸 수 있는 스킬이다.

이제까지 퍼부은 공격에 적의 HP바는 크게 감소하여 빈사 영역에 들어갔다. 나는 온몸의 힘을 실어 7연격 최후의 상단 왼쪽 수평베기를 날렸다. 광원 이펙트의 원호가 그려지며, 검은 한 치의 어긋남도 없이 해골의 목으로 빨려 들어가듯 명중. 뚜둑 소리와 함께 뼈가 끊어지고, 두개골이 힘차게 하늘로 솟는 것과 동시에 남은 몸이 실 끊어진 인형처럼 메마른 소리를 내며 무너졌다.

"이겼다!!"

검을 거둔 내 등을 아스나가 철썩 두드렸다.

전리품 분배는 뒤로 미루고, 나와 아스나는 일단 앞으로 나아갔다.

이제까지 몬스터와 네 번 조우했으나 거의 대미지를 입지 않고 돌파했다. 대형 스킬을 연발하는 것을 좋아하는 내 스타일에 비해 아스나는 소형이나 중형의 다단 공격이 주특기여서, 적의 AI에 부담을 가해—물론 CPU의 처리능력을 말하는 것이 아니라 어디까지나 알고리듬의 범위 내에서—전투를 유리하게 이끌어가는 면에서 보자면 우리 둘의 소드 스킬은 궁합이 나쁘지 않았다. 아마 레벨도 그리 큰 차이가 없을 것이다.

우리는 둥근 기둥이 이어진 장엄한 복도를 신중하게 나아갔다. 색적 스킬 덕에 기습을 당할 걱정은 없다고 하나, 딱딱한 돌바닥에 반사되는 발소리가 자꾸만 신경이 쓰였다. 미궁 안에 광원은 존재하지 않지만 주변은 신비한 분위기의 엷은 빛으로 가득해 시야는 부자유스럽지 않았다.

어렴풋한 푸른색을 반사하는 복도의 양상을 주의 깊게 관찰해보았다.

아래층은 적갈색 사암으로 이루어진 미궁이었는데, 위로 올라오니 소재가 끈적끈적한 푸른색을 띤 돌로 바뀌었다. 기둥에는 화려하지만 기분 나쁜 조각이 새겨져 있고, 기둥 밑바닥은 한 단 낮은 수로 속에 잠겨 있다. 전체적인 분위기를 말하자면, 오브젝트가 《무거워졌다》고 할 수 있으리라. 맵 데이터의 공백 부분도 이제 얼마 남지 않았다. 내 직감이 옳다면, 이 앞에는 아마도—.

복도 막다른 곳에선 청회색의 거대한 쌍여닫이문이 우리를 기다리고 있었다. 문에도 기둥과 비슷한 괴물의 부조가 빼곡하게 새겨져 있었다. 모든 것이 디지털 데이터로 만들어진 세계인데도 그 문에서는 뭐라 형언하기 힘든 요기(妖氣)가 뿜어져나오는 것처럼 느껴졌다.

"……이거, 역시……."

"아마 그렇겠지……? 보스방이야."

아스나가 내 코트 옷자락을 꼬옥 움켜쥐었다.

"어쩔까……? 들여다보는 정도는 괜찮겠지?"

당찬 말과는 달리 목소리에선 불안이 짙게 배어나왔다. 최강의 검사라 해도 역시 이런 상황은 무서운 모양이다. 뭐, 당연하다면 당연한 노릇이다. 나도 무서운걸.

"……보스 몬스터는 자기가 지키는 방에서 절대로 안 나오잖아. 문만 여는 정도라면 아마…… 괘, 괜찮지…… 않을까……?"

자신 없이 꺼져 들어가는 내 말꼬리에 아스나가 울상을 지어 보였다.

"……뭐, 만약을 위해 텔레포트 아이템을 준비해놓자고."

"응."

아스나는 고개를 끄덕이고 스커트 주머니에서 푸른 크리스탈을 꺼냈다. 나도 아이템을 준비했다.

"준비됐지……? 연다……."

오른팔을 아스나에게 붙들린 채, 나는 크리스탈을 쥔 왼손을 철문에 댔다. 현실세계라면 지금쯤 손바닥에 땀이 흥건히 배어나왔겠지.

천천히 힘을 주자, 내 키의 두 배는 될 것 같은 거대한 문이 생각보다 매끄럽게 움직이기 시작했다. 한번 움직이기 시작한 후에는 우리가 당황할 만큼 빠른 속도로 좌우의 문이 동시에 움직였다. 나와 아스나가 숨을 죽이고 지켜보는 가운데, 완전히 활짝 열린 큰 문은 묵직한 충격과 함께 멈춰 내부에 감추고 있던 것을 드러냈다.

—라고 해봤자 내부는 완전한 어둠이었다. 우리가 선 복도를 가득 채운 빛도 방 안까지는 미치지 못하는 모양이다. 냉기를 머금은 농밀한 어둠은 아무리 뚫어지게 쳐다봐도 내부를 살필 수 없었다.

"…………."

내가 입을 열려는 순간, 갑자기 입구에서 약간 떨어진 바닥의 양쪽에서 화륵 하는 소리와 함께 두 개의 청백색 불꽃이 타올랐다. 우리는 깜짝 놀라 몸을 움츠렸다.

그 직후, 조금 떨어진 안쪽에 또다시 두 개의 불꽃이 켜졌다. 그리고 또 한 쌍. 다시 또 한 쌍.

화르르르르륵…… 하는 연속적인 소리와 함께 눈 깜짝할 사이에 입구에서 방 중앙을 향해 일직선으로 불꽃의 길이 완성되었다. 마지막으로 한층 커다란 불기둥이 솟아오르며, 동시에 안쪽으로 이어지는 직사각형의 방 전체가 어스름한 푸른색으로 물들었다. 상당히 넓다. 맵의 나머지 공백 부분은 전부 이 방 하나였던 모양이다.

아스나가 긴장을 이겨내려는 듯 내 오른팔에 꼬옥 매달렸다. 하지만 내겐 그 감촉을 즐길 여유 따위 조금도 없었다. 왜냐하면, 격렬하게 일렁이는 불기둥 뒤에서 서서히 거대한 모습이 나타나고 있었기 때문이다.

한참 올려다봐야 할 그 체구는 온몸이 밧줄처럼 불거진 근육에 에워싸여 있었다. 피부는 주위의 불꽃에 뒤지지 않을 정도로 짙은 푸른색이었으며, 두툼한 가슴판 위에 얹힌 머리는 인간이 아니라 산양의 머리였다.

머리 양쪽에는 구부러진 굵은 뿔이 뒤를 향해 치솟아 있었다. 눈은, 이 또한 청백색으로 불타듯 광채를 발했으나, 그 시선은 명백히 이쪽을 노려보고 있었다. 하반신은 남색의 긴 털로 뒤덮여 불꽃에 가려지듯 잘 보이진 않았으나, 이 또한 인간의 것이 아닌 동물의 다리인 것 같았다. 쉽게 말하자면, 악마의 모습 그 자체였다.

입구에서 놈이 있는 방 한가운데까지는 상당한 거리가 있었다. 그럼에도 불구하고 우리는 얼어붙은 듯 꼼짝도 하지 못했다. 이제까지 그야말로 무수한 몬스터와 싸웠지만 악마형은 처음이었다. 수많은 RPG 덕에 익숙해졌다고 해도 좋을 모습이었으나, 이렇게 《직접》 대면하니 몸 안쪽부터 치밀어 오르는 원시적인 공포를 억누를 수가 없었다.

주저주저하며 시선을 집중해, 나타난 커서의 문자를 읽었다. 《The Gleameyes》. 틀림없는 이 플로어의 보스 몬스터다. 이름에 정관사 The가 붙는 것이 그 증거였다. 글림아이

즈—번쩍이는 눈.

여기까지 읽었을 때, 갑자기 푸른 악마가 길게 뻗은 주둥이를 휘두르며 쩌렁쩌렁 울리는 포효를 내질렀다. 불꽃의 행렬이 격렬하게 흔들리고 찌릿찌릿한 진동이 바닥을 타고 전해져왔다. 입과 코에서 창백하게 타오르는 숨결을 분출하며 오른손에 든 거대한 검을 치켜든—다고 생각할 새도 없이, 푸른 악마는 일직선으로 우리를 향해 땅울림을 일으키며 맹렬한 스피드로 달려왔다.

"으아아아아아악!"

"꺄아아아아아악!"

우리는 동시에 비명을 지르며 180도 돌아 전력으로 뛰었다. 보스 몬스터는 방에서 나오지 않는다는 원칙을 머리로는 알고 있었으나, 도저히 버티고 서 있을 수가 없었다. 그동안 키운 민첩성 파라미터에 몸을 맡기고, 나와 아스나는 긴 복도를 질풍처럼 달려 도망쳤다.

10

나와 아스나는 미궁구역의 가운데쯤 설치된 안전 에이리어를 향해 숨도 쉬지 않고 뛰어갔다. 도중에 몇 번인가 몬스터의 타깃이 된 것도 같았지만 솔직히 상대할 여유가 없었다.

안전 에이리어로 지정된 넓은 방에 뛰어들어 나란히 벽에

기댄 채 주르륵 미끄러져 주저앉았다. 크게 한숨을 내쉰 후 서로의 얼굴을 바라본 우리는,

"……풉."

누가 먼저랄 것도 없이 웃음이 치밀어 올랐다. 냉정하게 맵을 확인했더라면 그 거대한 악마가 역시 방에서 나오지는 않았다는 것을 금방 알아차렸겠지만, 도저히 멈출 생각이 들지 않았던 것이다.

"아하하하, 우와— 진짜 열심히 도망쳤네!"

아스나가 바닥에 철퍼덕 주저앉아 유쾌하게 웃어댔다.

"이렇게 열심히 뛰어본 거 정말 오랜만이었어. 뭐, 나보다도 키리토가 더 대단했지만!"

"…………."

부정할 수 없다. 부루퉁해진 내 표정에 계속 킥킥거리며 말하던 아스나는 겨우 웃음을 거두더니,

"……그거, 꽤 힘들겠더라……."

표정을 굳혔다.

"그러게. 언뜻 봐서 무장은 대형검 하나밖에 없었지만, 특수공격이 있을 테니까."

"포워드에 방어력 높은 사람들을 모아서 계속 스위치해야겠네."

"방패 장비한 사람이 열 명은 있어야겠다……. 뭐, 당분간은 조금씩 건드리면서 전법을 보고 대책을 생각해야겠지."

"방패……라."

아스나가 의미심장한 표정으로 나를 쳐다본다.

"왜, 왜 그래?"

"너, 뭔가 숨기는 거 있지."

"갑자기 무슨 소릴……."

"하지만 이상한걸. 원래 한손검의 최대 메리트는 방패를 들 수 있다는 거잖아. 하지만 키리토가 방패 드는 거 한 번도 못 봤어. 나야 세검 스피드가 떨어지니까 그렇고, 스타일을 중시해서 안 드는 사람도 있다지만, 넌 둘 다 아니잖아? ……수상한데에."

정곡이었다. 실제로 나는 숨겨둔 스킬이 있다. 하지만 이제까지 한 번도 남들 앞에서 사용한 적은 없다.

스킬 정보가 중요한 목숨줄이기 때문이기도 했지만, 그보다도 이 스킬이 남들에게 알려진다면 주위 사람들과 더더욱 동떨어지게 될 것이라 생각했기 때문이다.

하지만 이 여자에게는— 알려줘도, 괜찮을지도…….

그렇게 생각하고 입을 열려 했을 때.

"뭐, 괜찮아. 스킬을 캐묻는 건 매너 위반이잖아."

그냥 웃어넘기고 말았다. 선수를 빼앗기는 바람에 나는 말을 우물거렸다. 아스나는 시선을 살짝 움직여 시계를 확인하더니 눈을 동그랗게 떴다.

"와, 벌써 3시네. 늦었지만 점심 먹자."

"뭐엇?!"

그 말에 흥분을 감추지 못한 나.

"수, 수제입니까요?!"

아스나는 말없이 씨익 웃어 보이더니 재빨리 메뉴를 조작해 하얀 가죽 장갑을 장비 해제하고 조그만 바구니를 출현시켰다. 이 여자와 콤비를 짜서 확실히 좋은 점이 적어도 한 가지 있구나─라고 건전하지 못한 생각을 품고 있으려니, 아스나가 째릿 노려보았다.

"……너, 지금 무슨 생각 했어?"

"아, 아무것도? 그보다 빨리 먹자."

부루퉁하게 입술을 내밀긴 했지만, 아스나는 바구니에서 커다란 종이 꾸러미를 두 개 꺼내 하나를 내게 주었다. 허겁지겁 펼쳐보니 둥근 빵을 얇게 잘라 구운 고기와 채소를 두툼하게 끼워 넣은 샌드위치였다. 후추와 비슷한 향긋한 냄새가 떠돈다. 나는 맹렬한 공복감을 느끼고 다짜고짜 입을 크게 벌려 한 입 물었다.

"마…… 맛있어……."

두 입, 세 입 연거푸 삼켜대자 솔직한 감상이 자연스럽게 나왔다. 아인크라드의 NPC 레스토랑에서 제공하는, 어딘가 외국의 분위기가 나는 요리와 모양은 비슷하지만 맛이 다르다. 살짝 짙게 묻어나는 매콤달콤함은 틀림없이 2년 전까지는 숱하게 먹었던 일본풍 패스트푸드와 같은 계열의 맛이었다. 너무나도 그리운 맛에 나도 모르게 눈물이 배어나올 것 같으면서도, 나는 커다란 샌드위치를 열심히 먹어댔다.

마지막 한 조각을 삼키고 아스나가 건네준 차가운 차를 단숨에 들이켠 나는 그제야 숨을 몰아쉬었다.

"너, 이 맛은, 어떻게……."

"1년의 수행과 연구의 성과라구. 아인크라드에서 나오는 약 100종류의 조미료가 미각 재생 엔진에 주는 파라미터를 저어어어언부 분석해서 이걸 만든 거야. 이게 글로그와 씨랑 슈블 잎이랑 칼림수(水)."

그렇게 말하며 아스나는 바구니에서 작은 병을 두 개 꺼내 한쪽 뚜껑을 열고는 검지를 찔러 넣었다. 뭐라 형언할 수 없는 보라색의 끈적끈적한 것이 묻어나온 손가락을 빼더니 말한다.

"입 벌려봐."

영문을 몰랐지만 반사적으로 턱을 벌린 내 입을 향해 아스나가 손끝을 튕겼다. 정확하게 날아든 액체의 맛에 나는 진심으로 경악했다.

"……마요네즈다!!"

"그리고 이쪽이 아빌파 콩이랑 사그 잎이랑 우란피시의 뼈."

마지막 건 해독 포션 원료였던 것 같지만, 확인할 새도 없이 다시 입에 액체가 들어왔다. 그 맛에 나는 조금 전의 맛을 크게 웃도는 충격을 느꼈다. 틀림없이 간장의 맛 그 자체였던 것이다. 감격한 나머지 나도 모르게 눈앞에 있는 아스나의 손을 붙잡곤 손가락을 입에 넣어버렸다.

"꺄악!!"

비명과 함께 손가락을 뺀 아스나는 나를 노려보았지만, 내 얼빠진 표정을 보고 이내 웃음을 터뜨렸다.

"아까 샌드위치 소스는 이걸로 만든 거야."

"…………대단해. 완벽해. 너 이거 팔면 떼돈 벌겠다."

솔직히 나는 어제 먹었던 라구 래빗 요리보다도 오늘 샌드위치가 더 맛있게 느껴졌다.

"그, 그럴까?"

아스나는 멋쩍은 웃음을 지었다.

"아니다, 역시 안 되겠어. 내 몫이 없어지면 안 돼."

"우와, 치사해라! ……내키면, 또 만들어줄게."

마지막 한 마디를 작은 목소리로 덧붙이고, 아스나는 옆에 나란히 앉은 내 어깨에 아주 살짝 자신의 어깨를 가져다댔다. 이곳이 죽음과 맞닿은 최전선 한가운데라는 사실도 잊고 말 정도로 온화한 침묵이 주위를 가득 채웠다.

이런 요리를 매일 먹을 수 있다면, 신념을 굽히고 셀름부르그로 이사를 가버릴까…… 아스나의 집 바로 옆에…… 나도 모르게 그런 생각을 하며, 자칫 그 말을 입 밖에 낼 뻔했을 때.

갑자기 아래층 쪽 입구에서 플레이어의 무리가 갑옷을 철컹철컹 울리며 들어왔다. 우리는 순간적으로 확 떨어져 앉았다.

나타난 6인 파티의 리더를 언뜻 보고 나는 어깨에서 힘을 뺐다. 그 사내는 이 부유성에서 가장 오래 알고 지낸 카타나 전사였던 것이다.

"오, 키리토! 오랜만이다!"

나라는 것을 알아차리고 웃는 얼굴로 다가온 키 큰 사내에게 나도 몸을 일으키고 인사를 보냈다.

"아직 살아 있었냐, 클라인?"

"애교 없는 건 여전하네. 네가 웬일로 파티를…… 다……."

짐을 재빠르게 정리하고 일어난 아스나를 보고 카타나전사는 이마에 두른 악취미한 반다나 밑에서 눈을 휘둥그렇게 떴다.

"아―…… 보스전 때 본 적은 있겠지만, 일단 소개할게. 이녀석은 길드 《풍림화산(風林火山)》의 클라인. 그리고 이쪽은 《혈맹기사단》의 아스나."

내 소개에 아스나는 살짝 고개를 숙였으나 클라인은 눈에 이어 입까지 쩍 벌린 채 완전히 정지해버렸다.

"야, 뭐라고 말 좀 해. 랙 걸렸냐?"

팔꿈치로 옆구리를 쿡쿡 찌르자 클라인은 겨우 입을 닫더니 무시무시한 기세로 최대급의 예를 올렸다.

"아, 안녕하십니까!! 크크클라인이라고 하는 놈이옵니다24세독신!"

어수선한 틈을 타 이상한 소릴 지껄이는 카타나전사의 옆구리를 다시 한 번, 이번엔 있는 힘껏 찔러주었다. 하지만 클라인의 말이 끝나기도 전에 뒤에 물러나 있던 다섯 파티 멤버들이 철컹철컹 다가와선 모두 앞 다투어 자기소개를 시작했다.

《풍림화산》의 멤버들은 모두 SAO가 시작되기 전부터 알고 지낸 사이라고 한다. 클라인은 혼자 힘으로 동료들을 하나도 빠짐없이 지켜내며 공략파의 일각을 맡을 정도까지 키워낸 것이다. 2년 전—이 데스 게임이 시작된 날, 내가 겁을 먹고 거부했던 그 무게를, 그는 당당히 아직까지도 짊어지고 있다.

가슴 깊이 배어든 자기혐오를 집어삼키며 돌아서, 나는 아스나에게 말했다.

"……아, 아무튼 나쁜 놈들은 아니야. 리더의 얼굴은 둘째 치더라도."

이번엔 클라인이 내 발을 힘껏 밟았다. 그 모습을 본 아스나가 참지 못하고 몸을 숙이며 킥킥 웃기 시작했다. 클라인은 멋쩍은 웃음을 헤실헤실 흘리고 있었으나, 갑자기 정신을 차렸는지 내 팔을 붙잡고는 억누른 살기가 깃든 목소리로 물었다.

"어어어어어어떻게 된 거냐, 키리토?!"

대답이 궁색해진 내 곁에서 아스나가 대신 나서더니,

"안녕하세요. 한동안 이 사람과 파티를 맺게 됐어요. 잘 부탁해요."

……라고 또릿또릿한 목소리로 대답했다. 나는 내심 '엥? 오늘만 하는 거 아니었어?!' 하는 생각에 놀랐으며, 클라인 일행의 표정은 낙담과 분노 사이에서 바쁘게 오갔다.

마침내 클라인이 살기 충만한 시선을 내게 부릅 향하더니,

고속으로 이를 갈아붙이며 으르렁거렸다.

"키리토, 너 이 자식……."

이거 어지간해선 풀려나기 힘들겠다고 어깨를 축 늘어뜨린 그 순간.

조금 전 풍림화산 멤버들이 들어왔던 방향에서 새로운 파티의 방문을 알리는 발소리와 금속음이 울려왔다. 묘하게 규칙적인 그 소리에 아스나가 긴장된 낯빛으로 내 팔을 잡고 속삭였다.

"키리토, 《군》이야!"

흠칫 놀라 입구를 주시하자, 정말로 숲에서 봤던 그 중장부대의 모습이 나타났다. 클라인이 손을 들어 동료 다섯을 벽쪽으로 물러나게 했다. 여전히 2열종대를 유지하며 방에 들어온 집단의 행진은 숲에서 봤을 때만큼 질서정연하지는 않았다. 발걸음은 무거웠으며 헬멧 틈에서 드러난 표정에도 피폐한 기색이 엿보였다.

안전 에이리어의, 우리들과는 반대쪽 끝에서 부대가 정지했다. 앞장을 선 사내가 "쉬어."라고 말하자마자 나머지 열한 명이 요란한 소리와 함께 쓰러지듯 주저앉았다. 사내는 동료들의 모습에는 눈길도 주지 않고 이쪽을 향해 다가왔다.

자세히 보니 사내의 장비는 나머지 열한 명과는 약간 다른 것 같았다. 금속 갑옷도 고급품이었으며, 가슴 부분에는 다른 사람들에겐 없는, 아인크라드의 전경을 도안한 것으로 보이는 문장이 새겨져 있었다.

사내는 우리 앞에 멈춰 서더니 헬멧을 벗었다. 상당히 키가 크다. 나이는 30대 초반쯤 되려나. 매우 짧은 머리카락에 각진 얼굴형. 굵은 눈썹 밑에는 작고 예리한 눈이 빛났으며 입가는 굳게 다물어졌다. 이쪽을 부릅 노려보더니, 사내는 선두에 서 있던 나를 향해 입을 열었다.

"나는 아인크라드 해방군 소속 코버츠 중령이다."

이럴 수가. 《군》이란 건 그 집단에 속하지 않은 사람들이 야유하는 의미에서 붙였던 호칭이었을 텐데. 언제부터 정식 명칭이 됐담. 게다가 《중령》이라니. 나는 약간 기가 죽으면서도 짧게 이름을 댔다.

"키리토. 솔로다."

사내는 가볍게 끄덕이더니 거만한 말투로 물었다.

"그대들은 이 너머 구역까지 공략했나?"

"……그래. 보스방 바로 앞까지는 매핑을 해뒀는데."

"음. 그럼 그 매핑 데이터를 제공하기 바란다."

당연하다는 듯한 사내의 말에는 나도 적잖이 놀랐으나, 뒤에 있던 클라인은 그 정도가 아니었다.

"뭐…… 제, 제공하라고?! 너 이 자식, 매핑이 얼마나 힘든지 알고나 하는 소리야?!"

굵은 목소리로 외쳤다. 미공략 구역의 매핑 데이터는 귀중한 정보다. 자물쇠가 걸린 보물상자를 노리는 락피커(Lockpicker)들 사이에서는 고가로 거래된다.

클라인의 목소리를 듣자마자 사내는 한쪽 눈썹을 꿈틀 움직였다.

"우리는 그대들 일반 플레이어의 해방을 위해 싸우고 있다!"

그리곤 턱을 불쑥 내밀며 말을 잇는다.

"제군이 협력하는 것은 당연한 의무 아닌가!"

—오만불손이라는 말은 이럴 때 쓰는 것이다. 지난 1년간 군은 한 번도 적극적으로 플로어 공략에 나서지 않았을 텐데.

"이봐요, 당신……."

"너, 너 이 자식……."

내 양쪽에서 폭발 직전인 목소리로 나서는 아스나와 클라인. 하지만 나는 두 손을 펼쳐 말렸다.

"어차피 도시에 돌아가면 공개하려던 데이터야. 괜찮아."

"야, 야! 사람이 좋아도 정도가 있는 거야, 키리토!"

"매핑 데이터로 장사할 생각은 없거든."

그렇게 말하며 트레이드 윈도우를 열고 코버츠 중령이라는 자에게 미궁구역의 데이터를 송신했다. 그는 표정 하나 바꾸지 않고 그것을 수신하더니,

"협력에 감사한다."

감사의 마음이라곤 조금도 느껴지지 않는 목소리로 대답하고 휘릭 뒤로 돌아갔다.

나는 그 등에 대고 말했다.

"보스에게 덤빌 생각이라면, 관두라고 하고 싶은데."

코버츠는 살짝 이쪽을 돌아보았다.

"……그건 내가 판단한다."

"아까 잠깐 보스방을 들여다봤거든. 어설픈 인원으로 어떻게 할 만한 상대가 아니었어. 그쪽 멤버들도 많이 지친 것 같은데?"

"……내 부하들은 이 정도로 우는소리를 할 만큼 약골이 아니다!"

부하라는 말을 강조하며 코버츠는 짜증스럽게 말했지만, 바닥에 앉아 있던 친구들은 동의하는 것 같지 않았다.

"당장 일어나지 못하겠나, 이놈들!"

코버츠의 목소리에 그들은 비실비실 일어나며 2열종대로 정렬했다. 코버츠는 이제 우리에겐 눈길도 주지 않고 선두에 서더니 한 손을 들었다가 척 내렸다. 열두 명은 철컹 소리와 함께 일제히 무기를 들고 묵직한 장비를 울리며 진군을 재개했다.

겉으로 보이는 HP는 100퍼센트라도, SAO의 긴박한 전투는 눈에 보이지 않는 피로를 남긴다. 저쪽 세계에 놓인 실제 몸은 꼼짝도 하지 않겠지만, 그 피로감은 이쪽에서 수면이나 휴식을 취할 때까지 사라지지 않는다. 내가 봤을 때 군의 플레이어들은 익숙하지 않은 최전선 전투 탓에 한계 가까이 지친 것 같았다.

"……저놈들, 괜찮을지 모르겠다……."

군의 부대가 상층으로 이어지는 출구로 사라지고 규칙적인 발소리도 들리지 않을 무렵, 클라인이 마음에 걸리는지 내게 말했다. 정말 사람 좋은 놈이다.

"아무리 그래도 다짜고짜 보스에게 도전하진 않겠지……?"

아스나도 걱정스러운 모양이었다. 분명 그 코버츠 중령이라는 놈의 언동에는 어딘가 무모함을 예상케 하는 구석이 있었다.

"……뭐 하고 있는지 살짝 보러 갈까……?"

내가 말하자, 두 사람만이 아니라 클라인의 동료 다섯 명도 일제히 수긍했다.

"누가 사람이 좋다는 건지 모르겠네."

쓴웃음을 지으며 말하고 있었지만, 나도 이미 결심했다. 여기서 탈출했다가 나중에 그놈들이 귀환하지 못했다는 말을 듣는다면 잠도 못 이룰 것이다.

재빨리 장비를 확인하고 걸어가려던 내 귓가에—

등 뒤에서 아스나에게 속닥속닥 말을 거는 클라인의 목소리가 들렸다. 아직도 혼이 덜 났나 생각했지만 그 내용은 전혀 예상치도 못한 것이었다.

"아— 저기요, 아스나 양. 그 뭐랄까…… 저 녀석, 키리토 말이죠. 잘 좀 부탁해요. 말도 서툴고 애교도 없고 전투광에 바보멍청이지만요."

나는 부웅 뒤로 대시해 클라인의 반다나 끄트머리를 있는 힘껏 잡아당겼다.

"무, 무슨 소리 하는 거야, 너!"

"그, 그치만."

카타나전사는 고개를 기울인 채 턱수염을 북북 긁었다.

"네가 또 남이랑 콤비를 짜다니, 아스나 양의 미모에 홀랑 넘어갔기 때문이라곤 해도, 참 많이 컸다 싶어서."

"아, 안 넘어갔어!"

반박했지만 클라인과 그 동료 다섯, 그리고 어째서인지 아스나까지 싱글싱글 웃으며 이쪽을 쳐다보는 바람에 나는 표정을 일그러뜨린 채 뒤를 따를 수밖에 없었다.

게다가 아스나가 클라인에게 "제게 맡겨주세요!"라고 하는 목소리까지 들려왔다.

저벅저벅 부츠 소리를 울리며, 나는 상층으로 이어지는 통로를 향해 달아났다.

11

운 나쁘게 리저드맨 집단과 조우하는 바람에 우리 여덟 명이 최상층 복도에 도착한 것은 안전 에이리어를 나온 지 이미 30분이 지난 후였다. 도중에 군의 파티를 따라잡지는 못했다.

"혹시 벌써 아이템 써서 내뺀 건 아닐까?"

클라인이 익살스럽게 말하긴 했지만, 우리 모두 그렇지는 않을 거라는 생각을 품고 있었다. 기나긴 복도를 나아가는 발걸음이 자연스럽게 빨라졌다.

절반 정도 나아갔을 때, 불안이 적중했다는 것을 알리는 소리가 복도 안을 메아리치며 우리의 귀에 들어왔다. 즉시 멈춰 귀를 기울인다.

"아아아아아아…………."

어렴풋이 들려온 그것은, 틀림없는 비명이었다.

몬스터의 것이 아니다. 우리는 얼굴을 마주보고는 일제히 뛰어나갔다. 민첩성 파라미터가 높은 나와 아스나가 클라인 일행을 앞지르고 말았지만, 이럴 때는 어쩔 수 없다. 푸르게 빛나는 번들번들한 돌바닥 위를 조금 전과 반대방향으로 바람처럼 질주했다.

마침내 저 너머에 그 커다란 문이 나타났다. 이미 좌우로 활짝 열렸으며, 내부의 어둠 속에 푸른 불꽃이 일렁이는 것이 보였다. 그리고 그 안쪽에서 꿈틀거리는 거대한 그림자. 띄엄띄엄 울려 퍼지는 금속음. 그리고 비명.

"안 돼……!"

아스나가 비명을 지르더니 더더욱 스피드를 올렸다. 나도 따라간다. 시스템 어시스트의 한계에 달한 속도였다. 거의 발이 땅에 닿지 않아 날아가는 것에 가까웠다. 복도 양옆에 선 기둥이 맹렬한 스피드로 뒤를 향해 흘러갔다.

문이 다가오자, 나와 아스나는 급격히 감속해 부츠 바닥으로 불꽃을 흩뿌리며 문 바로 앞에서 멈춰 섰다.

"이봐! 괜찮아?!"

외치면서 상반신을 내밀어 살펴본다.

문 안쪽은—— 지옥 같은 풍경이었다.

바닥 가득 격자 형태로 푸른 불꽃이 뿜어져나오고 있었다. 그 한가운데에서 등을 돌린 채 우뚝 선, 금속처럼 빛나는 거구. 푸른 악마, 더 글림아이즈였다.

불길한 산양 머리에서 불타는 듯한 숨결을 뿜어내며, 악마는 오른손의 참마도(斬馬刀)라 불러도 좋을 만큼 거대한 검을 종횡으로 휘둘러댔다. 아직 HP바는 채 30퍼센트도 줄어들지 않았다. 그 너머에서 필사적으로 도망치고 있는, 악마에 비하면 너무나도 조그마한 그림자. 군의 부대였다.

이미 통제도 뭣도 없었다. 즉시 인원을 확인해보았지만 두 사람이 모자란다. 텔레포트 아이템으로 이탈한 거라면 좋겠지만——.

그렇게 생각하는 동안에도 한 사람이 참마도의 옆면에 얻어맞아 바닥을 나뒹굴었다. HP가 붉은색 위험영역에 달했다. 어쩌다 그렇게 됐는지, 군과 우리가 있는 입구 사이에 악마가 버티고 있었다. 이래서는 이탈도 할 수 없다. 나는 쓰러진 플레이어를 향해 소리를 질렀다.

"뭐 하는 거야! 얼른 텔레포트 아이템을 써!!"

그러나 사내는 이쪽을 재빨리 한 번 보더니 불꽃에 푸르게 비친 명백한 절망의 표정으로 외쳤다.

"그게 안 돼……! 크…… 크리스탈을 쓸 수가 없어!!"

"뭐…….."

나도 모르게 말문이 막혔다. 이 방은《크리스탈 무효화 공간)이란 말인가. 미궁구역에서 드물게 나타나는 함정이지만 보스방이 그랬던 적은 이제까지 한 번도 없었다.

"그럴 수가……!"

아스나가 숨을 들이켰다. 이래선 함부로 구하러 갈 수도 없다. 그때 악마의 맞은편에서 한 플레이어가 검을 높이 치켜들고 노호를 질렀다.

"무슨 소리를 하는 거냐!! 우리 해방군에 후퇴라는 두 글자는 없다!! 싸워라!! 싸우란 말이다!!"

틀림없이 코버츠의 목소리였다.

"이 멍청한 자식아!!"

나도 모르게 소리를 질렀다. 크리스탈 무효화 공간에서 두 사람이 보이지 않는다는 것은— 죽었다. 소멸한 것이다. 그 것만은 절대로 있어서는 안 되는 사태인데도, 저 인간은 대체 무슨 소리를 지껄이는 것이란 말인가. 온몸의 피가 끓어오르는 듯한 분노가 느껴졌다.

그때 클라인을 비롯한 여섯 명이 도착했다.

"야, 어떻게 됐어?!"

나는 재빠르게 사태를 전달했다. 클라인의 표정이 일그러졌다.

"어…… 어떻게 방법이 없을까……?"

우리가 달려들어 놈들의 퇴로를 확보해줄 수는 있을지도 모른다. 하지만 긴급탈출이 불가능한 저 공간에서 우리 쪽에 사망자가 나올 가능성도 버릴 수 없다. 너무나도 인원이 부족하다. 내가 머뭇거리는 동안, 악마의 맞은편에서 어떻게든 부대를 재정렬했는지 코버츠의 목소리가 울려 퍼졌다.

"전원, 돌격—!"

열 명 중 두 사람은 HP바가 한계까지 줄어든 채 바닥에 쓰러져 있었다. 남은 여덟 명을 넷씩 횡대로 편성해, 그 중앙에 선 코버츠가 검을 치켜들고 돌격을 시작했다.

"안 돼—!!"

하지만 내 목소리는 닿지 않았다.

너무나도 무모한 공격이었다. 여덟 명이 일제히 달려들어 봤자 만족스럽게 소드 스킬을 펼치지도 못한 채 혼란에만 빠질 뿐이다. 그보다도 방어 주체의 태세를 취해 한 사람이 조금씩 대미지를 주며 차례차례 스위치해가는 것이 바람직하다.

악마는 우뚝 서더니 땅울림을 동반한 포효와 함께 입에서 눈부신 숨결을 뿜어냈다. 보아하니 저 숨결에도 대미지 판정이 있는 듯 청백색 광채에 휩싸인 여덟 명의 돌격이 늦추어졌다. 그 틈을 놓치지 않고 악마의 거대한 검이 날아들었다. 그 검에 휩쓸린 한 사람의 몸이 공중으로 떠오르더니 악마의 머리 위를 넘어 우리 눈앞의 바닥에 거세게 떨어졌다.

코버츠였다.

HP바가 소멸되고 있었다. 자신에게 무슨 일이 일어났는지 이해하지 못하겠다는 표정 속에서 입이 천천히 움직였다.

—말도 안 돼.

소리 없이 그렇게 말한 직후, 코버츠의 몸은 신경을 긁어대는 효과음과 함께 무수한 파편이 되어 흩어졌다. 너무나도 어이없는 소멸에 내 곁에서 아스나가 짧은 비명을 질렀다.

리더를 잃은 군의 파티는 금세 와해되었다. 큰 소리로 울부짖으며 갈팡질팡했다. 이미 전원의 HP는 반 이하로 떨어졌다.

"안 돼…… 안 돼…… 더 이상은……."

쥐어짜는 듯한 아스나의 목소리에 나는 흠칫 옆을 보았다. 곧바로 팔을 붙잡으려 했다.

하지만 조금 늦었다.

"안 돼——!!"

절규와 함께 아스나는 질풍처럼 달려나갔다. 허공에서 뽑아든 세검과 함께 한 줄기 섬광이 되어 글림아이즈에게 짓쳐들어간다.

"아스나!!"

소리를 지른 나는 어쩔 수 없이 발검하며 그 뒤를 따랐다.

"에이, 될 대로 돼라!!"

클라인네 파티가 함성을 지르며 따라왔다.

몸을 돌보지 않는 아스나의 일격은 기습적으로 악마의 등에 꽂혔다. 그러나 HP는 거의 줄지 않았다.

글림아이즈는 분노의 외침과 함께 방향을 바꾸더니 맹렬한 속도로 참마도를 내리쳤다. 아스나는 창졸간에 스텝으로 피했으나 완전히는 벗어나지 못한 채 여파에 휩쓸려 지면에 쓰러졌다. 그리고 두 번째 참격이 가차 없이 내리꽂혔다.

"아스나——!!"

나는 몸이 얼어붙는 듯한 공포를 맛보며 필사적으로 아스나와 참마도 사이로 몸을 날렸다. 아슬아슬한 타이밍에 내 검이 악마의 공격궤도를 살짝 비틀었다. 무시무시한 충격.

맞부딪친 검신에서 불꽃을 튀기며 내리꽂힌 거대한 검이 아스나로부터 불과 몇 센티미터 떨어진 바닥에 격돌해 폭발음과 함께 깊은 구멍을 뚫었다.

"물러나!!"

그렇게 외치며 나는 악마의 추가 공격에 대비했다. 단 일격에도 목숨을 잃을 것만 같은 압도적인 위력으로 검이 잇달아 날아들었다. 도저히 반격을 시도할 틈이 없었다.

글림아이즈의 스킬들은 기본적으로 양손용 대검 스킬이었으나, 미묘하게 커스터마이즈가 된 탓에 공격을 읽기가 힘들었다. 나는 온몸의 신경을 집중한 패리와 스텝으로 방어를 다졌지만, 일격의 위력이 무시무시했으며 이따금 몸을 스치는 칼날 때문에 HP가 조금씩 깎여나갔다.

시야 끝에선 클라인의 동료들이 쓰러진 군 플레이어들을 바깥으로 끌고 나가는 모습이 보였다. 그러나 한가운데에서 나와 악마가 싸우는 탓에 그 움직임은 느릿느릿할 뿐 좀처럼 나아가질 못했다.

"크윽!!"

결국 적의 일격이 내 몸에 꽂혔다. 저릿한 충격. HP바가 확 줄어들었다.

원래 내 장비와 스킬 구성은 탱커용과는 거리가 멀다. 이대로 가다간 도저히 버틸 수 없다. 죽음의 공포가 얼어붙을 듯한 냉기가 되어 내 온몸을 휩쓸었다. 이젠 이탈할 여유조차 없다.

　남은 선택지는 단 하나. 대미지 딜러인 내 모든 능력을 동원해 맞설 수밖에 없다.

　"아스나! 클라인! 10초만 버텨줘!"

　나는 그렇게 외치고 오른손의 검을 강하게 휘둘러 악마의 공격을 튕겨내곤 억지로 브레이크 포인트를 만들어 바닥에 몸을 굴렸다. 즉시 달려온 클라인이 카타나로 응수한다.

　하지만 녀석의 카타나와 아스나의 세검은 속도를 중시한 무기이기 때문에 무게가 부족하다. 악마의 거대한 검을 막아내기는 힘들 것이다. 나는 바닥에 쓰러진 채 오른손을 휘둘러 메뉴 윈도우를 불러냈다.

　이제부터 할 조작은 조금이라도 실수가 있어선 안 된다. 두방망이질치는 심장을 진정시키며 나는 오른손을 움직였다. 소지 아이템 리스트를 스크롤시키고 그중 하나를 선택해 오브젝트화했다. 장비 피규어의 공백이 된 부분에 그 아이템을 설정한다. 스킬 윈도우를 열어 선택한 무기 스킬을 변경한다.

　모든 조작을 마친 후 OK 버튼을 터치해 윈도우를 닫고, 등에 새로운 무게가 더해지는 것을 확인하며 나는 고개를 들고 외쳤다.

　"됐어!!"

클라인은 일격을 맞는가 싶더니 HP바가 깎여나가면서 뒤로 물러났다. 원래는 당장이라도 크리스탈을 써 회복해야 하지만 이 방에서는 그럴 수가 없다. 지금 악마와 대치하고 있는 아스나도 몇 초 사이에 HP가 절반 이하로 떨어져 노란색이 되고 말았다.

내 목소리에 등을 돌린 채 고개를 끄덕인 아스나는 힘찬 기합과 함께 찌르기 스킬을 날렸다.

"이야아아아압!!"

순백색 섬광을 두른 그 일격은 허공에서 글림아이즈의 검과 충돌해 불꽃을 흩뿌렸다. 커다란 소리와 함께 아스나와 악마가 넉백하며 거리가 벌어졌다.

"스위치!!"

그 타이밍을 놓치지 않고 외친 나는 적의 정면으로 뛰어들었다. 경직에서 풀려난 악마가 크게 검을 치켜들었다. 불꽃의 궤적을 끌며 내리치는 그 검을 오른손의 애검으로 튕겨낸후, 지체 없이 왼손을 등으로 돌려 새로운 검의 손잡이를 잡았다. 뽑는 것과 동시에 악마의 몸통에 일격을 날린다. 첫 클린 히트에 드디어 놈의 HP바가 눈에 띌 정도로 감소했다.

"쿠워어어어어어!!"

분노의 외침을 쏟아내며 악마는 다시 상단 수직베기 공격을 시도했다. 이번엔 양손의 검을 교차시켜 이를 확실하게 받고 튕겨낸다. 놈의 자세가 무너졌을 때, 나는 방어 일변도였던 이제까지의 빚을 한꺼번에 갚아주기 위해 연속공격을 개시했다.

오른손 검으로 중단을 베어냈다. 지체하지 않고 왼손의 검을 내질렀다. 오른쪽, 왼쪽, 다시 오른쪽. 뇌의 회로가 불타버릴 것 같은 속도로 검을 휘둘러댔다. 드높은 효과음이 잇달아 울리고, 은하수처럼 흩어지는 하얀빛이 허공을 그을렸다.

이것이 내가 비장해두었던 엑스트라 스킬 《이도류》, 그리고 그 상위 소드 스킬인 《스타버스트 스트림(Starburst Stream)》. 연속 16회 공격.

"우오오오오아아아!!"

도중 몇 차례의 공격이 악마의 검에 튕겨져 나오는 것도 아랑곳하지 않고, 나는 절규하며 좌우의 검을 잇달아 적의 몸에 꽂아댔다. 시야가 작렬하고, 이젠 적의 모습 이외에는 아무것도 보이지 않았다. 악마의 검이 이따금 내 몸을 강타하는 충격조차 어딘가 먼 세계에서 일어나는 일처럼 느껴졌다. 아드레날린이 온몸을 휩싸며 검격을 적에게 꽂을 때마다 뇌신경이 스파크를 일으켰다.

빠르게, 더 빠르게. 한계까지 가속된 나의 신경에는 평소의 두 배 속도로 쌍검을 휘두르는 그 리듬조차 답답하다. 시스템의 어시스트마저 웃돌 것 같은 속도로 공격을 계속했다.

"…………아아아아아아아아아!!"

거센 외침과 함께 뿜어낸 마지막 제16격이 글림아이즈의 가슴 한복판을 꿰뚫었다.

"끄아아아아아아아아아아!!"

정신이 들고 보니 절규하고 있었던 것은 나뿐만이 아니었다. 하늘을 올려다보는 거대한 악마가 입과 코에서 어마어마한 숨결을 내뿜으며 포효하고 있었다.

그 온몸이 경직되었다— 생각한 순간.

글림아이즈는 무수한 푸른 파편이 되어 터져나갔다. 방 전체에 반짝반짝하는 빛의 입자가 쏟아져 내렸다.

끝났……나……?

나는 전투의 여파에 의한 현기증을 느끼며 무의식중에 양손의 검을 털어낸 다음 등에 교차시켜 매단 칼집에 동시에 꽂았다. 문득 나의 HP바를 확인했다. 붉은 라인이 겨우 몇 도트 폭으로 남아 있었다. 마치 남의 일처럼 그것을 바라보며, 나는 온몸의 힘이 빠져나가는 것을 느끼고 소리도 없이 바닥에 쓰러졌다.

의식이 새까맣게 물들었다.

12

"……토! 키리토!!"

비명과도 같은 아스나의 외침이 내 의식을 억지로 깨웠다. 머리를 관통하는 아픔에 얼굴을 찡그리면서도 윗몸을 일으켰다.

"아야야야……."

둘러보니 그곳은 조금 전의 보스방이었다. 아직도 새파란 잔재가 허공을 뒤덮고 있었다. 의식을 잃은 것은 불과 몇 초 뿐이었던 모양이다.

눈앞에, 털썩 주저앉은 아스나의 얼굴이 보였다. 울음을 터뜨리기 직전인 것처럼 눈썹을 일그러뜨린 채 입술을 꼭 깨물고 있다.

"바보야……! 무모하게……!"

외치는 것과 동시에 무시무시한 기세로 내 목에 안겨들어, 나는 경악한 나머지 두통도 잊고 눈을 껌뻑였다.

"……너무 졸라대지 마. 내 HP 없어지겠다."

간신히 농담처럼 그렇게 말하자, 아스나는 진짜로 화난 표정을 지었다. 그리고 그 직후, 내 입에 조그마한 병이 냅다 꽂혔다. 목으로 넘어가는, 녹차에 레몬주스를 섞은 듯한 맛의 액체는 회복용 하이포션이다. 이제 앞으로 5분만 지나면 수치상으로는 완전히 회복되겠지만, 온몸의 권태감은 당분간 사라지지 않을 것이다.

아스나는 내가 병 안에 든 것을 모두 마신 것을 확인하고 얼굴을 있는 대로 일그러뜨리더니, 그 표정을 감추려는 것처럼 내 어깨에 이마를 가져다댔다.

발소리에 고개를 들어보니 클라인이 방해해서 미안하다는 듯 다가와 말을 걸었다.

"살아남은 군 파티원들은 회복이 끝났는데, 코버츠랑 두 사람이 죽었어……."

"……그래. 보스 공략에 희생자가 나온 건 제67플로어 이래 처음이구나……."

"이딴 게 무슨 공략이야. 코버츠 그 멍청한 자식……. 죽어 버리면 아무것도 안 되잖아……."

내뱉는 듯한 클라인의 말. 고개를 좌우로 흔들더니 굵은 한숨을 내뱉고, 기분을 바꾸려는 듯 내게 물었다.

"그건 그렇다 쳐도, 너 아까 그건 뭐였어?!"

"……꼭 말해야 돼?"

"당연하지! 본 적도 없다구, 그런 건!"

어느새 아스나를 제외한, 방 안에 있던 전원이 묵묵히 내 다음 말을 기다리고 있었다.

"……엑스트라 스킬이야. 《이도류》."

오오…… 하는 술렁임이 군 생존자들이며 클라인의 동료들 사이에서 흘러나왔다.

원래 대부분의 무기 스킬들은 계통에 따라 수행해 단계적으로 습득할 수 있다. 예를 들어 검의 경우, 기본적인 한손직검 스킬이 어느 정도까지 성장해 조건을 만족하면 새로운 선택 가능 스킬로 《세검》과 《양손검》 등이 리스트에 나타난다.

당연한 관심을 보이며, 클라인이 뒤를 재촉하듯 말했다.

"추, 출현 조건은?"

"알면 벌써 공개했지."

고개를 가로저은 내게 카타나전사도 그야 그렇겠구나, 하며 한숨을 쉬었다.

출현 조건이 명확히 판명되지 않은 무기 스킬, 랜덤 조건이라고까지 하는 그것이 엑스트라 스킬이라 불리는 것이다. 가까운 예를 들자면, 클라인의 《카타나》도 포함된다. 하기야 카타나 스킬은 그렇게 레어한 것이 아니라서 곡도를 끈덕지게 수행하다 보면 출현하는 경우가 많다.

이와 마찬가지로 이제까지 열 종류가 알려진 엑스트라 스킬 대부분은 최소 열 명 이상이 습득에 성공했으나, 내가 가진 《이도류》와 어떤 남자의 스킬만은 그렇지 않았다.

이 두 가지는 아마도 습득자가 각각 한 사람밖에 없는 《유니크 스킬》이라고 해야 할 것이다. 이제까지 나는 이도류의 존재를 끈덕지게 감추었으나 오늘부터는 내 이름이 두 번째 유니크 스킬 유저로 세간에 떠돌게 될 것이다. 이렇게 많은 사람들 앞에서 선보이고 말았으니 도저히 감출 수 없다.

"진짜 서운하다, 키리토. 그렇게 엄청난 비기를 가졌으면서 말도 안 해주고."

"스킬 출현 조건을 알았으면 감추지도 않았어. 하지만 전혀 짐작이 안 가더라고."

투덜거리는 클라인에게 나는 어깨를 움츠리며 대답했다.

내 말은 거짓이 아니었다. 1년 전 어느 날, 문득 스킬 윈도우를 열었더니 느닷없이 《이도류》라는 이름이 나타났던 것이다. 계기는 도무지 알 수 없다.

그 후, 나는 이도류 스킬 수행은 언제나 남의 눈이 없는 곳에서만 했다. 거의 마스터한 후에는 설령 솔로로 공략을 할 때, 몬스터와 싸울 때도 웬만큼 위급한 경우가 아니라면 사용하지 않았다. 여차할 때 몸을 지키기 위해 숨겨놓자는 생각도 있었지만, 그보다는 공연한 주목을 받는 것이 싫었기 때문이다.

이럴 바에는 나 말고 다른 이도류 유저가 나왔으면 좋겠다고 생각했지만—

나는 손가락으로 귀 언저리를 긁으며 중얼중얼 말을 이었다.

"……이런 레어 스킬을 가지고 있다는 게 알려지면 끈덕지게 캐묻거나…… 이런저런 일들이 많을 거 아냐……?"

클라인이 고개를 크게 끄덕거렸다.

"온라인 게이머들은 질투가 심하니까 말이지. 난 인격자니까 둘째치더라도, 분명 시샘하는 놈들이 나올 거다. 게다가……."

그는 갑자기 입을 다물더니, 아직까지 내게 꼭 안겨 있는 아스나를 의미심장한 눈으로 쳐다보며 싱글싱글 웃는다.

"……뭐, 고생도 수행의 일환이라 생각하고 애써보게나, 젊은이."

"남의 일이라 이거지……?"

클라인은 몸을 낮추고 내 어깨를 툭 두드리더니 뒤로 돌아서서는 《군》 생존자들에게 걸어갔다.

"너희들, 본부까진 갈 수 있겠냐?"

클라인의 말에 한 사람이 끄덕였다. 10대 정도로 보이는 소년이었다.

"좋아. 오늘 있었던 일을 윗사람들에게 똑똑히 전해. 두 번 다시 그런 무모한 짓은 하지 않도록."

"네. ……저, 그리고…… 고맙습니다."

"인사는 저놈에게 해."

클라인이 이쪽을 엄지손가락으로 가리킨다. 군 플레이어들은 비틀비틀 일어나더니, 아직까지 주저앉아 있는 나와 아스나에게 깊이 고개를 숙이고 방을 나갔다. 그들은 복도로 나간 후 차례차례 크리스탈을 사용해 텔레포트를 했다.

그 푸른 빛이 가라앉자 클라인은 두 손을 허리에 가져다대며 말했다.

"그럼, 어디…… 우리는 이대로 75플로어 게이트를 열러 갈 건데, 너는 어쩔래? 오늘의 공로자니까, 네가 할래?"

"아니, 네게 맡길게. 난 완전히 지쳤어."

"그래? ……조심해서 돌아가라."

클라인은 고개를 끄덕이고는 동료들에게 눈짓을 보냈다. 여섯 명은 방 한구석에 있는 커다란 문 쪽으로 걸어갔다. 그 너머에는 상부 플로어로 이어지는 계단이 있을 것이다. 카타나전사는 문 앞에 멈춰 서더니 휙 돌아섰다.

"그 뭐냐…… 키리토. 네가 말야, 군 놈들 구하러 뛰어들었을 때……."

"……뭔데?"

"난…… 뭐랄까, 기뻤다. 그냥 그게 다야. 또 보자."

174

뭐라는 건지 모르겠다. 고개를 갸웃거리는 내게 클라인은 오른손 엄지를 척 내밀어 보이곤 문을 열고 동료들과 함께 그 너머로 사라졌다.

넓디넓은 보스방에 나와 아스나만 남겨졌다. 바닥에서 솟아오르던 푸른 불꽃은 어느새 가라앉고, 방 전체에 맴돌던 요기도 거짓말처럼 사라졌다. 주위에는 복도와 똑같은 부드러운 빛이 가득 차고, 조금 전의 사투는 흔적조차 남지 않았다.

아직도 내 어깨에 머리를 기대고 있는 아스나에게 말을 걸었다.

"야…… 아스나……."

"…………무서웠어……. 네가 죽으면 어떡하나…… 싶어서……."

그 목소리는 이제까지 들어본 적이 없을 정도로 가늘게 떨리고 있었다.

"……무슨 소리야. 먼저 쳐들어간 건 너였잖아."

그렇게 말하며 나는 살짝 아스나의 어깨에 손을 댔다. 너무 노골적으로 잡으면 매너 위반 플래그가 뜨겠지만, 지금은 그런 걸 신경 쓸 상황이 아니겠지.

아주 살짝 끌어당기자 오른쪽 귀 바로 옆에서 거의 들리지도 않을 만한 소리가 울렸다.

"나, 한동안 길드 쉴래."

"쉬, 쉬다니…… 어쩌게?"

"……한동안 너랑 같이 파티 짠다고 그랬잖아……. 벌써 잊어버렸어?"

그 말을 들은 순간.

가슴속 깊은 곳에서, 강렬한 갈망이라고밖에 여겨지지 않
는 감정이 솟아나는 데에 나 자신이 경악했다.

나는—솔로 플레이어 키리토는, 이 세계에서 살아남기 위
해 다른 플레이어 모두를 내친 인간이다. 2년 전, 모든 것이
시작된 그날, 단 하나뿐인 친구에게 등을 돌리고 내버린 후
떠난 비겁자다.

그런 내겐 동료를—하물며 그 이상의 존재를 바랄 자격은
없다.

나는 이미 그 사실을 돌이킬 수 없는 형태로 깨닫고 말았
다. 같은 오류는 두 번 다시 범하지 않겠노라고, 이젠 그 누
구의 마음도 바라지 않겠노라고, 나는 분명 굳게 결심했다.

그런데도.

뻣뻣하게 굳은 왼손은 어째서 아스나의 어깨를 놓으려 하
지 않는가. 몸이 맞닿은 곳에서 전해져오는 가상의 체온을
어째서 떼어내려 할 수가 없는가.

거대한 모순과 갈등, 그리고 형언할 수 없는 한 가지의 감
정을 품으며, 나는 극히 짧게 대답했다.

"……알았어."

끄덕, 하고 어깨 위에서 아스나의 고개가 움직였다.

다음날.

나는 아침부터 에길의 잡화점 2층에 틀어박혀 있었다. 흔들의자에 비스듬히 앉아 다리를 꼬고, 가게의 불량 재고인 것으로 보이는 기묘한 풍미의 차를 기분 나쁜 표정으로 홀짝거렸다.

이미 온 알게이드―아니, 아마 온 아인크라드가 어제의 《사건》으로 들끓고 있었다.

플로어 공략, 새로운 도시로 가는 게이트 개통만으로도 충분한 화젯거리일 텐데, 이번엔 다양한 보너스가 더해졌기 때문이다. 《군의 대부대를 전멸시킨 악마》라느니, 《그 악마를 단독으로 격파한 이도류 50연참》이라느니……. 살이 붙어도 정도가 있지.

어떻게 알아냈는지 우리 집 앞에는 아침부터 검사들과 정보꾼들이 밀려드는 바람에, 탈출하기 위해 일부러 텔레포트 크리스탈을 사용하는 수고를 겪어야 했다.

"이사 갈 테다……. 엄청 촌구석 플로어에 있는, 아무도 못 찾을 만한 마을로……."

투덜투덜 중얼거리는 나를 에길이 싱글싱글 웃으며 쳐다보았다.

"뭐, 너무 그러지 마라. 한 번쯤은 유명인이 되는 것도 좋다구. 어때, 아예 강연회를 열어보는 건? 강연장이랑 티켓 섭외는 내가 할게."

"누가 한대!"

나는 소리를 지르며 오른손에 든 컵을 에길의 머리 오른쪽 옆 50센티미터 지점을 노리고 던졌다. 하지만 몸에 밴 동작인지라 투검 스킬이 발동되는 바람에 섬광을 뿌리며 맹렬한 속도로 날아간 컵은 벽에 격돌하며 큰 소리를 내고 깨졌다. 다행히 건물은 파괴불능 속성이 있기 때문에 시야에 【Immortal Object】라는 시스템 태그만이 떠올랐지만, 가구에 명중했다면 박살났을 게 틀림없었다.

"우왁, 사람 잡을 일 있냐?!"

요란스럽게 호들갑을 떠는 점장에게 오른손을 들어 사과한 나는 다시 의자에 몸을 기댔다.

에길은 지금 내가 어제 전투에서 입수한 보물을 감정하는 중이었다. 이따금 이상한 소리를 내는 것으로 보아 나름 값나가는 물건도 섞여 있는 모양이다.

팔아서 얻은 매상은 아스나와 나누기로 했는데, 그 아스나는 약속시간이 지나도록 나타날 생각을 않는다. 프렌드 메시지를 날렸으니 이곳에 있다는 건 알고 있을 텐데.

어제는 제74플로어 주거구역의 텔레포트 게이트에서 헤어졌다. 아스나는 길드에 휴가계를 내고 오겠다고 하곤 KoB 본부가 있는 제55플로어 그랜덤으로 갔다. 크라딜과 트러블도 있었으니 나도 동행하는 게 어떻겠냐고 말했지만, 웃는 얼굴로 괜찮다고 하니 그냥 물러날 수밖에 없었다.

이미 약속시간은 두 시간이 지났다. 이 정도로 늦는다면 무언가 이유가 있는 걸까. 역시 억지로라도 따라갈 걸 그랬나. 치밀어 오르는 불안을 억누르듯 차를 들이켰다.

내 앞에 놓인 커다란 포트가 텅 비고 에길의 감정이 대충 끝났을 무렵, 드디어 계단을 통통 올라오는 발소리가 들렸다. 그리고 왈칵 문이 열린다.

"여, 아스나……."

늦었잖아, 라고 덧붙이려다 나는 말을 삼켰다. 여느 때와 같은 제복 차림의 아스나는 창백한 얼굴로 불안에 찬 눈빛을 하고 있었다. 두 손을 가슴 앞에 꼭 쥔 채 두세 번 입술을 깨물더니,

"어쩌면 좋아…… 키리토……."

울먹이는 목소리로 말을 꺼냈다.

"큰일…… 났어……."

새로 끓여온 차를 한 모금 마시고 겨우 얼굴에 핏기가 돌아온 아스나는 띄엄띄엄 말을 시작했다. 에길은 눈치 빠르게 1층의 가게로 내려가 주었다.

"어제…… 그 후에 그랜덤의 길드 본부에 가서, 있었던 일을 전부 단장님께 보고했어. 그리고 길드 활동을 쉬고 싶다고 하고, 그날은 집에 돌아갔거든……. 그리고 오늘 아침에 길드 정기회의에서 승낙을 받을 거라 생각했는데……."

내 맞은편 의자에 앉은 아스나는 시선을 내리깔고 찻잔을 두 손으로 꼭 쥐며 말했다.

"단장님이…… 내 일시 탈퇴를 허락하려면 조건이 있다고……. 키리토랑…… 시합을 하고…… 싶다고……."

"뭐……?"

순간적으로 무슨 말인지를 이해하지 못했다. 시합……이
란, 말하자면 듀얼을 하자는 뜻인가? 아스나가 쉬겠다는 것
과 대체 무슨 상관이 있다는 거지?

그 의문을 입에 담자,

"나도 모르겠어……."

아스나는 몸을 움츠린 채 고개를 저었다.

"그런 거 해봤자 의미가 없다고 열심히 설득해봤지만……
아무리 해도 말을 듣질 않아서……."

"하지만…… 웬일이지? 그 사람이, 그런 조건을 제시하다
니……."

뇌리에 그의 모습을 떠올리며 중얼거렸다.

"그러게 말이야. 단장님은 평소 길드 활동은 고사하고 플
로어 공략작전 같은 것도 우리에게만 맡기고는 전혀 명령을
내리지 않는걸. 그런데 왜 이번엔……."

KoB 단장은 압도적인 카리스마로 길드는 물론 공략파 거
의 전원의 마음을 장악하고 있지만, 의외로 지시나 명령을
내리는 법이 거의 없다. 나도 대 보스 전투에서 몇 번이나
함께 싸웠는데, 말없이 전선을 지탱하는 그 모습을 보면 저
절로 존경심이 든다.

그런 사람이 이번에는 이의를 제기하고, 게다가 그 내용이
나와 듀얼을 벌이는 것이라니. 대체 무슨 이유일까.

고개를 갸웃하면서도 나는 아스나를 안심시키기 위해 말

했다.

"……아무튼, 일단 그랜덤에 가자. 내가 직접 담판을 지어 볼게."

"응……. 미안해, 괜히 고생만 시키고……."

"뭐든지 할 수 있어. 소중한……."

그 뒤에 이어질 말을 찾느라 침묵한 나를 아스나가 빤히 바라보고 있다.

"……공략 파트너를 위해서라면."

아스나는 조금 불만스러운 듯 입술을 비죽거렸으나 이내 따뜻한 미소를 지어 보였다.

최강의 사내. 살아 있는 전설. 성기사 등등. 혈맹기사단 길드 리더에게 붙은 별명은 한 손으로는 다 꼽을 수 없을 정도였다.

그의 이름은 히스클리프. 나의 《이도류》가 항간에 떠돌기 이전에는 약 6천 플레이어 가운데 유일하게 유니크 스킬을 가진 사나이로 알려져 있었다.

십자를 본뜬 검과 방패를 이용해 공방이 자유로운 소드 스킬을 구사하는 그 엑스트라 스킬의 이름은 《신성검(神聖劍)》. 나도 몇 번인가 직접 본 적이 있는데, 다른 건 둘째치더라도 방어력이 압도적이다. 그의 HP바가 옐로우 존으로 떨어지는 것을 본 사람은 아무도 없다고 한다. 큰 피해를 냈던 제50플로어 보스 몬스터 공략전에서 붕괴 직전이었던 전선을 10분간 단독으로 지탱해냈던 일화는 지금도 화제가 될 정도이다.

히스클리프의 십자 방패를 뚫을 창은 없다.

그것은 아인크라드에서 가장 확고한 정설 중 하나였다.

아스나와 나란히 제55플로어로 내려간 나는 말할 수 없는 긴장감을 맛보고 있었다. 물론 히스클리프와 검을 맞댈 생각은 없다. 아스나의 길드 일시 탈퇴를 인정해주도록 부탁한다. 목적은 그것뿐이다.

제55플로어의 주거구역 그랜덤 시는 《강철도시》라는 별명을 가지고 있다. 다른 도시가 대부분 석조인 데 반해 도시를 이루는 무수한 거대 첨탑이 모두 새까맣게 빛나는 강철로 만들어져 있기 때문이다. 대장장이나 조금(彫金)이 왕성한 덕에 플레이어 인구는 많지만, 가로수 같은 것이 전혀 존재하지 않아 깊어가는 가을의 바람 속에서는 차가운 인상을 지울 수가 없다.

우리는 게이트 광장을 가로질러 잘 닦인 강철판을 잇대놓고 리벳으로 고정한 넓은 길을 천천히 나아갔다. 아스나의 발걸음이 무겁다. 앞으로 일어날 일이 두려워서일까.

잇따른 첨탑의 무리 사이를 이리저리 뚫고 10분 정도 걸어가니, 눈앞에 한층 높은 탑이 나타났다. 거대한 문 위로 튀어나온 몇 자루의 은색 창에는 하얀 바탕에 붉은 십자를 물들인 깃발이 늘어져 차가운 바람에 나부끼고 있었다. 길드 혈맹기사단의 본부였다.

아스나는 잠시 멈춰 서더니 탑을 올려다보았다.

"옛날에는 39플로어의 시골 마을에 있던 조그만 집이 본부여서 다들 좁다고 좁다고 언제나 불평만 했어. ……길드가 발전하는 게 나쁘다고 할 수는 없지만…… 이 도시는 차가워서 싫어……."

"얼른 볼일 마치고, 뭔가 따뜻한 거라도 먹으러 가자."

"아이 참, 키리토는 먹는 이야기만 해."

웃으면서 아스나는 왼손을 움직이더니 내 오른손을 꼬옥 쥐었다. 당황하는 나를 보지도 않고 몇 초 동안이나 그대로 있더니,

"좋았어, 충전 완료!"

그 말과 함께 손을 놓고는 큰 보폭으로 탑을 향해 걸어나갔다. 나는 허겁지겁 뒤를 따랐다.

넓은 계단을 올라간 곳에 위치한 큰 문은 좌우로 활짝 열려 있었으나, 그 양쪽 옆에는 엄청나게 긴 창을 장비한 중장위병이 서 있었다. 아스나가 부츠 바닥을 울리며 다가가자 위병들은 철컹 소리와 함께 창을 앞으로 받들며 경례했다.

"임무수행에 노고가 많다."

한 손을 척 들어 답례하는 몸짓도 그렇고, 당당한 걸음걸이도 그렇고, 바로 한 시간 전에 에길의 가게에서 어깨를 축 늘어뜨리고 있던 그녀와 동일인물로는 여겨지지 않았다. 나는 흠칫거리면서 아스나의 뒤를 따라 위병들 옆을 지나 탑으

로 발을 들였다.

　도시 내의 다른 건물처럼 검은 강철로 지어진 탑의 1층은 큰 홀로 된 로비였다. 사람은 아무도 없다.

　도시보다도 차가운 건물이라는 인상을 품으며, 수많은 종류의 금속을 조립한 정밀한 모자이크 모양의 바닥을 가로질러 나아가니, 정면에 거대한 나선계단이 있었다.

　홀에 금속음을 울리며 계단을 올라갔다. 근력 파라미터가 낮은 사람이라면 분명 도중에 주저앉고 말 높이였다. 수많은 문을 지나, 어디까지 올라가는 건지 걱정이 될 무렵, 드디어 아스나는 발을 멈추었다. 눈앞에는 무표정한 강철의 문이 있었다.

　"여기야……?"

　"응……."

　아스나가 내키지 않는 표정으로 고개를 끄덕였다. 하지만 결국 결심한 듯 오른손을 들어 소리 높여 노크하고는 대답도 기다리지 않고 문을 활짝 열었다. 내부에서 새어나오는 엄청난 빛에 나는 눈을 가늘게 떴다.

　안은 탑의 한 층을 통째로 사용한 원형 방으로, 벽은 전부 투명한 유리로 덮여 있었다. 그곳에서 들어오는 회색의 빛이 방을 모노톤으로 물들이고 있었다.

　중앙에는 반원형의 거대한 테이블이 있었으며, 그 너머에 늘어선 다섯 개의 의자에 남자들이 앉아 있었다. 좌우의 네 명은 본 기억이 없었으나, 중앙에 앉은 인물만은 똑똑히 알아볼 수 있었다. 성기사 히스클리프다.

겉모습은 전혀 위압적이지 않다. 20대 중반쯤 되었을까. 학자 같은 느낌이 드는, 깎아낸 듯 날카로운 생김새. 준수한 이마 위에 철회색 앞머리가 늘어져 있다. 키가 크지만 살짝 마른 듯한 몸을 풍성한 진홍색 로브로 감싼 그 모습은 검사라기보다 이 세계에는 존재하지 않는 마술사 같았다.

하지만 무엇보다 특징적인 것은 눈이었다. 신비한 진주색 눈동자에선 마주한 사람을 압도하는 강렬한 자력이 뿜어져 나왔다. 만나는 것이 처음은 아니지만 솔직히 기가 죽었다.

아스나는 부츠를 울리며 책상 앞에 서더니 가볍게 인사했다.

"작별인사를 드리러 왔습니다."

그 말에 히스클리프가 살짝 쓴웃음을 짓더니,

"너무 결론을 재촉할 필요는 없잖나. 그와 이야기를 나누게 해주게."

그렇게 말하며 이쪽을 쳐다본다. 나도 후드를 벗고 아스나의 옆으로 나섰다.

"자네와 보스 공략전 이외의 자리에서 만나는 것은 처음이던가, 키리토 군?"

"아뇨…… 전에, 67플로어 대책회의 때 잠깐 이야기를 나누었습니다."

나도 모르게 경어를 써서 대답했다.

히스클리프는 고개를 살짝 끄덕이더니, 책상 위에 우툴두툴한 두 손을 모으며 말했다.

"그건 괴로운 싸움이었지. 우리도 하마터면 사망자를 낼 뻔했네. 톱 길드니 뭐니 해봤자 전력은 항상 부족하니까. ─ 그런데도 자네는, 우리 길드의 귀중한 주력 플레이어를 빼가려 한단 말일세."

"귀중하다면 보디가드 인선에 좀 더 신경을 써주시는 게 어떨까요?"

무뚝뚝한 내 대답에 테이블 오른쪽 끝에 앉아 있던 커다란 사내가 낯빛을 바꾸며 일어나려 했다. 히스클리프는 그것을 가볍게 손으로 저지하더니,

"크라딜은 자택에서 근신하도록 했네. 폐를 끼치고 만 것은 사죄하지. 허나, 우리로서도 서브 리더를 빼가려는 것을 순순히 납득할 수는 없네. 키리토 군─."

그가 돌연 나를 노려보았다. 금속의 광택이 감도는 두 눈에서 강렬한 의지가 뿜어져나왔다.

"원한다면 검으로─《이도류》로 빼앗아가게. 나와 싸워 이긴다면 아스나 군을 데려가도록. 허나, 패한다면 자네가 혈맹기사단에 들어오는 걸세."

"…………."

나는 이 미스테리어스한 사내를 조금 이해할 것 같았다.

결국은 이 사람도 검으로 벌이는 전투에 매료된 인간인 것이다. 게다가 자신의 스킬에 절대적인 자신감을 가지고 있다. 탈출이 불가능한 데스 게임에 사로잡혔으면서도 게이머로서의 에고를 버리지 못한, 구제할 길 없는 인종. 즉, 나와

비슷하다.

히스클리프의 말을 듣고, 이제까지 잠자코 있던 아스나가 더 이상 참지 못하겠다는 듯 입을 열었다.

"단장님, 저는 딱히 길드를 그만두겠다고 한 것이 아니에요. 그저 잠시 벗어나 생각할 기회를 갖고 싶은 거였어요."

점점 말이 격해지려는 아스나의 어깨에 손을 대고, 나는 한 걸음 앞으로 나섰다. 정면으로 히스클리프의 시선을 받아들이며, 반쯤 멋대로 입이 움직였다.

"좋습니다. 검으로 이야기한다면 저도 바라던 바죠. 듀얼로 결판을 내겠어요."

"아우—!! 바보바보바보!!"

다시 알게이드, 에길의 가게 2층. 분위기를 살피려고 고개를 내민 점장을 1층으로 쫓아내버린 후, 나는 필사적으로 아스나를 달랬다.

"내가 열심히 설득하려고 했더니, 왜 그런 소릴 하는 거야!!"

내가 앉은 흔들의자의 팔걸이에 걸터앉아 조그마한 주먹으로 나를 투닥투닥 두드려대는 아스나.

"미안해, 미안하다니깐! 분위기에 휩쓸려서 나도 모르게 그만……."

주먹을 붙들고 가볍게 쥐자 드디어 얌전해졌지만, 대신 부루퉁하니 볼을 부풀리고 있다. 길드에서 봤던 모습과 갭이 너무 큰 나머지 웃음이 배어나오려는 것을 힘겹게 집어삼켰다.

"괜찮아. 초격 종료 룰로 할 테니까 위험하지도 않은걸. 게다가 아직 진다고 결정난 것도 아니고……."

"우~~~~……."

팔걸이 위에서 늘씬한 다리를 꼬며, 아스나가 볼멘소리를 냈다.

"……전에 키리토의 《이도류》를 봤을 때는 실력의 차원이 다르다고 생각했어. 하지만 그건 단장님의 《신성검》도 마찬가지인걸……. 단장님은 거의 게임 밸런스를 무너뜨릴 정도로 강한 것 같단 말이야. 솔직히 말해 누가 이길지 모르겠어……. 하지만 어떻게 하게? 졌다간 내가 쉬는 게 문제가 아니고, 키리토가 KoB에 들어와야만 하는걸?"

"생각하기에 따라선 목적은 달성된 거라고도 할 수 있어."

"에? 왜?"

나는 굳어지려는 입을 약간의 노력 끝에 움직여 대답했다.

"그 뭐냐, 난, 아…… 아스나와 함께 있을 수 있다면, 그걸로도 충분하니까."

예전 같았으면 때려죽인다 해도 못했을 말이다. 아스나는 순간적으로 놀라 눈을 동그랗게 떴으나, 마침내 펑 하는 소리가 날 정도로 뺨을 붉히더니, 어째서인지 다시 부루퉁해져선 의자에서 내려가 창가까지 걸어가버리고 말았다.

등을 돌리고 선 아스나의 어깨 너머로 저녁놀 지는 알게이드의 활기찬 소음이 어렴풋하게 들려왔다.

내가 한 말은 솔직한 심정이었으나, 길드에 소속되는 것은 역시 꺼려졌다. 예전에 딱 한 번 소속되었던, 지금은 존재하지 않는 길드의 이름을 떠올리며, 가슴속에 예리한 아픔을 느꼈다.

'뭐, 간단히 질 생각은 없지만…….'

나는 속으로 중얼거리고, 의자에서 일어나 아스나의 곁에 다가섰다.

한참 후, 오른쪽 어깨에 폭 하고 가볍게 머리가 얹혔다.

13

얼마 전 새로 개통된 제75플로어의 주거구역은 고대 로마를 연상케 하는 도시였다. 맵에 표시된 이름은 《콜리니아》. 이미 수많은 검사며 상인 플레이어들이 모였으며, 공략에는 참가하지 않아도 도시는 보고 싶어 하는 구경꾼들도 몰려들어 엄청난 활기를 띠고 있었다. 게다가 오늘은 보기 드문 이벤트가 개최되는 날이기도 해서 텔레포트 게이트는 아침부터 끊임없이 방문자들을 토해냈다.

이 도시는 사각으로 반듯하게 잘린 하얀 돌을 쌓아서 지은 것이었다. 신전 같은 건물이며 넓은 수로와 함께 특징적인 것이 게이트 앞에 우뚝 솟은 거대한 콜로세움이었다. 최적의 장소인 만큼 나와 히스클리프의 듀얼은 그곳에서 치러지게 되었다. 그런데.

"불을 뿜는 콘이 10콜! 10콜!"

"차가운 흑맥주 있어요~!"

콜로세움 입구에는 소리 높여 호객행위를 하는 상인 플레이어들의 노점이 즐비하게 늘어선 채, 장사진을 이룬 구경꾼들에게 수상쩍은 음식을 팔고 있었다.

"……이, 이게 대체 무슨 소란이야……."

나는 어이가 없어져 곁에 선 아스나에게 물어보았다.

"그, 글쎄……?"

"야, 저기서 입장권 파는 거 KoB 사람 아냐?! 어쩌다 이런 이벤트가 벌어진 거야?!"

"그, 글쎄……?"

"서, 설마 히스클리프 그 인간, 이게 목적이었던 건 아니겠지……."

"아니, 아마 경리 담당 다이젠 씨가 한 짓일 거야. 그 사람은 이런 데 착실하니까."

아하하 웃는 아스나의 앞에서 나는 어깨를 축 늘어뜨렸다.

"……도망치자 아스나. 20플로어 언저리에 있는 넓은 시골에 숨어서 밭을 일구며 살아가는 거야."

"난 그래도 좋지만."

새침한 얼굴로 아스나가 말했다.

"여기서 도망쳤다간 엄—청난 악명이 붙을 텐데?"

"젠장……."

"뭐, 스스로 뿌린 씨앗이잖아? ……아, 다이젠 씨."

고개를 들어보니 KoB의 제복이 이처럼 안 어울리는 사람이 다 있을까 싶을 정도로 가로 폭이 넓은 사내가 출렁출렁 뱃살을 흔들며 다가왔다.

"야아~ 고맙심더, 고맙심더!"

둥근 얼굴에 만면의 미소를 지으며 말을 건다.

"키리토 씨 덕에 대박이라 안합니까! 기왕 하는 거, 마 각 한 달에 한 번쯤 해주시믄 내 진짜 고맙겠는데예!"

"누가 해!!"

"자자, 대기실은 이쪽임더. 얼른 따라오이소, 얼른."

쿵쿵 걸어가기 시작한 사내의 뒤를, 나는 어깨를 축 늘어뜨리고 따라갔다. 될 대로 되라는 심정이었다.

대기실은 투기장에 면한 조그마한 방이었다. 다이젠은 입구까지 안내해주더니, 베팅액을 조정해야 한다나 뭐라나 하며 사라졌다. 이젠 대꾸할 기력도 없었다. 이미 객석은 만원인지, 대기실에서도 환성이 쩌렁쩌렁 들려왔다.

단둘이 남자 아스나는 진지한 표정이 되더니 두 손으로 내 손목을 꼬옥 잡았다.

"……설령 원 히트 승부라 해도 강공격을 크리티컬로 맞으면 위험해. 특히 단장의 소드 스킬은 아직 공개가 안 된 것도 많으니, 위험하다고 생각하면 즉시 항복해야 돼? 예전처럼 위험한 짓했다간 절대 용서하지 않을 거야!"

"나보다 히스클리프 걱정이나 해."

나는 씨익 웃어 보이고 아스나의 양쪽 어깨를 탁 두드렸다.

천둥소리 같은 함성에 섞여 투기장 쪽에서 시합 개시를 알리는 안내방송이 울려왔다. 등에 교차로 진 두 자루의 검을 살짝 뽑아들었다가 챙 소리를 내며 칼집에 꽂은 후, 나는 네모꼴로 잘린 듯한 빛 속으로 걸어나갔다.

원형 투기장을 에워싼 계단형 객석은 관객으로 빼곡했다. 어림잡아도 천 명은 되지 않을까. 제일 앞줄에는 에길과 클라인의 모습도 보였는데, "베어버려!"니 "죽여버려!"하는 무서운 소리를 내뱉고 있었다.

나는 투기장 한가운데에 도달했을 때 멈춰 섰다. 그 직후, 반대쪽 대기실에서 진홍색 실루엣이 모습을 드러냈다. 함성이 한층 드높아졌다.

히스클리프는 일반적인 혈맹기사단 제복이 하얀 바탕에 붉은 모양인 것에 반해, 이를 반대로 뒤집은 붉은색 서코트(surcoat)를 걸치고 있었다. 방어구는 나와 마찬가지로 최소한도였으나, 왼손에 든 거대한 순백색 십자 방패가 눈길을 끌었다. 아무래도 검은 방패 안쪽에 장비되었는지 꼭대기 부분에 똑같은 십자를 본뜬 자루가 드러나 있었다.

내 눈앞까지 태연한 걸음걸이로 다가온 히스클리프는 주위의 대관중을 흘끔 쳐다보더니 아니나 다를까, 쓴웃음을 지었다.

"미안하게 됐네, 키리토 군. 이렇게 될 줄은 몰랐지 뭔가."

"개런티 챙겨갈 거예요."

"……아니지. 자네는 시합이 끝나면 우리 길드의 단원이니, 이것도 임무로 간주할 걸세."

그렇게 말하더니, 히스클리프는 웃음을 거두고 진주색 눈동자에서 압도적인 기합을 뿜어내기 시작했다. 나도 모르게 위축되어 반걸음을 후퇴하고 말았다. 우리는 현실에서는 멀리 떨어진 장소에 누워 있을 테고, 두 사람 사이에는 디지털 데이터만이 오갈 뿐이다. 하지만 그래도 역시 살기라고밖에 표현할 수 없는 것이 느껴졌다.

나는 의식을 전투 모드로 전환하고 히스클리프의 시선을 정면으로 받아들였다. 커다란 함성이 서서히 멀어져간다. 이미 지각의 가속이 시작되었는지, 주위의 색채마저 미미하게 변해가는 듯한 기분이 들었다.

히스클리프는 시선을 돌리더니, 나에게서 10미터 정도 떨어진 곳까지 물러나 오른손을 들었다. 자신의 앞에 나타난 메인 메뉴 윈도우를 시선도 떼지 않고 조작한다. 금세 내 앞에 듀얼 메시지가 출현했다. 물론 승낙. 옵션은 초격 종료 모드.

카운트다운이 시작되었다. 주위의 함성은 이제 작은 물결 소리 정도까지 줄어들었다.

전신의 혈류가 빨라졌다. 전투를 추구하는 충동에 걸어놓았던 고삐를 한껏 조였다. 나는 미미한 망설임을 불식시키고, 등에서 두 자루의 애검을 동시에 뽑아들었다. 처음부터 전력으로 상대하지 않고도 이길 수 있는 상대가 아니다.

히스클리프도 방패 뒤에서 폭이 좁은 장검을 뽑더니 결연한 자세로 겨누었다.

방패를 이쪽으로 향한 채 우반신을 뒤로 뺀 그 태세는 자연체여서 억지로 힘을 들이는 듯한 모습은 어디에도 느껴지지 않았다. 그의 초기 모션을 읽으려 해봤자 혼란만 가중될 뿐이라는 것을 깨닫고 전력으로 쳐들어가기로 결심했다.

두 사람 모두 윈도우에는 한순간도 시선을 주지 않았다. 그럼에도 불구하고 땅을 박찬 것은 【DUEL】 문자가 빛난 것과 동시였다.

나는 살짝 숙인 자세에서 단숨에 뛰쳐나가 지면에 스칠 것처럼 활공해 달려갔다.

히스클리프의 몸 바로 앞에서 휘릭 몸을 뒤틀어 오른손의 검을 왼쪽에서 비스듬히 쳐올렸다. 십자 방패에 튕겨나가 격렬한 불꽃을 뿜어낸다. 하지만 공격은 2연타였다. 오른쪽보다 0.1초 늦게 왼쪽의 검이 방패의 안쪽으로 미끄러져 들어갔다. 이도류 돌진계 스킬 《더블 서큘러(Double Circular)》.

왼쪽 일격은 그의 옆구리에 도달하기 직전 장검에 가로막혀 원형 광원 이펙트만을 허무하게 튕겨냈다. 아쉽지만 이 일격은 개막 인사 대신이다. 스킬의 여세로 거리를 벌리며 방향을 다시 상대에게 향했다.

그러자 이번에는 되갚아줄 생각인지 히스클리프가 방패를 치켜들고 달려들었다. 거대한 십자 방패의 그늘에 가려 그의 오른팔이 잘 보이지 않는다.

"쳇!"

나는 혀를 차며 오른쪽으로 대시해 회피를 시도했다. 방패의 방향으로 돌아가면 모션의 궤도가 보이지 않더라도 공격에 대처할 여유가 생기리라 판단한 것이다.

하지만 히스클리프는 방패 자체를 수평으로 들더니—.

"흐읍!"

묵직한 기합과 함께 뾰족한 방패 끝으로 찌르기 공격을 날렸다. 순백색 광원 이펙트를 끌며 거대한 십자 방패가 짓쳐들어왔다.

"허억!!"

나는 창졸간에 양손의 검을 교차해 가드했다. 엄청난 충격이 온몸을 두드리고 몇 미터나 뒤로 날아갔다. 오른손의 검을 바닥에 박아 넘어지려는 몸을 지탱하고 공중에서 1회전하며 착지했다.

믿을 수 없었지만 저 방패에도 공격 판정이 있는 모양이다. 그야말로 이도류다. 공격 횟수로 압도하면 초격 승부에서는 유리할 거라고 판단했지만 예상 밖이었다.

히스클리프는 내게 태세를 갖출 여유를 주지 않으려는 듯 다시 대시해 거리를 좁혔다. 십자 힐트를 가진 오른손의 장검이 《섬광》 아스나 뺨칠 만한 속도로 짓쳐들어왔다.

상대의 연속기가 시작되어 나는 양손의 검을 모두 이용해 철저히 가드했다. 《신성검》의 소드 스킬에 대해서는 가능한 한 아스나에게 배워두었지만 벼락치기 공부만으로는 부족하다. 순간적인 반응만으로 상하에서 쇄도하는 공격을 잇달아 막아냈다.

8연속 마지막 상단베기를 왼쪽 검으로 튕겨낸 후, 나는 즉시 오른손으로 단발 중공격 《보팔 스트라이크(Vorpal Strike)》를 시도했다.

"이……야압!!"

제트엔진 같은 금속성 효과음과 함께 붉은 빛줄기를 띤 찌르기 스킬이 십자 방패의 중심에 틀어박혔다. 암벽을 친 것처럼 무거운 손맛. 하지만 내 손은 멈추지 않았다.

카가앙!! 하는 작렬음이 울려 퍼지고, 이번엔 히스클리프가 튕겨져나갔다. 방패를 뚫지는 못했으나 다소의 대미지는 《관통한》 감촉이 있었다. 놈의 HP바가 약간이나마 줄어들었다. 하지만 승부를 결정지을 정도의 양은 아니었다.

히스클리프는 가벼운 동작으로 착지하더니 거리를 벌렸다.

"……멋진 반응속도로군."

"그쪽이야말로 너무 단단한 거 아닌가요……!!"

그렇게 말하며 나는 지면을 박찼다. 히스클리프도 검을 고쳐 쥐고 거리를 좁혔다.

초고속으로 연속기의 응수가 시작되었다. 내 검은 놈의 방패에 가로막히고, 놈의 검을 내 검이 튕겨낸다. 두 사람 주위에는 다양한 색채의 빛이 연쇄적으로 흩어졌으며, 충격음이 투기장의 돌바닥을 헤집었다. 이따금 약공격이 살짝 히트해 양쪽의 HP바가 조금씩 깎여나가기 시작했다. 설령 강공격이 명중하지 않더라도 어느 한쪽의 HP바가 반 이하로 줄어들면 그 시점에서 승자가 결정난다.

하지만 내 뇌리에는 그런 승리 따위는 조금도 떠오르지 않았다. SAO에 사로잡힌 이래 처음이라 단언해도 좋을 강적을 상대로 더할 나위 없는 가속감을 맛보고 있었다. 감각이 한층 격렬해진다고 생각할 때마다 공격의 기어도 올라갔다.

아직 멀었다. 아직도 더 올라갈 수 있어. 따라와 봐라, 히스클리프!!

모든 능력을 해방해 검을 휘두르는 희열이 온몸을 사로잡았다. 아마 나는 웃고 있을 것이다. 검의 응수가 치열해짐에 따라 쌍방의 HP바는 더더욱 감소해 마침내 50퍼센트 대에 달했다.

그 순간, 지금까지 무표정했던 히스클리프의 얼굴에 언뜻 감정 같은 것이 지나갔다.

뭐지? 초조함? 나는 적이 자아내는 공격의 템포가 매우 미약하게나마 늦어지는 기척을 느꼈다.

"차아아아아앗!!"

그 찰나, 나는 모든 방어를 내던지고 양손의 검으로 공격을 개시했다. 《스타버스트 스트림》. 항성으로부터 뿜어져 나오는 프로미넌스의 분류와 같은 검광이 히스클리프에게 쇄도했다.

"크윽……!!"

히스클리프가 십자 방패를 치켜들고 가드했다. 나는 상관하지 않고 상하좌우에서 공격을 퍼부어댔다. 놈의 반응이 조금씩 무뎌져간다.

 ―뚫을 수 있다!!

 마지막 일격이 놈의 가드를 압도할 것을 확신했다. 방패가 오른쪽으로 지나치게 쏠린 그 타이밍을 놓치지 않고 왼쪽에서 뻗은 공격이 빛줄기를 끌며 히스클리프의 몸에 빨려들어갔다. 이것이 맞으면 확실하게 놈의 HP는 절반 이하로 줄어 듀얼은 결판이―

 나야 할 그 순간, 세계가 흔들렸다.

 "―?!"

 어떻게 표현해야 좋을까. 시간을 아주 약간 빼앗겼다고나 할까.

 수십 분의 1초, 내 몸을 에워싼 모든 것이 우뚝 정지한 것 같았다. 히스클리프 한 사람을 제외하고. 오른쪽에 있어야 할 놈의 방패가 마치 정지동작 영상을 보는 것처럼 느닷없이 왼쪽으로 이동해 내 필살의 일격을 튕겨냈다.

 "앗―!"

 강공격을 가드당한 나는 치명적인 경직시간에 빠졌다. 히스클리프가 그 틈을 놓칠 리 없었다.

 밉살스러울 정도로 정확한, 전투를 끝내기에 충분한 대미지가 오른손 장검의 단발 찌르기를 통해 들어오고, 나는 그 자리에 꼴사납게 쓰러졌다. 시야 끝에서 듀얼 종료를 알리는 시스템 메시지가 보라색으로 반짝이는 것이 보였다.

전투 모드가 사라지고, 귀에 커다란 함성이 들려왔을 때도 나는 그저 멍하니 있을 뿐이었다.

"키리토!!"

달려온 아스나의 손이 나를 깨웠다.

"어…… 응……. —괜찮아."

아스나가 넋 나간 듯한 내 얼굴을 걱정스레 들여다보았다.

졌나—.

나는 아직도 믿을 수가 없었다. 공방 마지막에 히스클리프 가 보여준 무시무시한 반응은 플레이어의—인간의 한계를 넘어선 것이었다. 있을 수 없는 스피드 탓인지, 놈의 아바타 를 구성한 폴리곤조차 순간적으로 흔들려 보였다.

지면에 주저앉은 채, 약간 떨어진 곳에 선 히스클리프의 얼 굴을 올려다보았다.

하지만 승자의 표정은 어째서인지 험악했다. 금속 같은 두 눈을 가늘게 뜨고 우리를 한 번 노려보더니, 진홍의 성기사 는 아무 말 없이 몸을 돌려 폭풍 같은 함성 속을 천천히 걸 어 대기실로 사라졌다.

14

"뭐…… 뭐야, 이게?!"

"뭐긴, 보면 몰라? 자자, 빨리 일어나!"

아스나가 억지로 내게 입힌 것은 내 새 옷이었다. 몸에 익을 대로 익은 후줄근한 코트와 모양은 같지만, 색깔은 눈이 아플 정도로 새하얗다. 양쪽 깃에 조그맣게 두 개, 등에 커다랗게 한 개의 진홍색 십자 모양이 염색되어 있었다. 말할 것도 없이 혈맹기사단의 유니폼이다.

"……수, 수수한 걸로 해달라고 그랬잖아……."

"이것도 그나마 수수한 축에 속해. 응, 자알 어울려!!"

나는 온몸에서 힘이 빠져나가 흔들의자에 파묻히듯 앉았다. 여전히 에길의 잡화점 2층이었다. 이제는 완전히 내가 더부살이하는 긴급 피난처가 되어, 가엾은 점장은 1층에 간소한 침대를 펼쳐놓은 채 자고 있다. 그래도 쫓아내지 않는 것은 이틀이 멀다 하고 아스나가 찾아와선 겸사겸사 가게 일을 거들어주기 때문이다. 선전효과는 어마어마할 것이다.

내가 흔들의자 위에서 끙끙거리고 있으려니, 이제는 아예 지정석이라도 된 것처럼 아스나가 팔걸이 위에 걸터앉았다. 내 딱한 꼬락서니가 재미있는지 생글생글 웃으며 의자를 삐걱삐걱 흔들어댔으나, 이윽고 무언가 생각이 난 듯 가볍게 두 손을 맞댔다.

"아, 인사를 제대로 해야겠다. 같은 길드 멤버로서 앞으로 잘 부탁드립니다."

갑자기 고개를 꾸벅 숙이니 나도 허겁지겁 등을 쭉 폈다.

"자, 잘 부탁해…… 라고는 해도 난 일반 멤버고 아스나는 부단장님이시니……."

오른손을 내밀어 검지로 아스나의 등줄기를 쭈—욱 쓸어내린다.

"이젠 이런 짓도 못하겠구나—."

"끼야악!"

비명과 함께 펄쩍 뛰어오른 내 상사는 부하의 머리를 따콩 쥐어박더니 맞은편 의자에 앉아 부루퉁 볼을 부풀렸다.

늦가을 오후. 께느른한 햇살 아래 한동안 정적이 찾아왔다.

히스클리프와의 듀얼, 그리고 패배. 그로부터 이틀이 지났다. 나는 히스클리프가 제시한 조건대로 혈맹기사단에 가입했다. 이제 와서 발버둥치는 것도 꼴사나운 일. 이틀의 준비 기간이 주어져 내일부터는 길드 본부의 지시에 따라 제75플로어 미궁구역의 공략을 시작하게 되었다.

길드라…….

나의 어렴풋한 탄식을 들은 아스나가 맞은편에서 흘끔흘끔 시선을 보냈다.

"……나 때문에 말려들고 말았네."

"아니, 마침 잘됐지, 뭐. 솔로 공략도 슬슬 한계를 느끼고 있었으니…….."

"네가 그렇게 생각한다면 다행이지만……. 있지, 키리토."

아스나의 헤이즐넛색 눈동자가 나를 똑바로 쳐다보았다.

"가르쳐줄 수 있어? 왜 길드를…… 사람을 피하는지…….. 베타테스터니까, 유니크 스킬 유저니까 그런 것만은 아니지? 키리토는 착한걸."

나는 시선을 내리깔고 천천히 의자를 흔들었다.

"…………벌써 꽤 오래전…… 한 1년도 넘었군. 딱 한 번, 길드에 들어간 적이 있었어……."

스스로도 의외라 생각될 정도로 순순히 말이 나왔다. 이 기억을 건드릴 때마다 치밀어 오르는 아픔을 아스나의 눈길이 녹여준 것 같은, 그런 기분이 들었다.

"미궁에서 우연히 도와준 인연으로 길드 가입 제안을 받았어……. 날 포함해도 여섯 명밖에 안 되는 작은 길드고, 이름이 걸작이었지. 《달밤의 검은 고양이단》."

아스나가 살짝 웃었다.

"리더가 좋은 놈이었어. 무슨 일이건 멤버를 제일 먼저 챙겨줘서 멤버들도 신뢰했거든. 케이타란 이름의 봉전사였어. 멤버들이 대부분 양손용 원거리 무기 사용자라 포워드를 찾고 있었다고 했거든……."

솔직히 그들의 레벨은 나보다도 훨씬 낮았다. 아니, 내가 무턱대고 너무 많이 올렸다고 해야 하려나.

내가 레벨을 제대로 밝혔다면 케이타도 사양하고 물러났을 것이다. 하지만 당시 나는 단독으로 미궁에 들어가는 하루하루에 조금 지쳤던 탓인지 《검은 고양이단》의 가족적인 분위기가 매우 눈부시게 여겨졌다. 그들은 모두 현실세계에서도 친구 사이인 듯, 온라인 게임 특유의 거리감이 없는 대화가 나를 강하게 끌어당겼다.

내겐 이제 와서 남의 온기를 추구할 자격은 없다. 솔로 플레이어로 이기적인 레벨업에 매진하기로 결심했을 때, 그 자격을 잃은 거다—귓속에서 그렇게 속삭이는 목소리를 억지로 눌러버리고, 레벨과 베타테스터 출신이라는 사실을 감춘 채, 나는 길드에 가입하기로 했다.

케이타는 내게 길드에 둘 있는 창전사 중 하나가 방패검사로 전향할 수 있도록 코치를 해줄 수 없겠느냐고 부탁했다. 그러면 나를 포함해 포워드가 셋이 되니 안정적인 파티를 짤 수 있다.

내게 맡겨진 창전사는 검은 머리를 어깨까지 늘어뜨린 사치라는 이름의 얌전한 여자아이였다. 소개를 받았을 때, 온라인 게임 경력은 길지만 성격 때문에 좀처럼 친구를 만들지 못하겠다고 부끄러워하며 웃었다. 나는 길드의 활동이 없는 날도 거의 그녀와 어울리며 한손검을 가르쳤다.

나와 사치는 여러 가지 의미에서 많이 닮았다. 자신의 주위에 벽을 만드는 버릇, 말이 서투르고, 그런 주제에 외로움을 타는 면까지.

어느 날, 그녀는 내게 갑자기 속내를 털어놓았다. 죽는 것이 무섭다고. 이 게임이 무서워서 참을 수가 없다고. 사실은 필드에 나가고 싶지 않다고.

나는 그 고백에, 너는 죽지 않는다, 고밖에는 말할 수가 없었다. 진짜 레벨을 계속 감추고 있던 내게는 그 이상 무슨 말도 할 수가 없었다. 그 말을 들은 사치는 조금 울고, 그리고 웃었다.

그로부터 얼마 후, 우리는 케이타를 제외한 다섯이서 미궁에 잠입하게 되었다. 케이타는 겨우 모인 자금을 들고 길드 본부로 삼을 집을 구입하기 위해 판매자와 교섭을 하러 갔다.

이미 공략이 된 플로어의 미궁구역이었지만 아직 매핑이 안 된 부분이 남아 있어, 슬슬 돌아갈 시간이 되었을 때 멤버 중 하나가 보물상자를 발견했다. 나는 손을 대지 말 것을 주장했다. 최전선 부근이라 몬스터 레벨도 높으며, 멤버들의 함정 해체 스킬도 불안했기 때문이다. 하지만 반대한 것은 나와 사치뿐, 3대 2로 묵살되고 말았다.

함정은 하고 많은 것 중에서도 최악에 가까운 알람 트랩이었다. 요란한 경보가 울려 퍼지고, 방의 모든 입구에서 무수한 몬스터가 쏟아져 나왔다. 우리는 즉시 긴급 텔레포트로 도망치려 했다.

그러나 함정은 이중이었다. 크리스탈 무효화 공간—크리스탈은 작동하지 않았다.

몬스터는 도저히 감당할 만한 숫자가 아니었다. 멤버들은 혼란에 빠져 우왕좌왕했다. 나는 이제까지 그들의 레벨에 맞춰 감추어두었던 상위 소드 스킬을 사용해 어떻게든 혈로를 뚫으려 했다. 하지만 공황상태에 빠진 멤버들은 통로로 탈출하지도 못하고 한 사람, 또 한 사람 HP가 제로가 되어 비명과 파편을 흩뿌리며 사라져갔다. 나는 사치만이라도 구해야 한다고 생각해 필사적으로 검을 휘둘러댔다.

하지만 이미 늦었다. 이쪽을 향해 도움을 청하려고 필사적으로 손을 내밀던 사치를 몬스터의 검이 무자비하게 갈랐다. 유리 조각상처럼 덧없이 부서져 흩어지는 그 순간까지 그녀는 나를 믿으려는 눈을 하고 있었다. 그녀는 끝까지 믿고 의지했던 것이다. 아무런 근거도 없는, 얄팍한, 결과적으로는 거짓말이 되고 만 나의 말을.

케이타는 그때까지 임시본부였던 여관에서 새 본부의 열쇠를 앞에 놓고 우리가 돌아오길 기다리고 있었다. 혼자 살아남은 나만이 돌아와 무슨 일이 있었는지 설명하는 동안에도 케이타는 말없이 듣고 있었으나, 내 말이 끝나자 한 마디 물었다.

"어떻게 너만 살아남았어?"

나는 나의 진짜 레벨과 베타테스트 출신이라는 사실을 밝혔다.

케이타는 더러운 것을 보는 듯 무감정하게 쏘아보더니 한 마디만 했다.

—비터인 네가, 우리하고 같이 있을 자격이 어디 있다고.

그 말은 강철의 검처럼 나를 찢어발겼다.

"……그 사람은…… 어떻게 됐어……?"

"자살했어."

의자 위에서 아스나의 몸이 꿈틀 떨렸다.

"플로어 가장자리에서 투신했어. 마지막까지 날…… 저주했겠지……."

내 목소리가 잠겨드는 것을 느꼈다. 마음속 깊은 곳에 봉인해두었다고 생각한 기억이 처음으로 입을 타고 나오며 그때의 아픔이 선명하게 되살아났다. 나는 이를 악물었다. 아스나에게 손을 내밀어 도움을 청하고 싶었으나, 내겐 그럴 자격이 없다—고 마음속 어디선가 외치는 소리가 들려와 두 주먹을 굳게 쥐었다.

"걔들을 죽인 건 나야. 내가 비터라는 사실을 감추지 않았더라면 그 트랩의 위험성을 납득시킬 수 있었을 텐데. 케이타를…… 사치를 죽인 건 나야……."

눈을 활짝 뜬 채 악다문 이 틈으로 말을 쥐어짜냈다.

갑자기 아스나가 일어나더니, 두 걸음 다가와선 두 손으로 내 얼굴을 감쌌다. 따뜻한 미소를 띤 아름다운 얼굴이 내 눈 바로 앞까지 다가왔다.

"난 안 죽어."

속삭이는 듯한, 그러나 또렷한 목소리. 경직된 온몸에서 힘이 쭈욱 빠져나갔다.

"왜냐면, 나는…… 나는, 널 지켜주는 사람인걸."

그렇게 말하며 아스나는 내 머리를 가슴에 감싸듯 끌어안았다. 부드럽고 따뜻한 어둠이 나를 뒤덮었다.

눈을 감자, 기억의 암막 너머에서 오렌지색 빛이 가득 찬 여관의 카운터에 앉아 이쪽을 보고 있는 검은 고양이단 멤버들의 얼굴이 보였다.

내가 용서를 받을 날은 결코 오지 않는다. 죗값은 영원히

치를 수 없다.

그래도 기억 속에 남아 있는 그들의 얼굴은 어렴풋하게나마 웃고 있는 것처럼 느껴졌다.

다음날 아침, 나는 요란한 순백색 코트를 걸친 후 아스나와 함께 제55플로어 그랜덤으로 향했다.

오늘부터 혈맹기사단의 일원이 되어 활동을 시작한다. 그 래봤자 원래는 5인 1조로 공략에 나서야 하는 것을 부단장 아스나의 직권남용으로 2인 파티를 짜게 되었으니, 실질적 으로는 이제까지 했던 것과 다를 바가 없다.

하지만 길드 본부에서 날 기다리고 있던 것은 의외의 단어 였다.

"훈련……?"

"그렇다. 단원 네 명이 파티를 짜 이곳 제55플로어의 미궁 구역을 돌파해 제56플로어 주거구역까지 도달하는 것이다."

그렇게 말한 것은 전에 히스클리프와 면담했을 때 동석하 고 있던 넷 중 하나였다. 덥수룩한 곱슬머리를 한 거한으로, 보아하니 도끼전사인 모양이었다.

"잠깐만, 고드프리! 키리토는 내가……."

아스나가 대들자 그는 한쪽 눈썹을 치켜 올리며 당당한, 혹 은 뻔뻔한 태도로 대답한다.

"부단장님이라 해도 규율을 무시하시면 안 되지요. 실제 공략 때 파티에 대해서는, 뭐, 납득할 수 있습니다. 하지만 포워드 지휘를 맡은 제게 적어도 한 번은 실력을 보여줄 필요가 있지 않겠습니까? 설령 유니크 스킬 유저라 해도 써먹을 만한지 어떤지는 별개의 문제니까요."

"다, 당신 정도는 아무 문제도 안 될 만큼 키리토는 강하단 말야……!"

반쯤 폭발하려는 아스나를 말리며 내가 말했다.

"보고 싶다면 보여주겠어. 하지만 새삼스럽게 그런 하위 플로어 미궁에서 시간을 잡아먹는 건 사양하고 싶은걸. 단숨에 돌파할 텐데, 그래도 상관없겠지?"

고드프리라는 사내는 불쾌한 표정으로 입을 꾹 다물더니, 30분 후 도시 서문에 집합하라는 말만 남기고 뚜벅뚜벅 걸어가버렸다.

"뭐람, 대체!!"

아스나는 분개한 듯 부츠 바닥으로 강철 기둥을 걷어찼다.

"미안해, 키리토. 역시 둘이서 도망치는 게 나았나봐……."

"그랬다간 난 길드 멤버들의 저주를 받아 죽었을 거야."

나는 웃으며 아스나의 머리를 토닥토닥 두드렸다.

"우웅, 오늘은 함께 있을 수 있을 거라고 생각했는데……. 나도 따라갈까나……."

"금방 돌아올게. 여기서 기다려줘."

"응……. 조심해……."

서운한 듯 고개를 끄덕이는 아스나에게 손을 흔들어준 나는 곧 길드 본부를 나섰다.

하지만 집합장소인 그랜덤 서문에서 나는 더더욱 경악하게
된다.

그곳에 서 있던 고드프리의 옆에, 가장 보고 싶지 않았던
얼굴—크라딜의 모습이 있었던 것이다.

15

"……이게 어떻게 된 거지?"

나는 고드프리에게 작은 목소리로 물었다.

"음, 자네들 사이에 무슨 사정이 있었는지는 잘 안다. 그러
나 앞으로는 같은 길드 멤버 아닌가. 이제 그만 묵은 원한은
흘려버리는 게 어떨까 해서 말이지!"

크하하, 하고 웃어젖히는 고드프리를 멍하니 바라보고 있
으려니 크라딜이 불쑥 앞으로 나섰다.

"…………."

나는 온몸을 긴장시킨 채 어떤 사태에도 대처할 수 있도록
준비했다. 안전권 내라고는 하지만 이놈은 무슨 짓을 저지를
지 알 수 없다.

하지만 크라딜은 내 예상을 뒤엎고 갑자기 고개를 꾸벅 숙
였다. 중얼중얼 알아듣기 힘든 목소리가 축 늘어진 앞머리
밑에서 흘러나왔다.

"지난번에는…… 크게 폐를 끼치고 말았습니다……."

나는 이번에야말로 진심으로 놀라 입을 쩍 벌렸다.

"두 번 다시 무례한 짓은 하지 않을 터이니…… 용서해주시기 바랍니다……."

음습한 장발에 가려져 표정은 보이지 않는다.

"어…… 응……."

나는 간신히 고개를 끄덕였다. 대체 무슨 일이 있었던 걸까. 인격개조 수술이라도 받았나?

"좋아, 좋아. 이로써 문제는 일단락됐군!!"

다시 고드프리가 큰 목소리로 웃어젖혔다. 보통 찜찜한 것이 아니었다. 반드시 무언가 꿍꿍이가 있을 거라고 생각했지만, 고개를 숙인 크라딜의 얼굴로는 감정을 읽을 수가 없었다. SAO의 감정표현은 과장적인 반면 미묘한 뉘앙스를 전하기가 어렵다. 어쩔 수 없이 지금은 납득하고 넘어가기로 하고, 경계를 늦추지 않도록 스스로를 타일렀다.

한동안 기다리자 나머지 한 명의 단원까지 도착해 우리는 미궁구역을 향해 출발하기로 했다.

걸어가려는 나를 고드프리의 굵은 목소리가 가로막았다.

"……잠깐. 오늘 훈련은 거의 실전에 가까운 형식으로 행할 것이다. 위기 대처 능력도 보고 싶으니, 제군의 크리스탈 아이템은 모두 내가 맡도록 하지."

"……텔레포트 크리스탈도 말야?"

내 물음에 그는 당연하다는 듯이 끄덕인다. 나는 상당히 망설여졌다. 크리스탈, 그중에서도 특히 텔레포트용은 이 데스 게임에서는 최후의 생명선이나 마찬가지다. 나는 한 번도 예비 크리스탈이 떨어질 때까지 놔둔 적이 없었다. 거부하려 했으나, 이제 와서 또 문제를 일으키면 아스나의 입장도 난처해질 거라는 생각에 받아들일 수밖에 없었다.

크라딜과 나머지 한 단원이 얌전히 아이템을 내미는 것을 보고 나도 마지못해 따랐다. 신중하게도 인벤토리 안까지 확인당했다.

"음, 좋아. 그럼 출발!"

고드프리의 호령에 따라 넷은 그랜덤 시를 나와 멀리 서쪽 너머로 보이는 미궁구역을 향해 걸음을 옮겼다.

제55플로어 필드는 식물이 적은 메마른 황야다. 나는 일찌감치 훈련을 마치고 돌아가고 싶었으므로 미궁까지 뛰어갈 것을 주장했으나, 고드프리의 손짓 한 번에 무산되고 말았다. 보나마나 근력 파라미터만 키우느라 그동안 민첩성을 무시했겠지. 결국 포기하고 황야를 하염없이 걸었다.

몇 번인가 몬스터와 마주쳤으나, 이때만큼은 느긋하게 고드프리의 지휘에 따르지 않고 온 힘을 다해 단칼에 베어버렸다.

마침내 몇 번인가 높은 바위산을 넘었을 때, 눈앞에 회색 석조 미궁구역이 그 위용을 드러냈다.

"좋아. 여기서 잠시 휴식한다!"

고드프리가 굵은 목소리로 말하자 파티는 멈춰 섰다.

"…………."

단숨에 미궁을 돌파하고 싶었으나, 이의를 제기해봤자 어차피 받아들이지 않을 테니 한숨을 내쉬고 근처 바위에 걸터앉았다. 시각은 슬슬 정오를 넘어서려 하고 있었다.

"그럼 식량을 배포하겠다."

고드프리는 그렇게 말하고 가죽 꾸러미 네 개를 오브젝트화해 하나를 이쪽으로 던졌다. 한 손으로 받아든 후 딱히 기대도 하지 않고 풀어보니, 내용물은 물병과 NPC 샵에서 파는 딱딱한 빵이었다.

원래 계획대로였다면 아스나가 만든 수제 샌드위치를 먹을 수 있었을 텐데—속으로 자신의 불운을 저주하며 병뚜껑을 열곤 한 모금 마셨다.

그때 문득, 혼자 떨어진 바위에 앉아 있는 크라딜의 모습이 눈에 들어왔다. 놈만은 꾸러미에 손도 대지 않았다. 축 늘어진 앞머리 속에서 이상하게 어두운 시선을 이쪽으로 향하고 있다.

대체, 뭘 보는 거지……?

갑자기 싸늘한 전율이 온몸을 휘감았다. 놈은 무언가를 기다리고 있다. 그것은…… 아마도—.

나는 즉시 물병을 버리고 입에 든 액체의 감촉도 토해내려 했다.

그러나 늦었다. 갑자기 온몸의 힘이 빠지고, 나는 그 자리에 쓰러졌다. 시야 오른쪽 구석에 나의 HP바가 표시되고 있다. 평소에는 존재하지 않는, 녹색으로 점멸하는 테두리에 에워싸였다.

틀림없다. 마비독이다.

쳐다보니 고드프리와 다른 한 단원도 똑같이 지면에 쓰러져 발버둥치고 있었다. 나는 즉시 간신히 움직이는 왼쪽 아래팔만으로 허리의 파우치를 뒤지려다가 전율했다. 해독 크리스탈도, 텔레포트 크리스탈도 고드프리에게 맡겨놓은 상태였다. 회복용 포션이 있긴 하지만 독에는 효과가 없다.

"큭…… 큭큭큭큭……."

내 귀에 째지는 웃음소리가 들려왔다. 바위 위에서 크라딜이 두 손으로 자신의 몸을 끌어안은 채 전신을 이리저리 뒤틀며 웃고 있었다. 움푹 꺼진 삼백안 속에, 기억에도 또렷한 광희의 빛이 생생하게 떠올라 있다.

"크하! 히하! 히야하하하하!!"

참을 수 없다는 듯 하늘을 우러러 홍소한다. 고드프리가 망연한 표정으로 그를 바라보며,

"어…… 어떻게 된 거냐……? 이 물을 준비한 것은…… 크라딜…… 너…….."

"고드프리! 어서 해독 크리스탈을 써!!"

내 목소리에 고드프리는 그제야 느릿느릿한 동작으로 허리의 팩을 뒤지기 시작했다.

"히야——!!"

크라딜은 괴성을 지르며 바위 위에서 뛰어내리더니 고드프

리의 왼손을 부츠로 걷어찼다. 그 손에서 허무하게 녹색 크리스탈이 쏟아졌다. 크라딜은 그것을 주워들고 다시 고드프리의 팩에 손을 집어넣어 크리스탈 몇 개를 끄집어내더니 자신의 파우치에 집어넣었다.

모든 것이 끝났다.

"크라딜…… 뭐, 뭐 하는 거냐……? 이것도 무슨…… 훈련인가……?"

"벼엉――신!!"

아직도 사태를 파악하지 못하고 엉뚱한 소리를 중얼거리는 고드프리의 입을, 크라딜의 부츠가 있는 힘껏 걷어찼다.

"커헉!!"

고드프리의 HP바가 살짝 감소하며, 동시에 크라딜을 나타내는 커서가 노란색에서 범죄자임을 알리는 오렌지색으로 변했다. 그러나 이것이 사태에 영향을 미치지는 못한다. 이런 공략 완료 플로어의 필드를 타이밍도 좋게 누군가가 지나갈 리 없기 때문이다.

"고드프리 씨 말이지, 늘 바보다 바보다 생각하긴 했지만, 당신은 진짜 못 말리는 족속이야. 뇌까지 근육으로 된 거 아냐?!"

크라딜의 째지는 웃음소리가 황야에 울려 퍼졌다.

"댁에게도 이것저것 하고 싶은 말이 많았지만 말이지…… 전채로 배를 채워도 곤란하니…….."

그렇게 말하며 크라딜은 양손검을 뽑더니 비쩍 마른 몸을 있는 힘껏 뒤로 젖히며 크게 치켜든다. 두터운 검신에 햇빛이 번뜩였다.

"자, 잠깐만, 크라딜! 너…… 무슨…… 무슨 소릴 하는 거냐…… 후…… 훈련이 아니란 말이냐……?"

"시끄러워. 됐으니까 뒈지기나 해."

크라딜은 내뱉듯이 말하더니 아무렇게나 검을 내리친다. 둔중한 소리가 울리며, 고드프리의 HP바가 크게 줄어들었다.

고드프리는 그제야 사태의 심각성을 알아차렸는지, 큰 소리로 비명을 지르기 시작했다. 하지만 이젠 너무 늦었다.

두 차례, 세 차례, 무자비한 광채와 함께 검이 번뜩일 때마다 HP바가 확실하게 줄어들고, 마침내 붉은 위험영역에 돌입했을 때 크라딜은 움직임을 멈추었다.

역시 살인까지는 가지 않으려나, 하고 생각했던 것도 찰나. 크라딜은 역수로 바꾸어 쥔 검을 천천히 고드프리의 몸에 찔러넣었다. HP가 조금씩 감소한다. 그대로 검에 체중을 실어간다.

"으아아아아아아아악!!"

"히야하하아아아아!!"

한층 드높아진 고드프리의 절규에 겹쳐지듯 크라딜도 괴성을 질렀다. 검 끝은 조금씩 조금씩 고드프리의 몸에 파고들었으며, 동시에 HP바는 확실한 속도로 줄어들어—

나와 다른 단원이 소리도 내지 못하고 지켜보는 가운데 크라딜의 검이 고드프리를 관통해 지면에 도달하고, 동시에

HP가 어이없이 0이 되었다. 아마 무수한 파편이 되어 흩어지는 그 순간까지도 고드프리는 무슨 일이 벌어졌는지 이해하지 못했을 것이다.

크라딜은 지면에 꽂힌 대검을 천천히 뽑더니, 태엽장치 인형 같은 움직임으로 휘릭 목만을 돌려 다른 한 단원 쪽을 보았다.

"힉!! 히이익!!"

짧은 비명을 지르면서 단원은 도망치려는 듯 허무하게 발버둥쳤다. 그를 향해 비척비척 기괴한 발걸음으로 크라딜이 다가갔다.

"……너한테는 아무 원한도 없지만 말야…… 내 시나리오에 따르면 생존자는 나 하나뿐이어야 하거든…….."

중얼중얼 말하며 다시 검을 치켜든다.

"히이이이이익!!"

"들어볼래~? 우리 파티는 말야아~"

단원의 비명에는 귀도 기울이지 않고 검을 내려친다.

"황야에서 범죄자 플레이어 떼를 만나서어—"

또 한 차례.

"용감하게 싸웠으나 허무하게 세 명이 사망하고오—"

다시 또 한 차례.

"나 혼자 남긴 했지만 훌륭하게 범죄자들을 격퇴해 생환한답니다아—"

네 번째 공격에 단원의 HP바가 소멸했다. 온몸에 소름이

돈는 불쾌한 효과음. 그러나 크라딜에게는 여신의 아름다운 목소리처럼 들리기라도 한 것일까. 터져나가는 오브젝트 파편 한가운데에서 황홀한 표정으로 몸을 경련시키고 있다.

처음이 아니구나……

나는 그렇게 확신했다. 분명 놈은 바로 조금 전까지는 범죄자임을 나타내는 오렌지 컬러가 아니었으나, 플래그를 세우지 않고 살인을 저지르는 비겁한 방법은 얼마든지 있다. 하지만 이제 와서 그것을 깨달았다 한들 무슨 도움이 될까.

크라딜이 마침내 시선을 이쪽으로 향했다. 그 얼굴에는 억누를 수 없는 환희의 빛이 맺혀 있었다. 오른손의 대검을 땅에 질질 끄는 귀에 거슬리는 소리를 내며, 놈은 천천히 이쪽으로 다가왔다.

"여어."

꼴사납게 기어 다니는 내 곁에 주저앉아 속삭이는 듯한 목소리로 말한다.

"너 같은 애송이 하나 때문에 말이야아, 아무 상관도 없는 놈을 둘이나 죽였어."

"말은 그렇게 하면서 상당히 좋아하는 것 같던데?"

대답하면서도 나는 필사적으로 이 상황을 타개할 방법을 생각하고 있었다. 움직이는 것은 입과 왼손뿐이다. 마비 상태에서는 메뉴 윈도우도 열지 못하고, 따라서 누군가에게 메시지를 보낼 수도 없다. 무슨 도움이 될까 생각하면서도, 크라딜에겐 사각이 된 위치에서 살짝 왼손을 움직이며, 동시에 말을 이었다.

"너 같은 놈이 왜 KoB에 들어간 거지? 범죄자 길드가 훨씬 잘 어울리는데."

"킥, 뭘 당연한 걸 묻고 그래? 그 여자 때문이지."

삐걱거리는 목소리로 말하며 크라딜은 끝이 뾰족한 혀로 입술을 핥았다. 아스나를 말하는 것이란 사실을 깨닫자 온몸이 확 뜨거워졌다.

"이 자식……!"

"어이쿠, 뭘 그리 무섭게 노려봐? 그냥 게임이잖아……? 걱정 마. 네 소중한 부단장님은 내가 자알 보살펴줄 테니까. 이런저런 편리한 아이템도 많고 말이야."

크라딜은 옆에서 독이 든 병을 주워들더니 찰랑찰랑 소리를 내며 흔들어 보였다. 그러곤 서툴게 윙크하며 말을 잇는다.

"그건 그렇고 너, 재미난 소릴 다 하네. 범죄자 길드가 어울린다느니."

"……사실이지, 뭘."

"나 지금 칭찬하는 건데? 눈치 빠르다고."

큭큭큭큭.

목 안쪽에서 째지는 웃음을 흘리며, 크라딜은 무슨 생각인지 갑자기 왼쪽 건틀렛(gauntlet)을 무장해제했다. 순백색 이너웨어의 소매를 걷어붙이고 맨살이 드러난 왼팔의 안쪽을 내게 돌렸다.

"…………!!"

그곳에 있던 것을 보고—나는 숨이 멎을 것 같았다.

문신이었다. 캐리커처된 칠흑의 관. 뚜껑에는 싱글싱글 웃는 두 눈과 입이 그려져 있으며, 살짝 어긋난 관 뚜껑 밑에선 백골의 팔이 빠져나온 도안.

"그⋯⋯ 엠블럼은⋯⋯ 《래핑 코핀(Laughing Coffin)》⋯⋯?!"

갈라진 목소리로 말한 나에게 크라딜은 씨익 웃으며 고개를 끄덕였다.

《래핑 코핀》. 그것은 예전 아인크라드에 존재했던 최대 최악의 PK 길드였다. 냉혹하고 교활한 두목 아래, 끊임없이 새로운 살인수법을 개발해서는 세 자릿수를 웃도는 수의 희생자를 낳았다.

대화로 해결할 방법을 모색한 적도 있으나 메신저를 자청했던 자도 즉시 살해당했다. 게임 클리어의 가능성을 저해하는 것과 마찬가지인 PK 행위로 자신들을 내모는 동기조차 이해할 수 없는데, 대화 따위 성립될 리가 없었던 것이다. 결국 공략파에서 대(對) 보스전 수준의 합동토벌대가 조직되어, 피에 젖은 사투 끝에 마침내 괴멸시켰던 것은 그리 오래된 이야기가 아니다.

토벌 팀에는 나와 아스나도 참가했으나, 대체 어디서 정보가 새어나갔는지 살인자들은 반격 태세를 갖추고 있었다. 동료를 지키기 위해 반 착란 상태에 빠졌던 나는 그 전투에서 래핑 코핀 멤버 두 명의 목숨을 빼앗았다.

"이건…… 복수였던 거냐? 넌, 래핑 코핀의 생존자였어?"

갈라진 목소리로 묻는 나에게 크라딜은 내뱉듯이 대답했다.

"헹, 웃기네. 그딴 쪼잔한 짓을 누가 하냐? 내가 래핑 코핀에 들어갔던 건 극히 최근이야. 뭐, 정신적으로 그랬다는 거지만. 이 마비 테크닉도 그때 배웠…… 어이쿠, 이런이런."

벌떡, 기계적인 동작으로 일어나더니, 크라딜은 소리를 내며 대검을 다시 치켜들었다.

"수다는 이쯤 해둬야지. 독 다 풀리겠네. 슬슬 마무리를 지을까나아? 그놈의 듀얼 때부터 매일 밤 꿈꿨다고…… 이 순간을 말이야……."

거의 완전한 동그라미로 활짝 뜨인 눈에 망집의 불꽃을 태우고, 양끝이 치켜 올라간 입에서 긴 혀를 내민 크라딜은 발돋움까지 해가면서 검을 높이 쳐들었다.

그 몸이 움직이기 직전, 나는 오른손에 쥔 투척용 픽을 손목의 움직임만으로 날렸다. 피격 대미지가 커지는 안면을 노렸으나, 마비로 인한 명중률 저하 판정 탓에 궤도가 빗나가 강철 바늘은 크라딜의 왼팔에 박혔다. 절망적일 정도로 약간 크라딜의 HP바가 감소했다.

"……아프잖아……."

크라딜은 콧날에 주름을 잡으며 입술을 비틀어 올리더니 검 끝을 내 오른팔에 가져다댔다. 그대로 두 차례, 세 차례 비집듯이 회전시킨다.

"……윽!"

아픔은 없다. 하지만 강력한 마비를 동반한 데다 신경을 직접 자극하는 듯한 불쾌한 감각이 전신을 내달렸다. 검이 팔을 헤집을 때마다 나의 HP가 조금씩이지만 확실한 속도로 줄어들었다.

아직……? 아직도 독이 사라지려면 멀었나……?

이를 악물고 견디며 몸이 자유로워지는 순간을 기다렸다. 독의 강도에 따라서도 달라지지만, 보통 마비독은 5분 정도면 회복되게 마련이다.

크라딜은 한 번 검을 뽑더니, 이번엔 왼쪽 다리에 찔러넣었다. 다시 신경을 마비당하는 듯한 전류가 내달리고, 무자비하게 대미지가 가산되었다.

"어때…… 어떠냐고……? 곧 죽는다는 게 어떤 느낌이야……? 좀 가르쳐주라…… 응……?"

크라딜은 속삭이는 듯한 목소리로 말하며 가만히 내 얼굴을 들여다보고 있었다.

"뭐라고 말 좀 해봐, 애송아……. 죽고 싶지 않다고 울부짖어보라고오……."

내 HP가 마침내 50퍼센트 이하로 떨어져 옐로우 존으로 들어갔다. 아직 마비는 풀리지 않았다. 전신을 서서히 차가운 것이 에워싸기 시작했다. 죽음의 가능성이 냉기의 옷을 몸에 두르며 발밑부터 기어오르고 있다.

나는 이제까지 SAO 내에서 수많은 플레이어들의 죽음을 목격했다. 그들은 모두, 반짝이는 무수한 파편이 되어 흩어지는 그 순간, 똑같이 어떤 표정을 짓고 있었다. 그것은 자신이 죽는다는 것이 정말로 있을 수 있는 일일까? 하는 소박한 의문의 표정이었다.

그렇다. 아마 우리는 모두 마음속 한구석으로는 이 게임의 대전제가 된 규칙, 게임 내의 죽음이 곧 실제 죽음이라는 사실을 믿지 않고 있는 것이다.

HP가 0이 되어 소멸하면 실제로는 아무 일도 없이 현실세계로 귀환할 수 있는 것 아닐까—그런 희망과도 같은 예측. 그 진위를 파악하기 위해서는 실제로 죽어볼 수밖에 없다. 그렇게 생각한다면 게임 내에서의 죽음이란 것도 게임 탈출로 가는 길 중 하나가 될지 모른다—.

"야, 야, 뭐라고 말 좀 해봐아. 정말로 죽어버리는 거라구우."

크라딜은 다리에서 검을 뽑더니 이번엔 배에 찔러 넣었다. HP가 크게 감소하며 위험을 알리는 레드 존으로 들어섰지만, 그것도 어딘가 먼 세계에서 일어나는 일처럼 여겨졌다. 검에 난도질을 당하면서도 내 사고는 빛이 들지 않는 어두운 오솔길로 도망치려 하고 있었다. 의식에 두텁고 무거운 천이 덮이기 시작했다.

하지만—.

갑자기 내 심장을 무시무시한 공포가 움켜쥐었다.

아스나. 그녀를 두고 이 세계에서 사라져야 한다. 아스나가 크라딜의 손에 떨어져 나와 똑같은 고통을 겪는다. 그 가능성은 견디기 힘든 아픔이 되어 내 의식을 각성시켰다.

"크아아!!"

나는 두 눈을 부릅뜨고 내 배에 꽂혀 있던 크라딜의 검을 왼손으로 움켜쥐었다. 힘을 쥐어짜내며 천천히 몸에서 뽑아냈다. 남은 HP는 앞으로 10퍼센트 남짓. 크라딜이 놀라서 소리를 질렀다.

"어…… 어? 뭐야, 역시 죽는 게 무섭냐아?"

"그래……. 아직은…… 죽을 수 없어……."

"헹!! 히야하하!! 그래, 그렇게 나와야지!!"

크라딜은 괴조 같은 웃음을 흘리며 검에 모든 체중을 실었다. 나는 그것을 한 손으로 지탱한 채 필사적으로 견뎌냈다. 내 근력과 크라딜의 근력 사이에 복잡한 보정이 가해지고 연산이 이루어졌다.

그 결과—검은 서서히, 그러나 확실한 속도로 다시 하강을 시작했다. 공포와 절망이 나를 휘감았다.

여기서 끝나는 것인가.

죽는 것인가. 아스나를 혼자, 이 미쳐버린 세계에 남겨두고.

다가오는 검과 가슴속에 치밀어 오르는 절망, 이 두 가지에 필사적으로 저항했다.

"죽어——!! 죽으라고오오오——!!"

크라딜이 쇳소리로 절규했다.

1센티미터, 또 1센티미터. 둔중한 빛을 발하는 금속의 형태를 띤 살의가 내려온다. 끄트머리가 내 몸에 닿고— 살짝 파고들며—……

그때, 한 줄기 질풍이 불어왔다.

순백색과 진홍색을 띤 바람이었다.

"어……라……?!"

경악의 외침과 함께 고개를 든 직후, 살인자는 검과 함께 하늘 높이 튕겨져 날아갔다. 나는 눈앞에 날아든 사람의 실루엣을 아무 말도 못하고 바라보았다.

"……늦지 않았어…… 늦지 않았어……. 하느님…… 늦지 않았어요……."

떨리는 그 목소리는 천사의 날갯짓 소리보다도 아름답게 들려왔다. 쓰러지듯 무릎을 꿇은 아스나는 입술을 부들부들 떨며 눈을 한껏 뜨고 나를 바라보았다.

"살았어…… 살아 있구나, 키리토……."

"……그래……. 살아 있어……."

내 목소리는 스스로 생각해도 놀랄 만큼 힘없이 잠겨 있었다. 아스나는 크게 고개를 끄덕이곤 오른손으로 주머니에서 핑크색 크리스탈을 꺼내 왼손을 내 가슴에 대고 외쳤다.

"힐(Heal)!"

크리스탈이 부서지고, 나의 HP바가 단숨에 오른쪽 끝까지 풀 회복되었다. 그것을 확인하더니,

"……기다려. 금방 끝낼 테니까……."

속삭인 아스나는 벌떡 일어났다. 우아한 동작으로 허리에

서 세검을 뽑아 걸어 나간다.

　그 방향에는 간신히 몸을 추스르고 일어나려는 크라딜이 있었다. 그는 다가오는 실루엣을 보고 두 눈을 크게 뜬다.

　"아, 아스나 님…… 여, 여긴 어떻게……? 아, 아뇨, 이건, 훈련, 네, 훈련을 하다 잠깐 사고가……."

　태엽장치가 달린 것처럼 뻣뻣하게 일어나 뒤집힌 목소리로 주워섬겨대는 그의 말은 끝까지 이어지지 못했다. 아스나의 오른손이 번뜩이고, 검의 끝이 크라딜의 입을 찢어버렸기 때문이다. 상대의 커서가 이미 오렌지 컬러였으므로 아스나에게 범죄 플래그가 나타나지는 않는다.

　"으악!!"

　크라딜이 한 손으로 입을 움켜쥐며 몸을 뒤로 젖힌다. 순간적으로 동작을 멈춘 후, 휘청하고 돌아온 그 얼굴에는 눈에 익은 증오의 빛이 떠올랐다.

　"이 계집이…… 기어오르고 앉았어……. 헹, 마침 잘됐다. 어차피 너도 금방 죽여버리려고……."

　그러나 그 말도 중단될 수밖에 없었다. 아스나가 세검을 고쳐 쥐자마자 맹렬히 공격을 개시한 것이다.

　"억…… 크어억……!"

　양손검을 휘둘러 필사적으로 응전하지만, 그것은 싸움이라고 부를 수도 없는 것이었다. 아스나의 검은 허공에 무수한 빛의 띠를 그리며 무시무시한 속도로 차례차례 크라딜의 몸을 갈라놓고 꿰뚫었다. 아스나보다도 몇 레벨이나 높은 내 눈에도 그 궤도는 전혀 보이지 않았다. 춤추듯 검을 휘두르는 하얀 천사의 모습을 나는 그저 넋 놓고 바라볼 뿐이었다.

아름다웠다. 밤색 긴 머리를 휘날리며 분노의 불꽃을 온몸에 두른 채 무표정하게 적을 몰아붙이는 아스나의 모습은 형언하기 힘들 정도로 아름다웠다.

"으억! 크아아악!!"

반쯤 공황에 빠져 되는 대로 휘둘러대던 크라딜의 검은 스치지도 않는다. HP바가 순식간에 줄어들어 노란색에서 붉은 위험영역에 돌입했을 때, 드디어 크라딜은 검을 내던지고 두 손을 치켜들며 울부짖었다.

"아, 알았어!! 알았다고!! 내가 잘못했어!!"

그대로 지면에 넙죽 엎드린다.

"이, 이제 길드는 그만둘게! 당신들 앞에도 두 번 다시 나타나지 않겠어!! 그러니까―."

째지는 외침을 아스나는 묵묵히 듣고 있었다.

그녀는 천천히 세검을 치켜들고, 손 안에서 철컥 소리와 함께 역수로 고쳐 쥐었다. 나긋나긋한 오른팔이 긴장으로 굳어지고, 다시 몇 센티미터 올라간 후 바닥에 엎드린 크라딜의 등 한복판에 단숨에 내리꽂히려 했다. 순간 살인자가 한층 더 찢어지는 비명을 질렀다.

"히이이익!! 주, 죽고 싶지 않아――!!"

흠칫. 보이지 않는 장벽에 부딪친 것처럼 칼끝이 멈췄다. 가느다란 몸이 부들부들 격렬하게 떨렸다.

아스나의 갈등, 분노와 공포를, 나는 똑똑히 느끼고 있었다.

그녀는 내가 아는 한 아직 이 세계에서 플레이어의 목숨을 빼앗은 적이 없다. 그리고 이 세계에서 누군가를 죽인다면 그 상대는 현실세계에서 진짜로 죽는다. PK라는 이름의 온라인 게임 용어로 포장되어 있다고는 하나, 그것은 엄연히 살인행위인 것이다.

—그래. 관둬, 아스나. 네가 그래선 안 돼.

속으로 그렇게 외친 것과 동시에 나는 완전히 반대되는 생각도 하고 있었다.

—안 돼, 주저하지 마. 놈은 그걸 노리고 있어.

내 예측은 0.1초 후에 현실이 되었다.

"푸히야하하하하!!"

바닥에 엎드려 있던 크라딜이 어느새 고쳐 쥔 대검을 갑자기 괴성과 함께 쳐올렸다.

채앵, 하는 금속음과 함께 아스나의 오른손에서 레이피어가 튕겨져나갔다.

"앗……?!"

짧은 비명을 지르며 자세가 흐트러진 아스나의 머리 위에서 금속이 번뜩 빛났다.

"부단장님, 댁은 아직도 머어어어어어얼었어어어어어어!!"

광기가 배어나오는 절규와 검붉은 광원 이펙트를 흩뿌리며, 크라딜은 대검을 아무런 거리낌 없이 내리쳤다.

"으……아아아아아아아아!!"

외친 것은 나였다. 겨우 마비에서 풀려난 오른발로 지면을 박차고, 순식간에 수 미터를 날아든 나는 오른손으로 아스나를 밀쳐내며 왼손으로 크라딜의 검을 받아냈다.

푸욱. 기분 나쁜 소리가 울리며 내 왼팔이 팔꿈치 밑에서 잘려나갔다. HP바 밑에서 부위 손실 아이콘이 점멸했다. 혈액과도 같은 선홍색 광점을 절단면에서 무수히 흩뿌리며 오른손 다섯 손가락을 모은 나는—

그 수도를 두터운 갑옷의 이음매로 찔러 넣었다. 노란빛을 띤 팔이 축축한 감촉과 함께 크라딜의 배를 깊이 꿰뚫었다.

카운터로 명중한 체술계 초근접거리용 스킬 《엠브레이서(Embracer)》는 20퍼센트 정도 남았던 크라딜의 HP를 남김없이 먹어치웠다. 나와 달라붙은 말라깽이 몸이 격렬하게 떨리더니 금세 추욱 늘어졌다.

대검이 지면에 떨어지는 소리에 이어 왼쪽 귓가에서 쉬어 터진 목소리가 속삭였다.

"이…… 살인자 새끼……."

큭큭, 하고 비웃는다.

크라딜은 그 모든 존재를 무수한 유리 파편으로 바꾸었다. 챙그랑! 흩어져 날아가는 폴리곤 무리의 싸늘한 압력에 짓눌려, 나는 뒤로 쓰러지고 말았다.

마비된 의식 속으로 한동안 필드에 부는 바람 소리만이 울려 퍼졌다.

마침내 불규칙하게 모래자갈을 밟는 소리가 들려왔다. 눈을 돌려보니 퀭한 표정으로 걸어오는 가녀린 모습이 보였다.

아스나는 몸을 움츠린 채 비틀비틀 몇 걸음 다가서더니 실 끊어진 인형처럼 내 곁에 무릎을 꿇었다. 오른손을 살짝 내 밀려 했지만 내게 닿기 전에 흠칫 거둔다.

"……미안해…… 나…… 나 때문에……."

그녀는 비통한 표정으로 떨리는 목소리를 쥐어짜냈다. 커 다란 눈에서 눈물이 흘러넘치고, 보석처럼 아름답게 반짝이 며 차례로 굴러 떨어졌다. 나도 바짝 말라버린 목으로 어떻 게든 짧은 한 마디를 내뱉었다.

"아스나……."

"미안해……. 나…… 이…… 이제…… 키리토하곤…… 마…… 만나지 않……."

간신히 감각이 돌아온 몸을 나는 필사적으로 일으켰다. 온 몸에 주어진 대미지 탓에 불쾌한 마비감이 남아 있긴 했으 나, 오른팔과 잘려나간 왼팔까지 뻗어 아스나의 몸을 끌어안 았다. 그대로 핑크색의 아름다운 입술을 내 입술로 막았다.

"……!"

아스나는 온몸을 굳히더니 두 팔로 나를 밀쳐내려 저항했 으나, 나는 있는 힘을 다해 가느다란 몸을 끌어안았다. 틀림 없이 매너 위반 방지 코드에 저촉되는 행위였다. 지금 아스 나의 시야에는 코드 발동을 재촉하는 시스템 메시지가 표시 되고 있을 것이며, 그녀가 OK 버튼을 누르면 나는 순식간에 흑철궁 감옥 에이리어로 전송되겠지.

하지만 나는 두 팔을 조금도 풀지 않은 채, 아스나의 입술에서 뺨을 훑어 목덜미에 얼굴을 파묻고 낮은 목소리로 속삭였다.

"내 목숨은 네 거야, 아스나. 그러니 너를 위해 쓰겠어. 마지막 순간까지 함께 있겠어."

3분간의 부위 손실 스테이터스가 부과된 왼팔로 한층 강하게 등을 끌어당기자, 아스나는 떨리는 숨을 내쉬며 속삭였다.

"……나도. 나도, 반드시 널 지켜줄게. 이제부터 영원히 지켜줄 거야. 그러니까…………."

그 다음은 말로 잇지 못했다. 굳게 서로를 포옹한 채, 나는 언제까지고 아스나의 오열을 듣고 있었다.

맞닿은 온몸에서 전해져오는 열기가, 싸늘해진 몸속을 조금씩, 조금씩 녹여주었다.

16

아스나는 그랜덤에서 기다리는 동안 내 위치를 줄곧 맵으로 모니터했다고 대답했다.

고드프리의 반응이 소실된 순간 도시를 달려 나왔다니, 우리가 한 시간 걸려서 걸어온 거리, 약 5킬로미터를 5분 만에 주파한 셈이다. 민첩성 파라미터 보정의 한계를 넘어선 믿을 수 없는 수치였다. 그 사실을 지적하자,

"사랑의 힘이야."

라며 살짝 웃었다.

우리는 길드 본부로 돌아가 히스클리프에게 사건의 전말을 보고하고, 그대로 일시 퇴단을 신청했다. 아스나가 그 이유를 '길드에 대한 불신 때문'이라고 설명하자, 히스클리프는 한동안 말없이 생각에 잠긴 끝에 퇴단을 허락해주었으나, 마지막으로 그 미스테리어스한 미소를 지으며 덧붙였다.

"하지만 자네들은 금세 전장으로 돌아오게 될 걸세."

본부를 나오자 도시는 이미 저녁이었다. 우리는 손을 잡고 게이트 광장을 향해 걸었다.

두 사람 모두 말이 없었다.

부유성 바깥에서 들어오는 오렌지색 빛을 배경으로 시커먼 실루엣을 그리는 철탑 무리 사이를 천천히 걸으며, 나는 죽은 크라딜의 악의가 어디서 온 것일까 멍하니 생각하고 있었다.

이 세계에서 즐겁게 악행을 저지르는 자는 적지 않다. 도둑질이며 강도질을 벌이는 자부터, 크라딜이나 옛날 《래핑 코핀》처럼 가차 없이 사람을 죽이는 자들에 이르기까지, 포함한 범죄자 플레이어의 수는 이미 천 명을 넘어섰다고 한다. 그 존재는 이제 몬스터처럼 자연발생적인 것으로 간주되고 있다.

하지만 새삼 생각해보면 그것은 기묘한 일이었다. 왜냐하면 범죄자로서 다른 플레이어들에게 해를 가하는 것이 게임 클리어라는 최종목적에 대해 마이너스로 작용하는 행위임은 누가 생각해도 명백하기 때문이다. 말하자면 그들은 이 세계에서 나가고 싶지 않다는 뜻이 된다.

그러나 나는 크라딜이라는 사내를 보고 그와 다른 것을 느꼈다. 놈의 사고는 게임 탈출을 지원하는 것도, 저지하는 것도 아닌, 말하자면 정지 상태였다. 과거를 돌아보는 것도, 미래를 예측하는 것도 멈춘 결과, 자신의 욕망만이 끝없이 비대해져 그러한 악의의 꽃을 피웠던 것 아닐까―.

하지만 그렇다면 나는 어떨까. 스스로가 진지하게 게임 클리어라는 목표를 지향하고 있는지 어떤지, 자신을 가지고 단언할 수는 없다. 그저 타성적으로 경험치를 쌓아 매일 미궁에 들어가는 것이라고 하는 편이 훨씬 어울리지 않을까. 자신을 강화해 남보다 뛰어난 힘을 얻는 쾌감만으로 싸우고 있는 거라면 나도 본심으로는 이 세계의 끝을 바라지 않는 것일까―?

갑자기 발밑의 강철판이 힘없이 꺼져드는 것 같아 나는 우뚝 멈춰 섰다. 아스나의 손에 매달리듯 맞잡은 오른손을 굳게 쥐었다.

"…………?"

고개를 갸웃하며 내 얼굴을 들여다보던 아스나에게 잠깐 시선을 향했다가 금세 고개를 숙이는 스스로를 타이르듯, 나는 입을 열었다.

"……넌…… 무슨 일이 있어도 돌려보내고 말겠어……. 그 세계로……."

"…………."

이번엔 아스나가 손을 꼬옥 잡았다.

"돌아갈 때는 둘이 함께 가는 거야."

생긋 웃는다.

어느새 게이트 광장 입구에 도달했다. 겨울이 오는 것을 예감케 하는 싸늘한 바람 속에 몸을 옹송그린 몇몇 플레이어들이 오가고 있었다.

나는 아스나를 정면으로 쳐다보았다.

그녀의 강인한 영혼에서 뿜어져 나오는 따뜻한 빛이 유일하게 나를 올바로 인도해주는 것이라는 생각이 들었다.

"아스나……. 오늘밤엔, 함께 있고 싶어……."

무의식중에 그런 말이 입에서 나왔다.

그녀와 떨어지고 싶지 않았다. 평생 느껴본 적이 없을 정도로 가까이 다가왔던 죽음의 공포는 아직까지도 내 등에 달라붙어 쉽게 떨어지려 하지 않았다.

오늘밤 혼자 잠든다면 분명 꿈에 나타날 것이다. 그 사내의 광기와 몸으로 파고들던 검, 그리고 그의 몸에 찔러 넣었던 오른팔의 감촉이. 그런 확신이 들었다.

내 말에 담긴 의미를 알아차렸는지, 아스나는 동그랗게 뜬 눈으로 나를 가만히 바라보고 있었으나—

마침내 두 볼을 붉히면서도 살짝 고개를 끄덕였다.

두 번째로 찾아온 셀름부르그의 아스나네 집은 여전히 아담하고, 그러면서도 편안한 온기로 나를 맞아주었다. 여기저기 효과적으로 배치된 소품 오브젝트가 주인의 뛰어난 센스를 말해주고 있다. 하지만 내 생각과 달리 당사자인 아스나는,

"우, 우와—, 너무 어질러났다. 요즘 별로 들어오질 않았더니……."

에헤헤, 하고 멋쩍게 웃으며 재빨리 그런 것들을 치워버렸다.

"금방 밥 지을게. 키리토는 신문이라도 보면서 기다려."

"으, 응."

무장을 해제하고 에이프런으로 갈아입더니 주방으로 사라져버리는 아스나를 보며, 나는 푹신한 소파에 앉았다. 테이블 위의 큼지막한 신문을 집어 들었다.

신문이래 봤자 정보꾼을 생업으로 삼는 플레이어들이 적당한 헛소리를 모아 신문이란 이름으로 파는 수상쩍은 물건이다. 하지만 오락거리가 적은 아인크라드에선 그것도 귀중한 미디어인지라 정기구독하는 플레이어가 적지 않다. 네 페이지밖에 안 되는 그 신문의 1면을 무심코 본 나는 짜증이 나서 내던지고 말았다. 나와 히스클리프의 듀얼이 톱기사로 실려 있었기 때문이다.

【새로운 스킬 이도류가 나타났으나 신성검 앞에 어이없이 패배】

그런 헤드라인 밑에는 고맙게도 히스클리프 앞에 주저앉은

내 모습을 담은 사진—기록 크리스탈이라는 아이템으로 촬영할 수 있다—까지 실려 있었다. 놈의 무적 전설에 새로운 한 페이지를 더해주는 것을 도와주고 만 셈이다.

하지만 뭐, 이로써 별것 아니라는 평가가 내려진다면 소동도 가라앉지 않을까…… 하고 어떻게든 이유를 붙여 납득한 후 레어 아이템 상장표 따위를 훑어보고 있으려니, 부엌에서 향긋한 냄새가 풍겨왔다.

저녁식사는 소와 비슷한 몬스터의 고기에 아스나 스페셜 간장 소스를 뿌린 스테이크였다. 식재료 아이템의 랭크로는 그리 고급이 아니지만, 뭐니 뭐니 해도 양념이 훌륭한 것이다. 고기를 와구와구 먹어치우는 나를 아스나는 생글생글 웃으며 바라보고 있었다.

소파에 마주 앉아 식후의 차를 천천히 마시는 동안 아스나는 어쩐지 말이 많았다. 좋아하는 무기의 브랜드며, 어디의 어느 플로어에 관광명소가 있다 등의 이야기를 끊임없이 쏟아내고 있었다.

나는 반쯤 멍하니 듣고 있었으나, 아스나가 갑자기 침묵에 잠기는 바람에 걱정이 들었다. 찻잔 안에서 무언가를 찾기라도 하듯 시선을 떨군 채 꼼짝도 하지 않는다. 표정이 굉장히 진지해, 마치 전투를 앞두기라도 한 것 같았다.

"……야, 갑자기 왜……."

하지만 내 말이 끝나기도 전에 아스나는 오른손의 찻잔을 소리 높여 테이블에 내려놓더니,

"············좋아!!"

기합과 함께 벌떡 일어났다. 그대로 창가까지 걸어가선 벽을 터치해 방의 조작 메뉴를 불러내더니, 느닷없이 네 귀퉁이에 설치된 조명용 랜턴을 모두 껐다. 방이 어둠에 휩싸인다. 내 색적 스킬 보정이 자동으로 적용되면서 시야가 암시(暗視) 모드로 전환되었다.

어스름한 푸른색으로 물든 방 안. 창문으로 스며드는 가로등의 어렴풋한 불빛에 비친 아스나만이 하얗게 빛나고 있었다. 그녀의 행동에 당혹스러워하면서도 나는 그 아름다움에 숨을 삼켰다.

이제는 쪽빛으로 보이는 긴 머리카락, 튜닉에서 늘씬하게 뻗어 나온 새하얀 손발, 그런 것들이 엷은 빛을 반사해 마치 스스로 빛을 내고 있는 것 같았다.

아스나는 한동안 말없이 창가에 서 있었다. 고개를 숙이고 있는 탓에 표정은 잘 보이지 않았다. 왼손을 가슴께에 대고 무언가를 주저하는 것처럼 보였다.

상황을 이해하지 못한 내가 말을 걸려는 순간 아스나의 오른손이 움직였다. 허공에 치켜든 손의 검지를 가볍게 휘두른다. 포—옹 하는 효과음과 동시에 메뉴 윈도우가 나타났다.

푸른 어둠 속에 보라색 시스템 컬러로 빛나는 그 위에서 아스나의 손가락이 천천히 움직였다. 보아하니 왼쪽의 장비 피규어를 조작하고 있는 모양—

그렇게 생각한 순간, 아스나가 신고 있던 무릎길이 양말이

소리도 없이 사라졌다. 우아한 각선미를 그리는 맨다리가 드러났다. 다시 한 번 손가락이 움직였다. 이번엔 원피스 튜닉 자체가 장비 해제되었다. 나는 입을 쩍 벌리고 눈을 둥그렇게 뜬 채 사고 정지에 빠졌다.

아스나는 이제 속옷만을 걸치고 있을 뿐이었다. 하얗고 조그마한 천 조각이 간신히 가슴과 허리를 가리고 있을 뿐이었다.

"이, 이쪽…… 보지 마……."

그녀는 떨리는 목소리로 가늘게 말했다. 하지만 나는 시선을 움직일 수가 없었다.

아스나는 두 팔을 몸 앞에서 꼰 채 우물쭈물하고 있었으나, 마침내 고개를 들고 똑바로 이쪽을 보더니 우아한 동작으로 팔을 내렸다.

나는 영혼이 빠져나간 듯한 충격을 맛보며 멍하니 그 모습을 바라보았다.

아름다운 정도가 아니다. 푸른색 빛의 입자를 두른 매끄럽고 부드러운 피부. 최상급 비단실을 두른 듯한 머리카락. 뜻밖에도 양감이 있는 두 개의 융기는 역설적이지만 어떤 그래픽 엔진으로도 재현할 수 없을 것이라 생각될 정도로 완벽한 곡선을 그렸으며, 늘씬한 허리에서 두 다리에 걸친 곡선은 야생동물을 연상케 하는 탄력적인 근육에 싸여 있었다.

단순한 3D 오브젝트 따위가 결코 아니다. 비유하자면, 신의 손으로 만들어진 조각상에 영혼을 불어넣은 것 같다고 해야 할까—.

SAO 플레이어의 육체는 초기 로그인 때 너브 기어가 대체로 캘러브레이션을 취한 데이터를 토대로 자동 생성된다. 그 점을 생각한다면 이 정도로 완벽한 아름다움을 가진 육체가 존재한다는 것은 기적이라 해도 과언이 아니다.

나는 얼빠진 것처럼 언제까지고 그 반나신을 바라보고 있었다. 만약 아스나가 견디지 못해 두 팔로 몸을 가리고 입을 열지 않았더라면 한 시간쯤은 그대로 있었을 것이다.

아스나는 어스름한 어둠 속에서도 알 수 있을 정도로 얼굴을 새빨갛게 물들이며 고개를 숙인 채 말했다.

"키, 키리토도 얼른 벗어……. 나만 이러고 있으니 차, 창피하잖아."

그 목소리에 나는 간신히 아스나가 취한 행동의 의도를 깨달았다.

즉, 그녀는— 내가 했던, 오늘밤 함께 있다고 싶다는, 그 말을 나보다도 한 단계 앞서나간 의미로 해석한 것이다.

그것을 이해함과 동시에 나는 바닥을 알 수 없는 깊은 패닉에 빠졌다. 그 결과 이제까지의 인생을 통틀어 가장 큰 실수를 저지르고 말았다.

"어…… 아니, 그게, 나는…… 그냥…… 오늘밤에, 가, 같은 방에 있었으면 좋겠다는, 그냥, 그런 생각으로……."

"에……?"

자신의 머릿속을 어처구니없을 정도로 솔직하게 반영한 나의 발언에, 이번엔 아스나가 입을 딱 벌린 채 완전히 굳어버렸다. 그러나 마침내 그 얼굴에 최대급 수치와 분노를 혼합한 표정이 떠올랐다.

"바…… 바…….”

꼭 쥔 오른손에 눈에 드러날 정도의 살기를 피워 올리더니,

"바보야———!!"

민첩성 파라미터를 풀 동원한 스피드로 날아든 아스나의 정권지르기는 내 안면에 작렬하기 직전에 범죄 방지 코드에 튕겨나가 커다란 소리와 함께 보라색 불꽃을 흩날렸다.

"으, 으악—! 잠깐!! 미안, 미안하다니깐! 지금 그 말 취소!"

상관하지도 않고 제2격을 날리려던 아스나에게 두 손을 격렬하게 휘저으며 필사적으로 변명했다.

"미안, 내가 잘못했어!! 아…… 아니, 하지만, 애초에 그…… 뭐냐…… 하, 할 수 있는 거야……? SAO 안에서……?"

간신히 공격자세를 살짝 해제한 아스나는 분노가 채 식지 않은 와중에도 어이없다는 표정을 지으며 말했다.

"모, 모른단 말야……?"

"모르는데요…….”

그러자 아스나는 갑자기 표정을 분노에서 수치로 바꾸면서 조그마한 목소리로 말했다.

"……그러니까…… 옵션 메뉴에서, 하안참 들어간 곳에…… 《윤리 코드 해제 설정》이란 게 있어."

그야말로 금시초문이었다. 베타테스트 때는 분명 그런 것

은 없었으며 매뉴얼에도 실려 있지 않았다. 솔로 플레이로 일관하며 전투정보 외에 관심을 보이지 않았던 대가를 이런 식으로 치르게 되다니.

하지만 그 이야기는 내게 새로운, 간과할 수 없는 의문을 불러일으켰다. 사고능력이 회복되지 않은 채 깜빡 그 말을 입에 담고 말았다.

"……저기…… 겨, 경험이 있는 겁니까요……?"

다시 아스나의 철권이 내 안면 바로 앞에서 작렬했다.

"어, 없어, 이 바보야——!! 길드 애들한테 들은 거야!!"

허겁지겁 바닥에 엎드려 사과에 사과를 거듭해 간신히 그녀를 진정시킬 때까지는 꼬박 몇 분이나 걸렸다.

테이블 위에 딱 하나 켜놓았던 작은 촛불의 빛이 내 팔 안에서 꾸벅꾸벅 졸던 아스나의 살결을 어스름하게 비추어주었다. 그 하얀 등을 살짝 손가락으로 쓸어본다. 따뜻하고 더할 나위 없이 매끄러운 감촉이 손끝에서 전해져오는 것만으로도 황홀한 기분이 들었다.

아스나는 살짝 눈을 뜨더니 나를 올려다보고 두어 차례 눈을 깜빡이며 생긋 웃었다.

"미안. 깨웠어?"

"응……. 잠깐, 꿈꿨어. 원래 세계의 꿈……. 이상해라."

그녀가 웃음을 지은 채 내 가슴에 얼굴을 문지른다.

"꿈속에서 말이지, 아인크라드에 있었을 때가, 키리토랑

만났던 게 꿈이라면 어떡하나 생각해서 굉장히 무서웠어. 다행이야…… 꿈이 아니라서."

"이상한 녀석일세. 돌아가고 싶지 않아?"

"돌아가고 싶어. 가고 싶지만, 여기서 지낸 시간이 사라지는 건 싫어. 너무…… 멀리까지 오긴 했지만, 내겐 소중한 2년인걸. 이젠 그렇게 생각해."

아스나는 문득 진지한 표정이 되어 어깨에 얹은 내 오른손을 잡더니 가슴에 꼭 끌어안는다.

"…………미안해, 키리토. 사실은…… 사실은 내가 결판을 지었어야, 했던 건데……."

나는 살짝 숨을 들이마시고, 금세 길게 내쉬었다.

"아니야……. 크라딜이 노렸던 것도, 그리고 놈을 그렇게까지 몰아붙였던 것도 나였어. 그건 내 싸움이었던 거야."

아스나의 눈을 바라보며 천천히 고개를 끄덕였다.

헤이즐넛색 눈에 살짝 눈물을 맺으며, 아스나는 꼭 쥔 내 손에 살짝 입술을 가져다댔다. 부드러운 움직임이 직접 전해져왔다.

"나도…… 짊어질게. 네가 짊어졌던 것, 전부 같이 짊어질게. 약속해. 이제부턴, 꼭 내가 널 지킬 테니까……."

그것이야말로―.

한때 내가 지금에 이르기까지 결국 한 번도 입에 담을 수 없었던 말이었다. 하지만 이 순간, 입술이 떨리며 내 목에서 ―혹은 영혼에서 소리가 배어나오는 것을, 나는 들었다.

"……나도."

매우 가느다란 목소리가 살짝 공기를 흔들었다.

"나도 널 지키겠어."

그 한 마디는 한심할 정도로 작고 못미더웠다. 나도 모르게 쓴웃음을 지으며 아스나의 손을 다시 쥐고 말했다.

"아스나는…… 강하구나. 나보다도 훨씬 강해……."

그러자 그녀는 눈을 깜빡거리더니 미소를 지었다.

"그렇지 않아. 난 원래 저쪽에선 언제나 남의 뒤에 숨어만 있던 성격이었는걸. 이 게임도 내가 샀던 게 아니야."

무언가를 떠올렸다는 듯 쿡쿡 웃는다.

"오빠가 산 거였는데, 갑자기 출장을 가게 돼서, 내가 첫날만 가지고 놀기로 했거든. 엄청 아쉬워했는데, 내가 2년이나 독점해버렸으니 화가 단단히 났을 거야."

대타로 이 세계에 붙들리고 만 아스나가 더 불운하다고 생각했지만, 지금은 그냥 고개를 끄덕였다.

"……얼른 돌아가서 사과해야겠네."

"응……. 열심히 해야지……."

하지만 내용과는 달리 말꼬리를 흐린 아스나는 불안한 듯 눈을 내리깔더니 몸을 바짝 붙였다.

"있지…… 키리토. 아까 했던 말이랑 모순되는 것 같지만…… 잠깐만 전선에서 떠나면 안 될까."

"응……?"

"어쩐지 무서워……. 이렇게 겨우 너와 마음이 통했는데,

244

금방 전장에 나간다면 또 안 좋은 일이 벌어질 것 같아
서…… 좀 지친 걸지도 모르겠어."

나는 아스나의 머리를 살짝 쓸어 넘겨주며 스스로도 의외
라고 생각될 정도로 순순히 고개를 끄덕이고 있었다.

"그래, 맞아……. 나도, 좀 지쳤어……."

설령 수치적인 파라미터가 변화하지 않는다 해도 하루하루
반복되는 전투는 눈에 보이지 않는 소모를 낳는다. 오늘처럼
극한 상황에 처하는 경우가 있다면 더더욱 마찬가지. 아무리
강한 활이라도 당기기만 한다면 마침내 부러지는 법이다. 휴
식이 필요한 때도 있을 것이다.

나는 이제까지 나 자신을 전투로 내몰았던 위기감과도 비
슷한 충동이 멀어져가는 것을 느끼고 있었다. 지금은 그저
이 소녀와의 유대를 확인하고 싶다는 생각이 들었다.

나는 아스나의 몸에 두 팔을 감고 비단실 같은 머리에 얼굴
을 묻으며 말했다.

"22플로어 남서쪽 에이리어의 숲과 호수가 많은 곳…… 거
기 조그만 마을이 있어. 몬스터도 안 나오고 좋은 곳이야.
거기 통나무집을 몇 채 팔거든. ……둘이서 그리 이사 가자.
그리고……."

말문이 막힌 나에게 아스나가 반짝반짝 빛나는 큰 눈을 가
만히 향했다.

"그리고……?"

나는 굳어버린 혀를 간신히 움직여 그 다음 말을 입에 담

았다.

 "……겨, 결혼하자."

 순간 아스나가 보여준 최고의 미소를, 나는 평생 잊지 못할 것이다.

 "……응."

 살짝 끄덕인 그 볼에 굵은 눈물이 한 방울 흘러내렸다.

                              17

 SAO에서 시스템으로 규정된 플레이어 간의 관계는 네 종류가 있다.

 우선 첫 번째는 아무 상관도 없는 남. 두 번째가 프렌드다. 프렌드 리스트에 등록한 사람끼리는 어디에 있어도 간단한 문장으로 메시지를 보낼 수 있으며, 상대의 현재 위치를 맵에서 서치할 수도 있다.

 세 번째는 길드 멤버. 위에서 말한 기능에 더해 전투시 멤버와 파티를 짜면 전투력에 약간이지만 보너스를 얻는다는 특전이 있다. 그 대가로 입수한 콜 중 일정한 비율로 길드에 상납금이 지불되지만.

 그렇게 봤을 때 나와 아스나는 이제까지 프렌드와 길드라는 두 조건을 공유했던 셈인데, 두 사람 모두 길드에서는 일시 탈퇴하고, 대신 마지막 한 가지가 더해지게 되었다.

결혼—이라고 해봤자 수속은 허탈할 정도로 간단하다. 어느 한쪽이 프러포즈 메시지를 보내고, 상대가 승낙하면 그걸로 끝난다. 하지만 그에 따라 주어지는 변화는 프렌드나 길드 멤버에 비할 수가 없다.

SAO에서 결혼이 의미하는 것은 간결하게 말하자면 모든 정보와 모든 아이템의 공유. 서로 상대의 스탯 화면을 자유롭게 볼 수 있으며, 아이템 화면은 하나로 통합되고 만다. 말하자면 최대의 생명선을 상대에게 맡기는 행위이며, 배신이나 사기가 횡행하는 아인크라드에서는 제아무리 사이가 좋은 커플이라 해도 결혼까지 이른 예는 극히 드물다. 남녀 비율이 지극히 치우친 것도 물론 이유 중 하나이긴 하지만.

제22플로어는 아인크라드에서 가장 인구가 적은 곳 중 하나이다. 하위 플로어여서 면적은 넓지만 그 대부분은 상록수 림과 무수히 흩어진 호수가 차지하고 있으며, 주거구역도 극히 작아 촌락이라 해도 할 말이 없는 규모였다. 필드에 몬스터는 출현하지 않으며, 미궁구역의 난이도도 낮아 겨우 사흘만에 공략되는 바람에 플레이어의 기억에 거의 남지 않았다.

나와 아스나는 그 제22플로어의 숲속에 조그마한 통나무 집을 구입해 그곳에서 살기로 했다. 작다곤 해도 SAO에서 단독주택을 사려면 웬만한 금액으로는 힘들다. 아스나는 셀름부르그의 집을 팔겠다고 했지만, 그 의견에는 내가 강경하게 반대해—그렇게 훌륭하게 커스터마이즈된 집을 포기한다는 건 아까워도 보통 아까운 것이 아니었다—결국 두 사람이 가진 레어 아이템을 에길의 협력을 얻어 모두 팔아치워 어떻게든 돈을 마련할 수 있었다.

에길은 아쉬운 표정으로 '원한다면 2층을 써도 좋다'고 했지만, 잡화점에 빌붙어 신방을 차리는 것은 궁색하기 짝이 없다. 게다가 초 유명 플레이어인 아스나가 결혼을 했다는 사실이 공공연히 알려진다면 과연 무슨 소란이 일어날지. 상상하는 것조차 두려웠다. 사람이 없는 제22플로어라면 한동안은 조용한 생활을 보낼 수 있을 거라고 생각했던 것이다.

"우와— 경치 좋다아!"

침실, 이래 봤자 방은 두 개뿐이지만, 그 남쪽 창문을 활짝 열어젖힌 아스나는 밖으로 몸을 내밀었다.

분명 절경이긴 하다. 아인크라드 가장자리 부근이기 때문에 반짝이는 호수와 녹음에 물든 나무들 너머로 탁 트인 하늘을 한눈에 바라볼 수 있다. 평소에는 머리 위 100미터에 얹힌 돌바닥 밑에서 생활하는 탓에, 코앞에서 바라보는 하늘이 주는 개방감이란 필설로 형언하기 힘든 것이었다.

"경치 좋다고 너무 가까이 갔다가 떨어지지 마."

나는 가재도구 아이템을 정리하던 손을 멈추고, 뒤에서 아스나의 몸에 두 팔을 감았다. 이 여성은 이젠 내 아내다—그렇게 생각하자, 한겨울의 햇볕 같은 따뜻함과 동시에 신비한 감회, 상당히 멀리까지 오고 말았다는 놀라움과도 비슷한 감정 등이 한꺼번에 치밀어 올랐다.

이 세계에 사로잡히기까지, 나는 목적도 없이 집과 학교를 오가는 나날을 보내기만 하던 어린아이였다. 하지만 이제 현실세계는 까마득히 먼 과거가 되고 말았다.

만약— 만약 이 게임이 클리어되고, 원래 세계로 돌아갈 수 있게 된다면……. 그것은 나나 아스나를 포함한 모든 플레이어의 희망이기도 하지만, 그때를 생각하면 솔직히 불안해진다. 나는 나도 모르는 사이에 아스나를 끌어안은 팔에 강하게 힘을 주고 있었다.

"아파, 키리토……. 왜 그래……?"

"미, 미안……. 저기, 아스나……."

순간 말을 어물거렸다. 하지만 도저히 묻지 않을 수 없었다.

"……우리의 관계는, 게임 안에서만 이루어진 거야……? 저쪽 세계에 돌아가면 사라지는 걸까……?"

"나 화낼 거야, 키리토."

돌아본 아스나는 순수한 감정이 타오르는 눈으로 똑바로 노려보았다.

"설령 이게, 이런 이상한 사태가 아닌 평범한 게임이었다고 해도, 난 장난삼아 남을 좋아하거나 하지 않아."

두 손으로 내 뺨을 꾸욱 누른다.

"난 여기서 한 가지 배운 게 있어. 포기하지 말고 끝까지 노력하는 것. 만약 원래 세계로 돌아간다면, 난 반드시 키리토랑 다시 한 번 만나서, 또 좋아하게 될 거야."

아스나의 올곧고 당찬 마음에 감탄한 것이 몇 번째일까. 아니면 내가 약해진 것일까.

하지만 그래도 좋다. 누군가를 의지하고, 누군가가 날 지탱해준다는 것이 이렇게나 편안하다는 것을 오랜 동안 잊고 있었다. 언제까지 이곳에 있을 수 있을지는 알 수 없지만, 하다못해 전장을 떠난 동안만이라도—.

나는 사고가 확산되어가도록 내버려둔 채 그저 팔 안의 달콤한 향기와 부드러움에만 의식을 집중시켰다.

18

호수에 드리운 실 끝에 뜬 찌는 꿈쩍도 하지 않았다. 수면에 난무하는 부드러운 빛을 바라보고 있자니 서서히 졸음이 밀려왔다.

나는 크게 하품을 하며 낚싯대를 당겨보았다. 실 끝에는 은색 바늘이 허무하게 빛나고 있을 뿐이었다. 달아놓았던 미끼는 보이지도 않았다.

제22플로어에 이사를 온 후 열흘 정도가 지나갔다. 나는 하루하루의 식량을 얻기 위해 스킬 슬롯에서 아주 옛날에 잠깐 수행했던 양손검 스킬을 삭제하고 대신 낚시 스킬을 설정한 후 태공망 흉내를 내고 있었으나 조금도 낚이질 않았다. 숙련도 이제 600을 넘었으니 월척까지는 못 가더라도 뭔가 낚여도 좋을 무렵이라고 생각했는데, 마을에서 사온 미끼

통을 허무하게 비우는 나날이 이어졌다.

"못해먹겠네, 거……."

작은 목소리로 투덜거리며, 나는 낚싯대를 곁에 내팽개치곤 벌렁 드러누웠다. 호면을 스치는 바람은 차가웠지만 아스나가 재봉 스킬로 만들어준 두터운 오버코트 덕에 몸은 따뜻하다. 아스나도 스킬을 올리는 중인지라 NPC 샵의 제품만은 못했지만, 실용성만 있으면 문제없다.

아인크라드는 《사이프레스의 달》에 들어섰다. 일본으로 치면 11월. 겨울이 다 되긴 했지만, SAO에서 낚시는 계절과 상관이 없을 텐데. 운 파라미터를 미인 아내에게 모두 써버린 탓일까.

그 생각에 따라 떠오른 싱글거리는 웃음을 감추려 하지도 않고 드러누워 있자니, 갑자기 머리 위쪽 저편에서 누군가가 말을 걸었다.

"많이 잡으셨나요?"

깜짝 놀라 일어나서 쳐다보니 그곳에 한 남자가 서 있었다. 두꺼운 옷으로 중무장한 채 귀마개 달린 모자까지 쓰고, 손에는 나와 마찬가지로 낚싯대를 들었다. 하지만 놀라운 것은 그 남자의 나이였다. 아무리 봐도 50세는 넘었을 것 같았다. 철제 안경을 걸친 그 눈에는 초로라 해도 좋을 만한 나이가 새겨져 있었다. 중증 게임 매니아들만 모인 SAO에서 이렇게 고령의 플레이어는 극히 드물다. 라기보다 본 적이 없다. 혹시—?

"NPC는 아니랍니다."

사내는 내 생각을 미리 읽은 듯 쓴웃음을 짓더니, 천천히 둔덕을 내려왔다.

"죄, 죄송합니다. 설마설마 했거든요……."

"아니, 뭘요. 무리도 아니지요. 아마 제가 이곳에선 나이가 가장 많을 겁니다."

후덕한 몸을 흔들며 와, 하, 하 웃는다.

"여기 좀 실례하겠습니다."

사내는 그 말과 함께 내 곁에 앉았다. 그는 허리에서 미끼 통을 꺼내더니, 서툰 손놀림으로 팝업메뉴를 불러 낚싯대를 클릭해 미끼를 달았다.

"저는 니시다라고 합니다. 여기선 낚시꾼이지요. 일본에선 토토고속선(東都高速線)이라는 회사의 보안부장을 맡고 있었습니다. 죄송하지만 명함이 없군요."

다시 와하하 웃는다.

"아아……."

나는 이 사내가 이곳에 있는 이유를 대충 알 것 같았다. 토토고속선은 아가스와 제휴하던 네트워크 운영기업이다. SAO의 서버에 이어지는 회선도 직접 관리했을 것이다.

"전 키리토라고 해요. 얼마 전에 위쪽에서 이사를 왔죠. ……니시다 아저씨는, 역시…… SAO 회선 보수 때문에……?"

"책임자이긴 했지요."

고개를 끄덕이는 니시다. 나는 그를 복잡한 심경으로 쳐다보았다. 그렇다면 이 사내는 업무 때문에 사건에 휘말린 셈이다.

"허허. 로그인까지 할 필요는 없다는 말을 몇 번씩 듣긴 했지만, 자기 일은 눈으로 직접 확인해야 직성이 풀리는 성미인지라. 노인네의 주책 때문에 이리되고 말았지 뭡니까."

웃으면서 휙 낚싯대를 휘두르는 동작이 실로 훌륭했다. 그야말로 내공이 느껴졌다. 이야기를 좋아하는 사람인지, 내 대답을 기다리지도 않고 계속 말을 이어나갔다.

"저 말고도 이런저런 형태로 이곳에 오고 만 나이 먹은 아저씨들이 2, 30명 정도 있는 모양이더군요. 대부분은 시작 도시에서 얌전히 지내고 있다는데, 저는 이게 세 끼 밥보다도 좋아서 말이지요."

그는 낚싯대를 살짝 들어 보였다.

"좋은 강이며 호수를 찾아 돌아다니다 보니 결국 이런 데까지 올라오고 말았지 뭡니까."

"그, 그렇군요……. 이 플로어에는 몬스터도 안 나오니까요."

니시다는 내 말에는 싱긋 웃기만 하더니,

"어떤가요, 위쪽에는 괜찮은 포인트가 있었나요?"

라고 물었다.

"으—음……. 제61플로어는 전부 호수, 라기보단 바다라서 엄청난 대물이 낚인다던데요."

"호오! 그거 꼭 한 번 가봐야겠군요."

그때 사내가 드리운 낚싯줄 끝에서 찌가 힘차게 가라앉았다. 지체하지 않고 니시다가 챔질을 시작했다. 원래 실력도 상당하지만 낚시 스킬 수치도 대단한 것 같았다.

"우와, 크, 크다!"

허겁지겁 몸을 내미는 내 옆에서 니시다는 여유롭게 낚싯대를 조작해 수면에서 파랗게 빛나는 커다란 물고기를 단숨에 끌어올렸다. 물고기는 한동안 사내의 손에서 버둥거린 후 자동으로 아이템 윈도우에 수납돼 사라졌다.

"대단하세요……!"

니시다는 멋쩍게 웃었다.

"뭘요. 여기서 낚시는 스킬 수치만 높으면 그만이니까요."

그리고 머리를 긁으며 덧붙였다.

"다만, 낚는 건 그렇다 쳐도 요리가 좀처럼, 말이지요……. 졸이거나 회를 떠서 먹고 싶습니다만, 간장이 없으면 어쩌지를 못하거든요."

"아—…… 네에……."

나는 잠시 주저했다. 남에게서 정체를 숨기기 위해 옮겨온 곳이지만, 이 남자라면 가십에는 관심이 없을 거라는 생각이 들었다.

"……간장이랑 아주 비슷한 것에 대해 짚이는 구석이 없는 건 아닌데요……."

"뭐라고요?!"

니시다는 안경알 너머로 눈을 반짝이며 몸을 내밀었다.

니시다를 데리고 귀가한 나를 맞이한 아스나는 조금 놀란 듯 눈을 크게 떴지만 금방 웃음을 지었다.

"어서 와. 손님이야?"

"응, 이쪽은 낚시꾼인 니시다 아저씨. 그리고—."

니시다를 쳐다본 나는 아스나를 어떻게 소개해야 좋을지 저어돼 말을 우물거렸다. 그러자 아스나가 노령의 낚시꾼에게 생긋 웃더니,

"키리토의 아내인 아스나입니다. 잘 오셨어요."

당차게 고개를 숙였다.

니시다는 멍하니 입을 벌린 채 아스나를 뚫어져라 쳐다보고 있었다. 수수한 색의 롱스커트에 삼베 셔츠, 에이프런과 스카프 차림인 아스나는 KoB 시절의 늠름한 검사 모습과는 다르다 해도 아름다움이 변하는 것은 아니었다.

몇 번씩 눈을 깜빡인 후, 드디어 제정신을 차린 니시다는,

"아, 아아, 이거 실례했습니다. 나도 모르게 넋을 잃었군요. 니시다라고 합니다. 염치 불구하고 이렇게 찾아뵈어서 참······."

머리를 긁으며 와하하 웃었다.

아스나는 니시다에게 받아든 커다란 물고기를 요리 스킬을 유감없이 발휘해 회와 조림으로 요리해 식탁에 올렸다. 자작 간장의 향긋한 냄새가 집 안에 퍼지자 니시다는 감격한 표정

으로 코를 크게 벌름거렸다.

물고기는 담수어라기보다는 제철 방어처럼 기름이 잘 오른 맛이었다. 니시다의 말에 따르면, 스킬이 950은 돼야 낚을 수 있다고 한다. 세 사람은 모두 대화도 하는 둥 마는 둥 하며 정신없이 젓가락을 놀렸다.

눈 깜짝할 사이에 식기는 텅 비고, 뜨거운 차가 담긴 컵을 손에 든 니시다는 황홀한 표정으로 긴 한숨을 내쉬었다.

"……아아, 정말 만족스럽군요. 잘 먹었습니다. 설마 이 세계에 간장이 있을 줄이야……."

"아, 수제예요. 괜찮으시다면 좀 싸가세요."

아스나는 부엌에서 조그만 병을 가져와 니시다에게 주었다. 레시피를 말해주지 않은 것은 현명한 판단이리라. 황송해하는 니시다에게 아스나는,

"저희야말로 맛있는 물고기를 나눠주셨으니까요."

라고 대답하며 웃었다. 그러더니,

"키리토는 제대로 낚아온 적이 없다니깐요."

갑자기 화살이 돌아오는 바람에 나는 말없이 차만 홀짝였다.

"이 부근의 호수는 난이도가 너무 높단 말야."

"아니오, 그렇지도 않답니다. 난이도가 높은 것은 키리토 씨가 낚시하던 그 커다란 호수뿐이니까요."

"엑……."

니시다의 말에 나는 어이가 없어졌다. 아스나가 배를 잡고 웃어댔다.

"왜 하필 그런 설정을 해놨담⋯⋯."

"사실은 그 호수에 말이지요⋯⋯."

니시다가 목소리를 낮추며 말했다. 나와 아스나는 몸을 내밀었다.

"아무래도 터주신이 사는 것 같아요."

"터주신?"

이구동성으로 되묻는 나와 아스나에게 싱긋 웃어 보인 니시다는 안경을 밀어 올리며 말을 이었다.

"마을 도구상에, 딱 하나 굉장히 비싼 가격이 붙은 낚시 미끼가 있지 뭡니까. 그래서 속는 셈치고 써본 적이 있답니다."

나도 모르게 마른침을 삼켰다.

"그런데 이게 전혀 낚이질 않는 거예요. 여기저기서 한참 시험을 해보다 바로 거기, 유일하게 난이도가 높은 그 호수에서 써봐야겠다는 생각이 들었지요."

"나, 낚였나요⋯⋯?"

"입질은 있었지요."

니시다가 크게 고개를 끄덕인다. 하지만 금세 유감스러운 표정이 되더니,

"다만 제 힘으로는 건질 수가 없더군요. 낚싯대까지 뺏기고 말았답니다. 마지막으로 흘끔 그림자만 봤는데 커도 보통 큰 정도가 아니던걸요. 그건 괴물, 그러니까 여기저기 돌아다니는 것하곤 다른 의미로 몬스터였지요."

두 팔을 크게 벌려보인다. 그 호수에서 내가 '이곳에는 몬

스터가 살지 않는다'고 했을 때 니시다가 보여주었던 의미심장한 웃음은 이것 때문이었구나.

"와아, 한번 보고 싶다!"

눈을 빛내며 아스나가 말했다. 그러자 니시다가 내게 시선을 맞추며 말했다.

"그래서 긴히 드릴 말씀이 있습니다만, 키리토 씨는 근력 파라미터에 자신이 있는 편인지……?"

"네, 뭐, 그럭저럭……."

"그럼 함께 해보시면 어떨까요?! 챔질까지는 제가 할 테니까, 그 다음을 부탁드립니다."

"아항, 낚싯대를 《스위치》하는 거군요. ……가능할까……?"

고개를 갸웃거리는 나에게,

"해보자, 키리토! 재미있겠다!"

아스나가 얼굴에 '벌렁벌렁'이라고 쓰인 듯한 표정으로 말했다. 여전히 행동력이 넘치는 녀석이다. 하지만 나도 상당히 호기심이 자극된 것은 사실이었다.

"……해볼까요?"

내가 대답하자 니시다는 만면에 미소를 지으며 웃었다.

"그렇게 나오셔야죠. 와, 하, 하."

그날 밤.

'추워추워'를 연발하며 내 침대로 기어들어온 아스나는 서로의 몸을 딱 밀착시키더니, 만족스러운 목소리로 목을 울렸다. 졸린 듯 눈을 깜빡거리며 무언가 생각났다는 듯 웃음을 지었다.

"……참 별별 사람이 다 있구나, 여긴."

"재미난 아저씨였지?"

"응."

한동안 킥킥 웃더니 갑자기 웃음을 거두고는,

"이제까지는 계속 위에서 싸우기만 했으니까, 평범하게 지내는 사람들도 있다는 걸 잊어버렸어……."

그렇게 중얼거렸다.

"우리가 특별하다는 건 아니지만, 최전선에서 싸울 만한 레벨이라면 그 사람들에 대한 책임이 있다는 뜻도 되는 셈이겠지."

"……나는 그렇게 생각한 적이 없었는데……. 강해지는 건 어디까지나 내가 살아남기 위해서였어."

"이제는 키리토에게 기대를 품은 사람도 많을 거라고 생각해. 나를 포함해서."

"……그런 소리를 들으면 도망치고 싶어지는 성격인데."

"아이 차암."

불만스럽게 입술을 비죽이는 아스나의 앞머리를 쓰다듬으며, 나는 속으로 조금만 더 이 생활이 계속되기를 바라고 있었다. 니시다나 다른 플레이어들을 위해서라도, 언젠가는 전선으로 돌아가야만 한다. 그러나 하다못해 지금만은—.

에길이나 클라인이 보내는 메시지 덕에 제75플로어 공략이 난항을 겪고 있다는 사실은 알고 있다. 하지만 지금 내게는 이곳에서 아스나와 지내는 생활이 가장 소중한 것이라고, 진심으로 그렇게 생각했다.

19

니시다에게 터주신 낚시 결행 안내문을 받은 것은 사흘 후 아침이었다. 보아하니 태공망 동료들에게도 연락을 돌렸는지, 갤러리가 서른 명쯤 온다고 한다.

"야단났네. ……어쩌지, 아스나?"

"으~음……."

솔직히 그 안내는 반갑지가 않았다. 정보꾼이니 아스나의 팬들로부터 몸을 감추기 위해 고른 장소인데, 많은 사람들 앞에 나서는 것은 좀 꺼려졌다.

"이러면 어떨까?!"

아스나는 긴 밤색 머리를 위로 한데 틀어 올리더니, 커다란 스카프를 눈가까지 둘러 얼굴을 감추었다. 거기서 그치지 않고 윈도우를 조작하더니 펑퍼짐하고 촌스러운 오버코트까지 걸쳤다.

"으, 으응. 좋은데. 생활에 찌든 농가의 주부 같아."

"……그거, 칭찬이야?"

"물론. 나야 뭐 무장만 안 하면 못 알아보겠지."

낮이 되기 전, 도시락 바구니를 든 아스나와 나란히 집을 나섰다. 저쪽에 도착해서 오브젝트화하면 될 듯싶었지만 바구니도 변장의 일환이라고 한다.

오늘은 초겨울치고 따뜻한 날이었다. 거대한 침엽수가 늘어선 숲속을 한동안 걸어가니 나무줄기 틈으로 반짝이는 수면이 보였다. 호반에는 이미 많은 사람들이 보였다. 약간 긴장하며 다가가니 눈에 익은 땅딸막한 사내가 귀에 익은 웃음소리와 함께 손을 들었다.

"와, 하, 하, 날씨가 맑아서 다행이군요!"

"안녕하세요, 니시다 아저씨."

나와 아스나도 고개를 숙였다. 연령대가 다양한 그 집단은 니시다가 주최하는 낚시 길드의 멤버들이라고 했다. 내심 긴장하며 모두에게 인사했으나 아스나가 누군지 알아본 사람은 없는 모양이었다.

그건 그렇다 쳐도 생각보다 활동적인 아저씨였다. 회사에서는 좋은 상사가 아니었을까. 우리가 도착하기 전부터 흥을 돋우기 위해 낚시대회를 하고 있었던 듯 이미 분위기는 상당히 뜨거웠다.

"에~ 그러면, 드디어 오늘의 메인이벤트를 결행하겠습니다!"

기다란 낚싯대를 손에 들고 걸어나온 니시다가 큰 소리로 선언하자 갤러리들이 크게 들끓었다. 나는 무심결에 그가 손에 든 낚싯대와 그 끝의 굵은 낚싯줄을 시선으로 따라가다 끄트머리에 매달린 것을 보고 깜짝 놀랐다.

도마뱀이었다. 하지만 웬만큼 큰 정도가 아니다. 어른의 위팔만 한 사이즈였다. 붉은색과 검은색의 독살스러운 무늬가 드러난 표면은 신선함을 과시하듯 번들번들 빛났다.

"히익……."

약간 뒤늦게 그 물체를 본 아스나는 얼굴을 굳히며 두세 걸음 뒤로 물러났다. 미끼가 이 정도라니, 대체 얼마나 대단한 놈을 노리는 걸까.

하지만 내가 물어볼 틈도 없이 니시다는 호수를 바라보더니 낚싯대를 상단으로 높이 치켜들었다. 기합 일발, 멋진 폼으로 낚싯대를 휘두르자 부웅 공기를 울리며 거대한 도마뱀이 하늘에 호를 그리고 날아가더니 약간 떨어진 수면에 높은 물보라를 일으키며 착수했다.

SAO의 낚시에는 대기시간이라는 것이 거의 없다. 미끼를 물속에 넣으면 수십 초 만에 물고기가 낚이거나, 미끼가 소멸해 실패하거나 둘 중 하나의 결과가 나온다. 우리는 마른침을 삼키며 물속으로 가라앉는 실을 주목했다.

그리고 마침내 낚싯대가 두세 차례 꿈틀꿈틀 떨렸다. 하지만 낚싯대를 든 니시다는 미동도 하지 않았다.

"와, 왔어요, 니시다 씨!"

"어허, 아직 멀었습니다!"

평소에는 호호할배 같던 안경알 너머의 눈을 낭랑하게 빛내며, 니시다는 가느다랗게 진동하는 낚싯대의 끄트머리를 가만히 노려보고 있었다.

그때 한층 크게 낚싯대의 끄트머리가 당겨졌다.

"이때다!"

니시다가 작은 몸을 뒤로 크게 젖혀 온몸을 이용해 낚싯대를 잡아당겼다. 옆에서 봐도 알 수 있을 정도로 실이 팽팽하게 당겨져 피이잉 하는 효과음이 공기를 흔들었다.

"걸렸습니다!! 뒷일을 부탁합니다!!"

나는 니시다에게 건네받은 낚싯대를 주저주저하며 잡아당겼다. 꿈쩍도 하지 않는다. 마치 지면에 박힌 것 같은 감촉이었다. 이거 정말로 입질한 게 맞을까 불안해져 니시다에게 살짝 눈을 돌린 순간—

갑자기 엄청난 힘으로 실이 물속을 향해 빨려 들어갔다.

"으아앗!"

허겁지겁 발을 힘껏 디디며 낚싯대를 다시 세웠다. 사용 근력 게이지가 일상 모드를 가볍게 넘어섰다.

"이, 이거, 있는 힘껏 당겨도 괜찮나요?"

낚싯대나 실의 내구도가 걱정된 나는 니시다에게 물었다.

"최고급품입니다! 있는 힘껏 당기세요!"

얼굴을 시뻘겋게 물들인 채 흥분하는 니시다에게 고개를 끄덕여 대답하고, 나는 낚싯대를 고쳐 쥔 후 모든 힘을 개방했다. 낚싯대가 중간 정도에서 뒤집어진 U자를 그리며 크게 휘었다.

레벨업 때 근력과 민첩성 어느 쪽을 올릴지는 각 플레이어
가 임의로 선택할 수 있다. 에길 같은 도끼전사라면 근력을
우선시하며, 아스나 같은 세검전사는 민첩성을 올리는 것이
정석이다. 나는 오서독스한 검사 타입이므로 양쪽 파라미터
를 모두 올렸지만, 취향 때문에 굳이 말하자면 민첩성 쪽으
로 기울어졌다.

하지만 레벨의 절대치가 엄청나게 높은 덕인지, 아무래도
이 줄다리기는 내게 유리한 모양이었다. 나는 굳게 디딘 두
발을 조금씩 후퇴시키며, 느리긴 하지만 확실한 속도로 수수
께끼의 대물을 수면으로 끌어내고 있었다.

"앗, 보인다!!"

아스나가 몸을 내밀며 물속을 가리켰다. 나는 기슭에서 떨
어져 몸을 뒤로 젖히고 있기 때문에 확인할 수 없었다. 구경
꾼들은 크게 술렁거리더니 앞 다투어 물가로 달려와서는 기
슭에서부터 급격한 각도로 깊어지는 호수를 들여다보았다.
나는 호기심을 이기지 못하고 모든 근력을 쥐어짜 한층 강하
게 낚싯대를 끌어올렸다.

"……?"

갑자기 눈앞에서 호면에 몸을 내밀고 있던 갤러리들이 흠
칫 떨었다. 모두 두세 걸음 후퇴한다.

"왜들 그러……?"

내 말이 끝나기도 전에 그들은 일제히 돌아서더니 맹렬한

속도로 뛰기 시작했다. 내 왼쪽을 아스나, 오른쪽을 니시다가 창백한 얼굴로 휘익 지나갔다. 어이가 없어진 내가 돌아보려는 순간―갑자기 두 손에서 무게가 사라지며, 나는 뒤를 향해 넘어져 철퍼덕 엉덩방아를 찧었다.

'아차, 실이 끊어졌나?!'

그렇게 생각하며 낚싯대를 옆에 던지고 벌떡 일어나 호수를 향해 뛰어가려 했다. 그 직후, 내 눈앞에서 은색으로 빛나는 호수가 둥글게 솟아올랐다.

"엑―!"

눈을 크게 뜨고 우뚝 멈춰 선 내 귀에 멀리서 아스나의 목소리가 들려왔다.

"키리토오― 위험해―."

돌아보니 아스나며 니시다를 포함한 모두가 이미 기슭의 둔덕을 뛰어올라가 상당한 거리까지 떨어졌다. 겨우 상황이 조금씩 이해된 내 등 뒤에서 어마어마한 물소리가 들렸다. 굉장히 불길한 예감에 사로잡힌 나는 다시 한 번 돌아보았다.

물고기가 서 있었다.

조금 더 자세히 설명하자면, 어류에서 파충류로 진화 도중에 있는 생물, 실러캔스보다 조금 파충류에 치우친 듯한 놈이 온몸에서 폭포수처럼 물을 흘리며 여섯 개나 되는 튼튼한 다리로 물가의 풀을 짓밟은 채 나를 내려다보았다.

내려다보았다, 라는 표현을 쓴 것은 그놈의 높이가 아무리 작게 봐도 2미터는 넘었기 때문이다. 황소도 한입에 삼킬 것 같은 입은 내 머리보다 살짝 높은 위치에 있었으며, 끄트머리에선 눈에 익은 도마뱀 다리가 삐져나와 있었다.

초대형 고대 어류의 머리 양옆으로 떨어져서 붙은 농구공만 한 눈과 내 눈이 딱 마주쳤다. 자동으로 내 시야에 노란색 커서가 표시되었다.

니시다는 이 호수의 터주신이 괴물, 어떤 의미로 몬스터라고 했다.

어떤 의미는 고사하고, 이놈은 몬스터 그 자체다.

나는 굳은 미소를 지으며 몇 걸음 후퇴했다. 그대로 휘릭 돌아 쏜살같이 달아났다. 등 뒤에선 거대 물고기가 쩌렁쩌렁 포효하더니 당연한 것처럼 땅을 쿵쿵 울리며 나를 쫓아왔다.

민첩성을 최대로 살려 하늘을 날듯 대시한 나는 몇 초 만에 아스나의 곁까지 도달해 맹렬히 항의했다.

"치, 치치치치사하게! 자기만 도망치고!!"

"우왁, 그런소리할때가아니야키리토!!"

돌아보니 동작은 둔한 주제에 확실한 속도로 거대 물고기가 이쪽을 향해 다가오고 있었다.

"오오, 육지에서 달리고 있어……. 폐어(肺魚)인가……?"

"키리토 씨, 느긋한 소리 할 때가 아닙니다!! 어서 도망치세요!!"

이번엔 니시다가 겁을 먹고 외쳤다. 수십 명의 갤러리들은 너무나 황망한 사태에 경직되었는지, 개중에는 주저앉은 채 멍하니 있는 자들도 적지 않았다.

"키리토, 무기 가져왔어?"

아스나가 내 귀에 얼굴을 바짝 들이대며 작은 목소리로 물었다. 하긴, 이런 상태에 빠진 집단을 질서정연하게 도주시키는 것은 꽤 어려울 텐데—.

"미안, 안 가져왔어……."

"어쩌겠어, 에휴."

아스나는 고개를 좌우로 저으며, 드디어 코앞까지 다가온 다리 달린 거대 물고기를 돌아보았다. 익숙한 손길로 재빨리 윈도우를 조작한다.

니시다나 다른 구경꾼들이 놀라 지켜보는 가운데, 이쪽에 등을 돌리고 우뚝 선 아스나는 두 팔로 스카프와 두꺼운 오버코트를 동시에 벗어젖혔다. 햇빛을 반사하며 반짝반짝 빛나는 밤색 머리카락이 바람 속에서 화려하게 춤추었다.

오버코트 밑은 풀색 롱스커트와 생 삼베로 만든 셔츠뿐인 수수한 차림이었으나, 그 왼쪽 허리에선 은거울처럼 반짝이는 세검의 칼집이 눈부시게 빛나고 있었다. 그녀는 오른손으로 소리도 낭랑하게 검을 뽑아들고는, 땅을 울리며 쇄도하는 거대 물고기를 의연하게 기다렸다.

내 옆에 서 있던 니시다가 겨우 사고를 회복했는지 내 팔을 붙잡고 소리를 질렀다.

"키리토 씨! 부인이, 부인이 위험해요!!"

"아니, 그냥 놔두면 돼요."

"무슨 소릴 하는 겁니까!! 이, 이렇게 된 이상 내가……."

곁의 낚시 동료에게서 낚싯대를 빼앗더니 그것을 비장한 표정으로 겨누고 아스나에게 달려가려는 늙은 낚시꾼을 나는 허겁지겁 저지했다.

거대 물고기는 돌진의 기세를 늦추지 않은 채 무수한 이빨이 늘어선 입을 크게 벌리고 아스나를 단숨에 집어삼킬 듯이 몸을 날렸다. 그 입을 향해 좌반신을 살짝 뒤로 뺀 아스나의 오른팔이 은백색 빛줄기를 이끌며 날아갔다.

폭발과도 같은 충격음과 함께 거대 물고기의 입 안에서 눈부신 플래시 이펙트가 작렬했다. 물고기는 하늘 높이 날아올랐으나 아스나의 위치는 조금도 바뀌지 않았다.

몬스터의 몸집에는 간담이 서늘해지긴 했지만, 레벨로는 대단할 것이 없으리라 예상하고 있었다. 이런 하위 플로어에서, 그것도 낚시 스킬 관련 이벤트에서 출연하는 몬스터이니 말도 안 되게 강할 리는 없는 것이다. SAO는 그런 약속에서는 벗어나지 않는 게임이다.

쿵 소리를 내며 떨어진 거대 물고기의 HP바는 아스나의 강공격 한 방에 크게 감소했다. 그때 《섬광》이라는 별명에 부끄러움이 없는 연속공격이 가차 없이 날아갔다.

화려한 댄스 같은 스텝을 밟으며 무시무시한 필살기를 차례차례 날리는 아스나의 모습을 니시다와 다른 참가자들은 멍한 표정으로 지켜보고 있었다. 그들은 아스나의 아름다움과 강함 중 어느 쪽에 넋을 잃은 것일까. 아마도 양쪽 다겠지.

주위를 압도하는 존재감을 뿜어내며 검을 휘두르던 아스나는 적의 HP바가 레드 존에 돌입한 것을 보고 살짝 뛰어 거리를 벌리더니, 착지와 동시에 돌진공격을 감행했다. 혜성처럼 온몸에서 빛의 꼬리를 끌며 정면으로 거대 물고기에게 짓쳐들어간다. 최상위 세검 스킬 중 하나인 《플래싱 페네트레이터(Flashing Penetrator)》였다.

소닉붐과도 같은 충격음과 동시에 혜성은 몬스터의 입에서 꼬리까지 관통했다. 긴 활주를 거쳐 아스나가 정지한 직후, 적의 거구가 막대한 빛의 파편이 되어 흩어졌다. 거대한 파쇄음이 울려 퍼지고, 호수 위에 커다란 파문을 만들어냈다.

찰칵, 소리를 내며 아스나가 세검을 칼집에 거두고는 이쪽을 향해 저벅저벅 다가와도 태공망들은 입을 벌린 채 꼼짝도 못했다.

"여, 수고했어."

"나한테만 시키고, 치사하게. 다음에 한 턱 내야 해."

"이젠 지갑도 공동 데이터인걸."

"아, 그랬지……."

나와 아스나가 긴장감 없는 대화를 나누고 있으려니, 드디어 니시다가 눈을 깜빡거리며 입을 열었다.

"……허어, 이거 놀랍군요……. 부인께서는, 사, 상당히 강하신걸요. 실례지만 레벨이 어느 정도이신지……?"

나와 아스나는 얼굴을 마주보았다. 이 화제를 오래 끄는 것은 위험하다.

"그, 그보다도, 보세요. 지금 물고기에게서 아이템이 나왔어요."

아스나가 윈도우를 조작하자 손에 은백색으로 빛나는 낚싯대 한 자루가 나타났다. 이벤트 몬스터에게서 드롭되었으니 아마도 비매품 레어 아이템일 것이다.

"오, 오오, 이건?!"

니시다가 눈을 빛내며 낚싯대를 받아들었다. 주위의 참가자들도 일제히 술렁였다. 보아하니 어물쩍 잘 넘긴 모양······ 이라고 생각한 순간.

"다······ 당신은 혈맹기사단의 아스나 씨······?"

한 젊은 플레이어가 두세 걸음 다가오더니 아스나를 뚫어져라 쳐다보았다. 그 얼굴이 화악 빛났다.

"그러네, 역시 그랬어! 저 사진도 가지고 있다구요!!"

"윽······."

아스나는 뻣뻣하게 웃으면서 몇 걸음을 물러났다. 조금 전의 두 배는 되는 술렁임이 주위에서 들끓었다.

"가, 감격했습니다! 아스나 씨의 전투를 이렇게 가까이에서 볼 수 있었다니······. 맞아! 사, 사인 부탁해도 될······."

젊은 사내는 그 순간 말을 딱 멈추더니, 나와 아스나 사이에서 시선을 몇 번 왕복시켰다. 멍한 표정으로 중얼거린다.

"겨······ 결혼, 하셨나요······?"

이번엔 내가 뻣뻣한 웃음을 지을 차례였다. 나란히 부자연스러운 웃음을 짓고 있는 우리 주위에서 일제히 비탄에 가득 찬 외침이 솟았다. 니시다만은 무슨 일인지 이해하지 못한 표정으로 눈을 깜빡거렸지만.

　나와 아스나의 은밀한 허니문은 이렇게 겨우 2주 만에 끝을 맞게 되었다. 그래도 마지막에 유쾌한 이벤트에 참가할 수 있었던 것은 행운이었을지 모른다.
　그날 밤, 우리들 곁에 제75플로어 보스 몬스터 공략전에 참가할 것을 요청하는 히스클리프의 메시지가 도착한 것이다.

　다음날 아침.
　침대 끝에 앉아 힘없이 끙끙거리고 있자니 준비를 다 마친 아스나가 금속 발굽이 달린 부츠를 통통 울리며 눈앞까지 다가왔다.
　"자자, 언제까지 끙끙 앓고 있으면 못써."
　"그치만 겨우 2주밖에 안 됐는걸."
　어린아이처럼 말대답하며 고개를 들었다. 하지만 실제로 오랜만에 새하얀 기사복을 입은 아스나가 매우 매력적으로 보였다는 것은 부정할 수 없었다.
　임시라고는 하나 길드를 탈퇴하기에 이른 경위를 생각해보면, 이번 요청을 거절할 수도 있었으리라. 하지만 메시지의 말미에 있었던 '이미 피해가 나왔다'는 한 문장이 우리를 무겁게 짓눌렀다.
　"역시, 이야기만이라도 들어보고 와야겠어. 자자, 벌써 시간 됐는걸!"

등을 두드리는 바람에 어쩔 수 없이 일어나 장비 화면을 열었다. 길드는 일시 탈퇴 중이므로 몸에 익은 검은색 레더 코트와 최소한의 방어구만을 걸치고, 마지막으로 두 자루의 애검을 등에 교차시켜서 맸다. 그 무게가 오랫동안 인벤토리에 방치해두었던 것에 대한 말없는 항의처럼 느껴졌다. 나는 검들을 달래듯 살짝 뽑았다가 동시에 기세 좋게 칼집에 꽂았다. 높고 맑은 금속음이 실내에 울려 퍼졌다.

"응. 역시 키리토는 그 모습이 잘 어울려."

아스나가 생글거리며 오른팔에 매달렸다. 나는 고개를 한 바퀴 돌려 한동안 이별하게 될 신혼집을 둘러보았다.

"……얼른 정리하고 다시 돌아오자."

"그래!"

마주보고 고개를 끄덕인 후, 우리는 문을 열고 겨울의 기척이 짙게 드리워진 차가운 아침 공기 속으로 발을 내디뎠다.

제22플로어 게이트 광장에는 낚싯대를 끌어안은 익숙한 모습으로 니시다가 우리를 기다리고 있었다. 그에게만은 출발시각을 미리 알려두었던 것이다.

"잠깐 이야기 좀 해도 괜찮을까요?"

그의 말에 고개를 끄덕이고, 우리는 셋이 나란히 광장 벤치에 앉았다. 니시다는 상부 플로어 바닥을 올려다보며 천천히 말을 시작했다.

"……솔직히 이제까지는 위쪽 플로어에서 클리어를 목표로 싸우는 분들도 있다는 것을 어딘가 다른 세상 이야기처럼 여기고 있었지요. ……속으로는 이제 여기서 탈출하는 것을 포기하고 있었던 것인지도 모르겠군요."

나와 아스나는 말없이 그의 말에 귀를 기울였다.

"아실지 모르겠지만 전기장이들 업계도 나날이 진보해서 말이지요. 저도 젊었을 때부터 상당히 손재주가 있었던 축에 속해 이제까지는 기술이 진보해도 어떻게든 따라잡을 수 있었답니다. 하지만 2년이나 현장을 떠났으니 이젠 무리겠지요. 어차피 돌아가봤자 회사에 복귀할 수 있을지 어떨지도 모르겠고, 짐짝 취급만 당해 비참하게 살아가느니 그저 여기서 느긋하게 낚시나 하는 것이 낫겠다고……."

말을 끊더니 깊은 나이가 새겨진 얼굴에 작은 웃음을 짓는다. 나는 뭐라고 말해야 좋을지 알 수가 없었다. SAO의 포로가 되어 그가 잃은 것은, 나 같은 녀석은 상상할 수도 없는 범주의 것이 아닐까.

"저도—."

아스나가 갑자기 말했다.

"저도 반년쯤 전까지는 같은 생각을 하면서 매일 밤 혼자 울었더랬어요. 이 세상에서 하루가 지날 때마다 가족들이며 친구들이며 진학이며, 제 현실이 점점 부서져가는 것 같아 미칠 지경이었어요. 잠들어도 저쪽 세계 꿈만 꾸고……. 조금이라도 더 강해져서 빨리 게임을 클리어할 수밖에 없다고, 무기 스킬 올리기만 바빴어요."

나는 놀라서 곁에 앉은 아스나의 얼굴을 바라보았다. 나와 처음 만났을 때는 그런 분위기는 전혀 느껴지지 않았다. 남을 제대로 파악하지 못하는 것이야 어제오늘 일이 아니긴 하지만…….

아스나는 내게 시선을 보내더니 살짝 웃고는 말을 이었다.

"하지만 반년쯤 전 어느 날, 최전선 도시에 텔레포트해서 막 미궁으로 출발하려 했을 때, 광장 풀밭에 드러누워 낮잠을 자는 사람이 있었던 거예요. 레벨도 꽤 높아 보였고. 그래서 전 화가 나서 그 사람에게 『이런 데서 낭비할 시간 있으면 미궁을 조금이라도 공략하세요!』라고 했죠……."

그녀가 한 손으로 입을 가리고 킥킥 웃는다.

"그랬더니 그 사람이, 『오늘은 아인크라드에서 최고의 계절인 데다 기상설정까지 최고라고. 이런 날에 미궁에 들어가다니 아깝잖아?』 그러더니 옆을 가리키면서 『너도 자고 가.』, 이러는 거예요. 실례도 분수가 있지."

아스나는 웃음을 거두고 시선을 멀리 보내며 말을 이었다.

"하지만 저도 그 말을 듣고 퍼뜩 깨달은 거예요. 이 사람은 이 세계에서 제대로 살아가고 있구나, 하는 생각이 들었거든요. 현실세계의 하루를 없애는 게 아니고, 이 세계에서 하루를 쌓아가는, 이런 사람도 있구나— 하고……. 길드 사람들을 먼저 보내고, 저는 그 사람 곁에 누워봤어요. 그랬더니 정말로 바람이 기분 좋아서…… 따끈따끈해서, 그대로 잠이 들었어요. 무서운 꿈도 안 꾸고, 어쩌면 이 세계에 온 후 처음으로 정말 푹 잤어요. 일어나보니 벌써 저녁이고, 그 사람이 곁에서 어이없다는 표정으로 쳐다보더라고요. ……그게 이 사람이에요."

말을 끊더니 아스나는 내 손을 꼬옥 잡았다. 나는 내심 크게 당황하고 있었다. 분명 그날 일은 어렴풋이 기억하고 있지만…….

"……미안, 아스나. 난 그렇게 심각한 뜻으로 했던 말은 아니고, 그냥 낮잠을 자고 싶었던 것뿐이었을 거야……."

"말 안 해도 그 정도는 나도 알아!"

아스나는 입술을 비죽 내밀더니 싱글싱글 웃으며 이야기를 듣고 있던 니시다를 다시 쳐다보았다.

"……저는 그날부터 매일 밤 그를 생각하며 잠자리에 들었어요. 그랬더니 안 좋은 꿈도 안 꾸게 됐죠. 열심히 그의 홈타운도 알아내고, 시간을 내선 만나러 가고……. 점점 내일이 오는 게 기대되어서…… 사랑을 하고 있구나, 생각하니 너무너무 기뻐서, 이 마음만은 소중히 해야겠다고 생각했어요. 처음으로 이곳에 오길 잘했다고 생각했어요……."

아스나는 고개를 숙이고 하얀 장갑을 낀 손으로 두 눈을 북북 문지르더니 크게 호흡을 고르며 말을 이었다.

"키리토는 제게 있어 이곳에서 살아온 2년간의 의미이기도 하고, 살아 있는 증거이기도 하고, 내일에 대한 희망 그 자체이기도 해요. 저는 이 사람을 만나기 위해 그날 너브 기어를 뒤집어쓰고 이곳에 왔던 거예요. ……니시다 아저씨, 건방진 소리일지 모르겠지만, 아저씨도 분명 이 세계에서 손에 넣은 게 있을 거예요. 분명 이곳은 가상의 세계이고, 눈에 보이는 것은 모두 디지털 데이터로 이루어진 가짜일지도 몰라요. 하지만 우리는, 우리의 마음만은 진짜예요. 그렇다면 우리가 경험하고 얻은 것도 모두 진짜일 거예요."

니시다는 크게 눈을 깜빡이더니 몇 번이고 고개를 끄덕였다. 안경알 너머로 빛나는 것이 있었다. 나도 눈시울이 뜨거워지는 것을 필사적으로 참았다.

나다. 그렇게 생각했다. 구원을 받은 것은 나였다. 현실세계에서도, 이곳에 사로잡힌 후에도 살아갈 의미를 찾지 못했던 나야말로 구원을 받은 것이다.

"……그렇겠군요. 정말로 그렇습니다……."

니시다는 다시 하늘을 올려다보며 말했다.

"지금 이렇게 부인의 말을 들은 것도 귀중한 경험이로군요. 5미터짜리 초 대물을 낚은 것도 그렇고요. ……제 인생도 그리 헛되지 않았던 모양입니다. 헛되지 않았어요."

니시다는 크게 한 번 끄덕이고 자리에서 일어났다.

"이거, 시간을 너무 빼앗고 말았군요. ……저는 확신했습니다. 여러분들 같은 사람이 위에서 싸우고 있는 한 머잖아 원래 세계로 돌아갈 수 있을 거라고 말이지요. 제가 할 수 있는 일은 아무것도 없지만— 힘내십시오. 부디, 힘내세요."

니시다는 우리의 손을 쥐고는 몇 번이고 흔들었다.

"또 돌아올 거예요. 그때 같이 어울려주세요."

내가 오른손 검지를 움직이자, 니시다는 눈물로 얼룩진 얼굴로 크게 끄덕였다.

우리는 굳게 악수를 나누고, 텔레포트 게이트로 발을 옮겼다. 신기루처럼 일렁이는 공간으로 들어가 아스나와 얼굴을 마주보며 둘이 동시에 입을 열었다.

"텔레포트— 그랜덤!"

시야에 펼쳐지는 푸른 빛이, 언제까지고 손을 흔드는 니시다의 모습을 서서히 지워갔다.

20

"정찰대가, 전멸—?!"

2주 만에 그랜덤 혈맹기사단 본부로 돌아온 우리를 기다리고 있던 것은 충격적인 소식이었다.

길드 본부인 강철탑 상층, 전에 히스클리프와 회담을 나눈, 넓은 유리창이 깔린 회의실이다. 반원형의 거대한 테이블 가운데 자리에는 히스클리프의 현자 같은 로브 차림이 있었으며, 좌우에는 길드의 간부진이 착석했지만 지난번과 달리 고드프리의 모습은 없다.

히스클리프는 얼굴 앞에서 울퉁불퉁한 두 손을 맞잡고 미간에 깊은 주름을 지으며 천천히 끄덕였다.

"어제 있었던 일일세. 제75플로어 미궁구역의 매핑 자체는 꽤 시간이 걸리긴 했네만 희생자를 내지 않고 마칠 수 있었네. 하지만 보스전은 상당히 고전하리라 예상했지…….”

그것은 나도 동감이었다. 왜냐하면 이제까지 공략했던 무수한 플로어 중 제25플로어와 제50플로어의 보스 몬스터는 특별히 몸집이 크고 강력한 전투력을 자랑해 공략에 상당한 희생을 치렀기 때문이다.

제25플로어의 쌍두 거인형 보스 몬스터에게는 《군》의 정예가 기의 전멸당해 현새의 약체화를 초래한 원인이 되었으며, 제50플로어에서는 금속제 불상처럼 생긴 팔이 여럿 달린 보스의 맹공에 겁을 먹고 허락도 없이 긴급탈출하는 자가 속출해 전선이 한 차례 붕괴되었다. 지원부대가 조금만 늦었더라면 이때도 전멸의 고배를 맛봐야 했을 것이다. 그 전선을 혼자 유지했던 것이 지금 눈앞에 있는 사내이지만.

쿼터 포인트마다 강력한 보스가 준비되어 있다면, 제75플로어도 마찬가지일 가능성이 높았다.

“……그래서, 나는 5개 길드 합동 파티 20명을 정찰대로 파견했다.”

히스클리프는 억양 적은 목소리로 말을 이었다. 살짝 뜬 진주색 눈동자에서는 표정이 전혀 드러나지 않았다.

“정찰은 신중을 기해 이루어졌네. 하지만 열 명이 백업으로 보스방 입구에서 대기하고…… 처음 열 명이 방 한가운데에 도달해 보스가 출현한 순간 입구의 문이 닫히고 말았네. 그 다음은 백업 열 명의 보고에 따른 것이네만, 문은 5분 이상 열리지 않았어. 자물쇠 열기 스킬이며 직접 타격 등 무슨 수를 써도 소용이 없었다더군. 그리고 겨우 문이 열렸을 때—."

히스클리프의 입가가 딱딱하게 굳어졌다. 잠깐 눈을 감고 는 말을 잇는다.

"방 안에는 아무것도 없었다고 하네. 열 명의 모습도, 보스 도 사라졌던 거야. 텔레포트로 탈출한 흔적도 없었네. 그들 은 돌아오지 않았어……. 확인하기 위해 제1플로어의 흑철 궁까지 비석의 이름을 확인하러 사람을 보냈네만……."

그 다음은 말로 하지 않고 고개를 좌우로 저어 보였다. 내 옆에서 아스나가 숨을 멈추더니 금세 쥐어짜내듯 말했다.

"열…… 명이나……. 어떻게 그럴 수가……."

"크리스탈 무효화 공간……?"

내 물음에 히스클리프는 살짝 고개를 끄덕였다.

"그렇다고밖엔 생각할 수 없네. 아스나 군의 보고에 따르 면 제74플로어도 그랬다고 했으니, 아마 앞으로는 모든 보 스방이 무효화 공간일 거라고 봐도 되겠지."

"망할……."

나는 탄식했다. 긴급탈출이 불가능하다면 생각지도 못한 사고로 사망하는 사람이 나올 가능성이 비약적으로 높아진 다. 사망자를 내지 않는다—그것이 이 게임을 공략할 때의 대전제였는데. 그러나 보스를 쓰러뜨리지 않으면 클리어도 불가능하다…….

"드디어 본격적인 데스 게임이 됐다는 거군……."

"그렇다고 해서 공략을 포기할 수는 없네."

히스클리프는 눈을 감더니 속삭이듯, 그러나 단호한 어조로 말했다.

"크리스탈로 탈출이 불가능한 데다, 이번에는 보스 출현과 동시에 배후의 퇴로마저 차단당하는 구조. 그렇다면 통제가 되는 범위 내에서 가능한 한 대부대를 동원해 부딪칠 수밖에 없네. 신혼인 자네들을 불러내 미안하네만, 받아들여주었으면 하네."

나는 어깨를 으쓱하며 대답했다.

"협력은 하죠. 다만, 제게는 아스나의 안전이 최우선입니다. 만약 위험한 상황이 발생한다면 파티 전체보다도 그녀를 지키겠어요."

히스클리프는 어렴풋하게 웃음을 지었다.

"무언가를 지키려는 자는 강한 법이지. 자네의 용전(勇戰)을 기대하겠네. 공략 개시는 세 시간 후. 예정 인원은 자네들을 포함해 서른두 명. 제75플로어 콜리니아 시 게이트에서 오후 1시에 집합일세. 그럼 해산."

그 말만을 남기고 붉은 성기사와 그 부하들은 일제히 일어나더니 방을 나갔다.

"세 시간이라―. 어떻게 할까."

강철 테이블에 오도카니 앉은 아스나가 물었다. 나는 말없이 그 모습을 가만히 바라보았다. 하얀 바탕에 붉은 장식이 들어간 원피스 전투복에 싸인 늘씬한 몸, 길고 윤기 나는 밤색 머리카락, 반짝이는 헤이즐넛색 눈동자—그 모습은 무엇과도 바꿀 수 없는 보석처럼 아름다웠다.

언제까지고 내가 시선을 돌리지 않고 있으려니 아스나는 매끄러운 하얀 뺨을 살짝 붉게 물들이며,

"왜…… 왜 그래?"

부끄러운 듯 웃었다. 나는 조금 주저하며 입을 열었다.

"……아스나……."

"왜에?"

"……화내지 말고 들어줘. 오늘 보스 공략전…… 참가하지 말고, 여기서 기다려줄 수는 없을까?"

아스나는 나를 빤히 쳐다보더니 슬픔에 잠긴 표정으로 고개를 숙이며 말했다.

"……왜 그런 소릴 하는 거야……?"

"히스클리프에게는 그렇게 말했지만, 크리스탈을 쓸 수 없는 장소에서는 무슨 일이 일어날지 몰라. 난 무서워…… 네 몸에 만에 하나 무슨 일이 생긴다고…… 생각하면……."

"……그런 위험한 장소에 자기만 가고, 나는 안전한 곳에서 기다리란 말야?"

아스나는 일어나더니 당당한 걸음걸이로 내 앞까지 다가왔다. 그 눈동자에 격정의 불꽃이 타오르고 있었다.

"만약 그랬는데 키리토가 돌아오지 않는다면 난 자살할 거야. 더 이상 살아갈 의미도 없을 테고, 그저 기다리기만 한 자신을 용서할 수 없을 테니까. 도망칠 거라면 둘이 도망쳐.

키리토가 그렇게 하고 싶다면 난 그래도 좋아."

그녀는 말을 끊고 오른손 손끝을 내 가슴 한복판에 가져다
댔다. 눈동자가 부드러워진다. 입가에 어렴풋한 미소가 떠올
랐다.

"하지만 말이지……. 오늘 참가하는 사람들은 모두 두려울
거야. 도망치고 싶을 거야. 그런데도 수십 명이나 모인 건,
단장과 키리토…… 틀림없이 이 세계에서 가장 강한 두 사람
이 선두에 서기 때문에…… 나온 것 아닐까……? 키리토가
그런 거 싫어한다는 건 알아. 그래도 다른 사람들을 위해서
가 아니라, 우리를 위해…… 둘이 원래 세계로 돌아가 다시
한 번 만나기 위해 함께 애썼으면 좋겠어."

나는 오른손을 들어 내 가슴에 모인 아스나의 손을 살짝 감
싸 쥐었다. 그녀를 잃고 싶지 않다는 통렬한 감정이 가슴속
깊이 치밀어 올랐다.

"……미안해…… 나, 좀 마음이 약해졌어. 사실은 둘이서
도망치고 싶어. 아스나가 죽지 않았으면 좋겠고, 나도 죽고
싶지 않아. 현실세계로……."

아스나의 눈을 가만히 바라보며 그 다음 말을 입에 담았다.

"현실세계로, 돌아가지 않아도 되니까…… 그 숲속 집에서
언제까지고 함께 살고 싶어. 언제까지고…… 둘이서
만……."

아스나는 나머지 한쪽 손으로 자신의 가슴을 꽉 움켜쥐었
다. 무언가를 견뎌내려는 듯 눈을 감고는 눈썹을 찡그리고

있다. 약간 벌어진 그 입술에서 애절한 한숨이 새어나왔다.

"응…… 꿈만 같지……. 그럴 수 있다면, 좋을 텐데…….
매일, 함께…… 언제까지고……."

그러곤 잠시 말을 끊더니, 덧없는 희망을 끊어버리듯 입술
을 꾹 깨물었다. 눈을 뜨고 나를 올려다보는 표정은 진지했
다.

"키리토, 생각해본 적 있어……? 우리의, 진짜 몸이 어떻게
됐을지."

나는 허를 찔려 입을 다물었다. 그것은 아마 모든 플레이어
들의 공통된 의문일 것이다. 그러나 현실세계와 연락할 방법
이 없는 이상 생각해봤자 소용없는 일이다. 모두 막연한 공
포를 품으면서도 굳이 그 의문과 정면으로 맞서는 것을 꺼리
고 있었다.

"기억해? 이 게임이 시작됐을 때, 그 사람…… 카야바 아키
히코의 튜토리얼. 너브 기어는 두 시간 동안은 회선이 끊겨
도 괜찮다고 했잖아. 그 이유는……."

"……우리의 몸을, 간호할 수 있는 병원 같은 시설로 옮기
기 위해……."

중얼거린 내게 아스나는 고개를 끄덕였다.

"그래서 실제로 며칠이 지난 후에, 모두들 한 시간 정도 회
선이 끊어진 사건이 있었지?"

분명 그런 일이 있었다. 나도 눈앞에 떠오른 디스커넥션 경
고를 바라보며, 이대로 두 시간이 지나 너브 기어에 목숨을

잃는 것이 아닐까 불안해했다.

"내 생각에, 아마도 그때 모든 플레이어가 일제히 여기저기 병원으로 옮겨졌던 것 같아. 일반 가정에서 몇 년이나 식물 상태인 인간을 간호하는 건 무리잖아. 병원에 수용해서, 다시 회선을 연결했던 건 아닐까……."

"……응, 그럴지도 모르겠다……."

"우리 몸이, 병원 침대 위에서, 수많은 코드가 연결된 채 간신히 살아가고 있는 상황이라면…… 그런 상태가 몇 년이나 무사히 이어질 것 같지는 않아."

나는 갑자기 내 몸이 희미해지는 듯한 불안감에 휩싸였다. 서로의 존재감을 확인하려는 듯 아스나를 꼭 끌어안았다.

"……다시 말해…… 게임을 클리어하건 하지 않건, 그것과는 관계없이 타임리미트가 존재한다…… 그런 뜻이 되겠군……."

"……그것도, 개인차가 있는 타임리미트겠지……. 여기서는 《저쪽》의 화제는 터부시되고 있으니까, 이제까지 이 이야기를 다른 사람하고 나눈 적은 없지만…… 키리토는 달라. 난…… 난, 평생 키리토의 곁에 있고 싶어. 정식으로 사귀고, 진짜로 결혼해서, 함께 나이를 먹고 싶어. 그러니까…… 그러니까……."

그 다음 말은 이어지지 않았다. 아스나는 내 가슴에 얼굴을 파묻고 참을 수 없는 오열을 터뜨렸다.

"그러니까…… 지금은 싸워야만 해……."

공포가 사라진 것은 아니었다. 그러나 아스나가 꺾일 것 같은 마음을 필사적으로 버티며 운명을 열어주려 하는데 내가 어떻게 주저앉을 수 있을까.

괜찮다— 분명 괜찮을 것이다. 우리 둘이라면, 분명—.

가슴속에 치미는 오한을 떨쳐내듯, 나는 아스나를 끌어안은 팔에 힘을 주었다.

21

제75플로어 콜리니아 시의 게이트 광장에는 이미 공략팀으로 보이는, 언뜻 봐도 고레벨인 것을 알 수 있는 플레이어들이 모여 있었다. 나와 아스나가 게이트에서 나와 다가가니, 모두 입을 딱 다물고 긴장된 표정으로 목례를 보내왔다. 개중에는 오른손으로 길드식 경례를 보내는 자들까지 있었다.

나는 크게 당황하면서 발을 멈추었으나, 곁의 아스나는 익숙한 손동작으로 답례하고 내 옆구리를 쿡쿡 찔렀다.

"자자, 키리토는 리더 격이니까 인사도 제대로 해야지!"

"뭐……."

뻣뻣한 동작으로 경례를 했다. 이제까지의 보스 공략전에서 집단에 소속된 적은 몇 번이나 있었지만, 이렇게 주목을 받는 것은 처음이었다.

"여어!"

누군가 있는 힘껏 어깨를 때리는 바람에 고개를 돌려보니 카타나전사 클라인이 악취미한 반다나 밑에서 싱글싱글 웃고 있었다. 놀랍게도 그 옆에는 양손도끼로 무장한 에길의 거구까지 보였다.

"뭐야…… 너희까지 참가한 거야?"

"너희까지라니, 사람을 어떻게 보고!"

에길이 분개하며 굵은 목소리를 냈다.

"이번엔 엄청 고전할 것 같다고 해서 가게도 내팽개치고 이렇게 온 거 아니냐. 이 살신성인의 정신을 이해하지 못하다니……."

과장된 몸짓으로 말하는 에길의 팔을 툭 치며,

"살신성인의 정신은 자알 알겠어. 그럼 넌 전리품 분배에서 빼도 되겠네?"

그렇게 말하자마자 이 거한은 맨들맨들한 머리를 긁으며 눈썹을 여덟 팔(八) 자로 모았다.

"아니, 그, 그건 좀……."

딱하게 말꼬리를 우물거리는 모습에 클라인과 아스나의 명랑한 웃음소리가 겹쳐졌다. 웃음은 모여 있던 플레이어들에게도 전염되어, 모두의 긴장감이 서서히 풀려가는 것 같았다.

정확히 오후 1시가 되자 게이트에서 새로 몇 명이 출현했다. 진홍색 긴 옷에 거대한 십자 방패를 든 히스클리프와 혈맹기사단의 정예들이었다. 그들의 모습을 보자 플레이어들 사이에 다시 긴장감이 맴돌았다.

단순히 레벨에서 오는 능력치만을 따진다면 나와 아스나를 웃도는 것은 아마도 히스클리프 본인뿐이겠지만, 역시 그들의 결속력이 보여주는 분위기는 박력이 있었다. 하얀색과 붉은색으로 구성된 길드 컬러를 제외하면 무장과 장비는 모두 제각각이지만, 여기에서 풍겨 나오는 집단으로서의 힘은 전에 보았던 군의 부대와는 비교도 되지 않는 것 같았다.

성기사와 부하 넷은 플레이어들의 집단을 둘로 가르며 곧바로 우리 쪽으로 다가왔다. 위압되었는지 클라인과 에길이 몇 걸음 물러서는 가운데, 아스나만은 태연한 얼굴로 경례를 나누었다.

멈춰 선 히스클리프는 우리에게 가볍게 고개를 끄덕이더니, 다시 플레이어들을 쳐다보며 말했다.

"결원은 없는 모양이로군. 잘 모여주었다. 상황은 이미 다들 알고 있을 거라 생각한다. 혹독한 전투가 될 테지만, 제군의 힘이라면 헤쳐나갈 수 있으리라 믿는다. —해방의 날을 위하여!"

히스클리프의 힘찬 외침에 플레이어들은 일제히 함성을 질렀다. 나는 사람들을 끌어당기는 그의 자석과도 같은 카리스마에 혀를 내둘렀다. 대체로 사회성이 결여되기 쉬운 코어 온라인 게이머 가운데에 용케도 이만큼 지도자의 그릇을 갖춘 인물이 있었다니. 혹은 이 세계가 그의 재능을 꽃피워준 것일까? 현실세계에서는 뭘 하던 사람이었을까⋯⋯.

나의 시선을 느꼈는지 히스클리프는 이쪽을 돌아보곤 슬쩍 미소를 지으며 말했다.

"키리토 군, 오늘은 잘 부탁하네. 《이도류》를 마음껏 발휘해주기 바라네."

낮고 부드러운 그 목소리에는 한 점의 부담도 느껴지지 않았다. 눈앞에 사투가 닥쳐왔는데도 이렇게 여유가 있다니, 과연 대단하다고 할 수밖에.

내가 말없이 고개를 끄덕이자, 히스클리프는 다시 플레이어들을 돌아보며 가볍게 한손을 들어 올렸다.

"그러면 출발한다. 목표 보스 몬스터의 방 바로 앞까지 코리더를 열겠다."

그렇게 말하며 허리의 팩에서 남색 크리스탈 아이템을 꺼내자, 그 자리에 있던 플레이어들 사이에서 "오오……."하는 술렁임이 새어나왔다.

원래 텔레포트 크리스탈은 지정된 도시의 게이트까지 사용자 한 사람만을 전송할 수 있지만, 지금 히스클리프가 꺼낸 것은 《코리더 크리스탈(Corridor Crystal)》이라는 아이템으로, 임의의 지점을 기록해 그곳으로 텔레포트 게이트를 열수 있는 매우 편리한 물건이다.

그러나 그 편리함에 비례해 희소가치 또한 높아 NPC 샵에서는 판매하지 않는다. 미궁구역의 보물상자나 강력한 몬스터의 드롭 아이템으로만 출현하기 때문에 입수한다 해도 이를 쓰려는 플레이어는 별로 없다. 조금 전 플레이어들의 입에서 탄성이 새어나왔던 것은 레어한 코리더 크리스탈을 봤기 때문이라기보다는 그것을 아낌없이 사용하겠다는 히스클리프에게 놀랐다고 보는 것이 정확하리라.

그런 플레이어들의 시선은 개의치 않는 듯, 히스클리프는 크리스탈을 쥔 오른손을 높이 치켜들고 말했다.

"코리더 오픈."

지극히 값비싼 크리스탈이 순식간에 깨져나가며, 그의 정면 공간에 푸르게 일렁이는 빛의 소용돌이가 출현했다.

"그럼 모두들, 나를 따라오도록."

우리를 휙 둘러보더니 히스클리프는 붉은 옷을 휘날리며 푸른빛 안으로 발을 들였다. 그 모습은 순식간에 빛나는 섬광에 휩싸여 소멸되었다. 지체하지 않고 KoB 멤버 네 명이 그 뒤를 따랐다.

어느새 게이트 광장 주위에는 상당한 숫자의 플레이어들이 모여들었다. 보스 공략작전 이야기를 듣고 배웅을 나온 것이리라. 격려의 성원이 터져 나오는 가운데 검사들은 빛나는 통로로 차례차례 뛰어들었다.

마지막으로 남은 것은 나와 아스나였다. 우리는 서로를 보며 살짝 고개를 끄덕인 후, 손을 맞잡고 동시에 빛의 소용돌이로 몸을 날렸다.

가벼운 현기증과도 비슷한 텔레포트 감각이 이어진 후, 눈을 떠보니 그곳은 이미 미궁 안이었다. 넓은 복도였다. 벽에는 굵은 기둥이 줄지어 서 있었으며, 그 끝에는 거대한 문이 보였다.

제75플로어 미궁구역은 약간 투명감이 도는 흑요석 같은 소재로 쌓아올린 구조물이었다. 투박하고 거친 하부 플로어의 미궁과는 달리, 거울처럼 잘 닦인 검은 돌이 직선적으로 빈틈없이 쌓여 있었다. 공기는 차갑고 눅눅하며, 어렴풋한 안개가 천천히 바닥 위에 깔려 있었다.

내 곁에 서 있던 아스나가 한기를 느꼈는지 두 팔로 몸을 감싸며 말했다.

"……어쩐지…… 기분이 나빠……."

"응……."

나도 수긍했다.

오늘에 이르기까지 2년 동안, 우리는 74개에 이르는 미궁구역을 공략하고 보스 몬스터를 쓰러뜨렸는데, 이만큼 경험이 쌓이면 소굴만 봐도 그 주인의 역량을 대략 가늠할 수 있게 된다.

주위에는 서른 명의 플레이어들이 삼삼오오 모여 메뉴 윈도우를 열고 장비며 아이템을 확인하고 있었으나, 그들의 표정도 하나같이 딱딱했다.

나는 아스나를 데리고 한 기둥 뒤로 다가가 그 가녀린 몸에 살짝 팔을 감았다. 전투를 앞두니 억눌렀던 불안이 터져 나오고 있었다. 몸이 떨렸다.

"……괜찮아."

아스나가 귓가에 속삭였다.

"키리토는 내가 지켜줄게."

"……아니, 그게 아니고……."

"후후."

아스나는 살짝 웃음을 흘리며 말을 이었다.

"……그러니까, 키리토는 날 지켜줘."

"응…… 반드시."

나는 살짝 팔에 힘을 준 후 포옹을 풀었다. 복도 한가운데에서 십자 방패를 오브젝트화한 히스클리프가 철컹 장비를 울리며 말했다.

"모두 준비는 되었나? 이번 보스의 공략 패턴에 대해서는 정보가 없다. 기본적으로는 KoB가 포워드에서 공격을 막아낼 것이므로, 그사이에 가능한 한 패턴을 분석한 후 유연하게 반격해주기 바란다."

검사들이 말없이 끄덕였다.

"그러면― 가자."

히스클리프는 지극히 부드러운 음성으로 말하고 흑요석 대문 앞으로 대담하게 다가서더니 중앙에 오른손을 댔다. 플레이어들 사이에 긴장감이 감돌았다.

나는 나란히 선 클라인과 에길의 어깨를 뒤에서 두드리고, 돌아본 그들에게 말했다.

"죽지 마라."

"헹, 너야말로."

"오늘 얻은 전리품으로 대박을 낼 때까진 죽을 생각 없다고."

그들이 넉살좋게 받아친 직후, 문이 묵직한 울림과 함께 천천히 움직였다. 플레이어들이 일제히 무기를 꺼내들었다. 나도 등에서 동시에 두 자루의 애검을 뽑아들고, 곁에서 세검을 든 아스나에게 흘끔 시선을 보낸 후 고개를 끄덕였다.

마지막으로 십자 방패 뒤에서 장검을 낭랑하게 뽑아든 히스클리프가 오른손을 높이 치켜들고 외쳤다.

"—전투 개시!"

그대로 활짝 열린 문 안으로 뛰어들었다. 모두가 그 뒤를 따랐다.

내부는 상당히 넓은 돔형 방이었다. 나와 히스클리프가 듀얼했던 투기장만큼이나 넓을 것 같았다. 원호를 그리는 검은 벽이 높이 치솟아 까마득한 머리 위에서 곡선을 이루며 닫혔다. 32명 전원이 방으로 뛰어들어 자연스러운 진형을 짜며 멈춰선 직후— 등 뒤에서 굉음을 울리며 문이 닫혔다. 이젠 여는 것은 불가능할 것이다. 보스가 죽거나, 우리가 전멸할 때까지는.

몇 초간의 침묵이 이어졌다. 휑뎅그렁한 바닥 전체에 주의를 기울였으나 보스는 나타나지 않고 있었다. 팽팽해질 대로 팽팽해진 신경을 애태우듯 1초, 또 1초 시간이 흘러갔다.

"이봐—."

누군가가 참지 못하고 소리를 낸 바로 그 순간.

"위다!!"

곁에서 아스나가 날카롭게 외쳤다. 흠칫 놀라 머리 위를 올려다본다.

돔형 천장에— 그것이 붙어 있었다.

거대하다. 매우 거대하고 길었다.

지네—?!

본 순간, 그렇게 생각했다. 길이는 10미터 정도 될까. 하지만 여러 개의 마디로 나뉜 그 몸은 벌레라기보다는 인간의 척추를 연상케 했다. 회백색 원통형 마디마다, 뼈가 그대로 드러난 날카로운 다리가 달린 것이다. 그 몸을 따라 시선을 움직여가니 서서히 굵어져가는 끄트머리에 흉악한 형태를 한 두개골이 있었다. 이것은 인간의 것이 아니다. 유선형으로 일그러진 그 머리뼈에는 끝이 날카롭게 치켜 올라간 두 쌍의 눈구멍이 있었으며, 내부에서 푸른 불꽃이 번뜩였다. 크게 전방으로 돌출된 턱뼈에는 날카로운 송곳니가 줄지어나 있고, 두개골 양쪽 옆으로는 낫 모양으로 튀어나온 거대한 뼈의 팔이 보였다.

시선을 집중하자 옐로우 커서와 함께 몬스터의 이름이 표시되었다. 《The Skullreaper》—해골 수확자.

무수한 다리를 꿈틀거리며 천천히 돔형 천장을 기어 다니던 해골 지네는 플레이어들이 놀라 말도 못하고 바라보는 가운데, 갑자기 모든 다리를 활짝 펼쳐—파티의 머리 위로 낙하했다.

"뭉쳐 있지 마라! 거리를 벌려!!"

히스클리프의 날카로운 외침이 얼어붙어 있던 공기를 갈랐다. 정신을 차린 플레이어들이 움직이기 시작했다. 우리도 낙하 예측지점으로부터 황급히 물러났다.

하지만 떨어지는 해골 지네 바로 밑에 있던 세 명의 움직임이 약간 늦었다. 어느 쪽으로 이동할지 주저하는 듯 다리를 멈추고 위만 올려다보고 있었다.

"이쪽이야!!"

나는 황급히 외쳤다. 주박이 풀린 세 사람이 뛰기 시작했다—.

그러나 그 뒤에서 지네가 땅을 울리며 착지한 순간 바닥 전체가 크게 흔들렸다. 균형을 잃은 세 사람은 헛발을 굴렀다. 그 틈에 지네의 오른발—거대한 뼈의 낫이, 날의 길이만 해도 인간의 몸만큼 긴 그것이, 수평으로 휘둘러졌다.

세 사람이 등을 동시에 베여 날아갔다. 허공에 떠 있는 동안에도 그들의 HP바가 맹렬한 기세로 줄어들어간다—노란색 주의 영역에서 붉은색 위험 영역으로—.

"—?!"

그리고 어이없이 0이 되었다. 아직 공중에 떠 있던 세 사람의 몸이 잇달아 무수한 결정을 흩뿌리며 터져나갔다. 소멸음이 한데 겹쳐져 울렸다.

"——!!"

곁에서 아스나가 숨을 멈추는 소리가 들렸다. 나도 몸이 격렬하게 굳어지는 것을 느꼈다.

일격에— 사망했어—?!

스킬 레벨제가 병용되고 있는 SAO에서는 레벨 상승에 따라 HP의 최대치도 함께 상승하므로 검의 실력과 상관없이 수직적인 레벨만 높으면 그만큼 잘 죽지 않게 된다. 특히 오늘 파티는 고레벨 플레이어만 모였으므로 설령 보스의 공격이라 해도 몇 히트짜리 연속기 정도라면 견뎌낼 수 있을 것이다—모두가 그렇게 생각했다. 그런데 고작 일격에—.

"이건…… 말도 안 돼……."

아스나가 갈라진 목소리로 중얼거렸다.

순식간에 세 명의 목숨을 빼앗은 해골 지네는 상체를 높이 들어 쩌렁쩌렁 포효하더니 맹렬한 속도로 새로운 플레이어의 한 집단을 향해 돌진했다.

"으아아악—!!"

그 방향에 있던 플레이어들이 공황에 빠져 비명을 질렀다. 뼈낫이 다시 높이 치켜 올라갔다.

순간, 그 바로 아래로 뛰어드는 그림자가 있었다. 히스클리프였다. 거대한 방패를 들고 낫을 막아낸다. 귀를 찢는 충격음. 불꽃이 튀었다.

하지만 낫은 두 자루였다. 좌측의 팔로 히스클리프를 공격하면서도 오른쪽 낫을 치켜들어 얼어붙은 플레이어들을 향해 내리찍으려 했다.

"빌어먹을……!"

나는 나도 모르게 뛰어나가고 있었다. 하늘을 날듯 순식간에 거리를 좁히며, 굉음과 함께 날아드는 뼈낫 바로 아래로 몸을 날렸다. 좌우의 검을 교차시켜 낫을 막아낸다.

무시무시한 충격. 그러나— 낫은 멈추지 않았다. 불꽃을 튀기며 내 검을 밀어내며 눈앞까지 밀려들어왔다.

틀렸어, 너무 무거워—!

그때 새로운 검이 허공에 순백의 빛줄기를 끌며 아래쪽에서 날아들어 낫에 명중했다. 충격음. 기세가 늦춰진 그 틈에, 나는 온몸의 힘을 짜내 뼈낫을 다시 밀어냈다.

내 바로 옆에 선 아스나는 이쪽을 흘끔 보며 말했다.

"둘이 동시에 받아내면— 할 수 있어! 우리라면 할 수 있어!!"

"—좋아, 부탁해!"

나는 고개를 끄덕였다. 아스나가 곁에 있어준다는 생각만으로도 무한히 기력이 솟아나는 것 같았다.

다시, 이번에는 수평으로 날아드는 뼈낫을 향해 나와 아스나는 동시에 오른쪽 대각선 내려베기를 휘둘렀다. 완벽하게 싱크로된 우리의 검이 세 줄기의 빛을 끌며 낫에 명중했다. 격렬한 충격. 이번엔 적의 낫이 튕겨졌다.

나는 목소리를 쥐어짜내 외쳤다.

"낫은 우리가 막아내겠어! 다른 사람들은 측면에서 공격해줘!"

그 목소리에 겨우 모두의 주박이 풀린 것 같았다. 함성을 지르며 무기를 고쳐 쥐곤 해골 지네의 몸을 향해 돌격한다.

몇 차례의 공격이 적의 몸에 파고들며, 그제야 비로소 보스의 HP바가 약간이나마 줄어들었다.

그러나 그 직후 몇 가닥의 비명이 들렸다. 낫을 막아낸 틈에 시선을 돌려보니 지네의 꼬리 끝에 달린 긴 창 같은 뼈에 몇 명이 휩쓸리며 쓰러지는 것이 보였다.

"큭……!"

이를 갈았지만 나도 아스나에게도, 약간 떨어진 곳에서 홀로 왼쪽 낫을 막아내고 있는 히스클리프에게도, 이 이상의 여유는 없었다.

"키리토……!"

아스나의 목소리에 흘끔 시선을 돌려보았다.

―안 돼! 저쪽에 정신을 팔았다간 당한다고!

―맞아, 그렇지…… ―온다!!

―좌측 올려베기로 막겠어!

눈만을 마주쳐 의사를 소통하고, 나와 아스나는 완벽하게 하나가 된 움직임으로 낫을 튕겨냈다.

이따금 들리는 플레이어들의 비명과 절규를 억지로 의식에서 밀어내며, 우리는 흉악한 위력을 감춘 적의 공격을 막아내는 데에만 집중했다. 신기하게도 도중부터 우리는 말을 나누지도, 서로를 보지도 않았다. 마치 생각이 직접 연결된 것 같은 연대감. 숨도 쉴 수 없는 페이스로 날아드는 적의 공격을 순식간에 같은 스킬로 반응해 막아낸다.

그 순간― 한계 일보직전의 사투 속에서 나는 여느 때는 느껴보지 못했던 일체감을 맛보고 있었다. 아스나와 내가 융합해 하나의 전투의식이 되어 검을 휘둘러대는—그것은 어떤 의미로는 한없이 관능적인 체험이었다. 날아드는 적의 공격을 막을 때의 여파로 이따금 조금씩 HP가 줄어들었지만, 우리는 그것조차 이미 의식하고 있지 않았다.

22

전투는 한 시간도 넘게 이어졌다.

무한처럼 여겨졌던 격투가 끝나 마침내 보스 몬스터의 거구가 산산이 흩어졌을 때도, 누구 하나 환성을 지를 여유는 없었다. 모두 쓰러지듯 흑요석 바닥에 주저앉거나, 혹은 벌렁 드러누워 거친 숨을 몰아쉬고 있었다.

끝난—거야……?

그래— 끝났어—.

그런 사고가 오간 직후, 나와 아스나의 《접속》도 끊어진 것 같았다. 갑자기 온몸에 무거운 피로감이 엄습해 나도 모르게 바닥에 무릎을 꿇었다. 나와 아스나는 등을 맞댄 채 주저앉아 한동안 움직이지도 못할 것 같았다.

두 사람 모두 살아남았다—. 그렇게 생각해도 무턱대고 좋아할 상황은 아니었다. 너무나 희생자가 많았던 것이다. 개시 직후 세 사람이 죽은 뒤에도 확실한 페이스로 끔찍한 오브젝트 파쇄음이 울려 퍼졌으며, 나는 여섯 명까지 셌을 때 억지로 그 작업을 중지했다.

"몇 명이나— 당했지……?"

왼쪽에서 털썩 주저앉아 있던 클라인이 고개를 들며 새어 나오는 목소리로 물어보았다. 그 옆에서 손발을 늘어뜨린 채 드러누워 있던 에길도 얼굴만 이쪽으로 돌렸다.

나는 오른손을 휘저어 맵을 호출하고 표시된 녹색 광점을 헤아려보았다. 출발했을 때의 인원수를 통해 희생자의 수를 역산해보았다.

"—열네 명 죽었어."

스스로 세고도 믿을 수 없는 숫자였다.

모두 톱 레벨의, 역전의 플레이어들이었는데. 설령 이탈이 나 순간 회복이 불가능한 상황이라 해도 생존을 우선시한 전법을 취한다면 그리 호락호락 죽지는 않을 거라고— 그렇게 생각했는데—.

"……말도 안 돼……."

에길의 목소리에도 평소의 활기는 전혀 없었다. 살아남은 자들 위에 암울한 공기가 두텁게 드리워졌다.

이제야 4분의 3—아직도 이 위에 25플로어가 더 있는 것이다. 수천 명의 플레이어가 있다 한들 최전선에서 진지하게 클리어를 목표로 하는 것은 수백 명 정도일 뿐이다. 한 층마다 이만한 희생자를 내고 만다면 마지막으로 라스트 보스와 대면할 수 있는 것은 단 한 사람—그런 사태도 충분히 생각할 수 있다.

아마도 그 경우, 남는 것은 틀림없이 저 사내겠지…….

나는 시선을 방 안쪽으로 향했다. 그곳에는 다른 모두가 바닥에 몸을 의지한 가운데 등을 꼿꼿이 편 채 의연하게 서 있는 붉은 사내가 있었다. 히스클리프였다.

물론 그도 무사하지는 않았다. 시선을 맞춰 커서를 표시해보니 HP바가 상당히 줄어든 것을 알 수 있었다. 나와 아스나가 둘이 달려들어 겨우 막아냈던 그 거대한 뼈낫을 끝까지 혼자서 튕겨낸 것이다. 수치적인 대미지만으로 그치지 않고 피로에 지쳐 쓰러져도 전혀 이상하지 않을 상황이다.

하지만 태연자약한 그 모습에선 정신적인 소모 따위는 전혀 느껴지지 않았다. 정말 믿을 수 없는 터프함이었다. 마치 기계—영구기관을 장비한 전투기계 같다…….

나는 피로로 흐릿해진 의식 속에서 멍하니 히스클리프의 옆얼굴을 바라보고 있었다. 전설의 사내는 어디까지나 온화한 표정이었다. 바닥에 웅크리고 앉은 KoB 멤버며 다른 플레이어들을 말없이 내려다보고 있다. 따뜻한, 자비로운 시선—. 말하자면—.

말하자면, 견고한 감옥 속에서 노는 새끼 쥐들을 보는 듯한.

그 찰나, 내 온몸을 무시무시한 전율이 관통했다.

단숨에 정신이 들었다. 손끝에서 시작해 뇌의 중심까지 급속도로 식어갔다. 내 안에서 솟아난 어떤 예감. 미약한 발상의 씨앗이 점점 더 부풀어 올라 의구심의 싹을 키워갔다.

히스클리프의 저 시선, 저 온화함. 저것은 상처 입은 동료를 위로하는 표정이 아니다. 그는 우리와 같은 위치에 서 있는 것이 아니다. 저것은 훨씬 높은 곳에서 자비를 던져주는— 신의 표정이다…….

나는 한때 히스클리프와 듀얼을 했을 때, 그의 무시무시한 반응속도를 떠올리고 있었다. 그것은 인간의 한계속도를 뛰어넘은 것이었다. 아니, 다시 말하자. SAO 시스템이 허용한 플레이어의 한계속도를 말이다.

게다가 그의 평소 태도. 최강 길드의 리더이면서도 스스로 명령을 내리는 일은 없으며, 다른 플레이어들에게 모든 일을 맡긴 채 그저 지켜보기만 했다. 그것은 부하를 믿어서가 아니라—일반 플레이어들은 알 수 없는 것을 알고 있기 때문에 자제했던 것인가?!

데스 게임의 룰에 얽매이지 않는 존재. 그러나 NPC는 아니다. 단순한 프로그램이 저처럼 자비에 넘치는 표정을 지을 수는 없다.

NPC도 아니고 일반 플레이어도 아니라면 남은 가능성은 단 하나. 그러나 그것을 어떻게 해야 확인할 수 있단 말인가. 방법 따위는 없다…… 무엇 하나도.

아니, 있다. 지금 이 순간, 이곳에서만 가능한 방법이 단 하나 있다.

나는 히스클리프의 HP바를 쳐다보았다. 가혹한 전투를 거쳐 크게 감소되었다. 그러나 절반까지 달하지는 않았다. 간신히, 정말로 간신히 블루 존에 머물러 있다.

아직까지 단 한 번도 옐로우 존에 들어간 적이 없다는 사나이. 그 누구도 범접할 수 없는 압도적인 방어력.

나와 듀얼했을 때, 히스클리프의 표정이 변했던 것은 HP가 반 이하로 줄어들기 직전이었다. 그것은 옐로우 표시가 되는 것을 두려워한 것이 아니다.

그것이 아니라— 아마도—.

나는 천천히 오른손의 검을 고쳐 쥐었다. 극히 적은 움직임으로 서서히 오른발을 뒤로 뺐다. 허리를 살짝 낮추고 저공 대시 준비 자세를 취했다. 히스클리프는 내 움직임을 알아차리지 못했다. 그 따뜻한 시선은 오로지 지친 길드 단원들만을 향해 있었다.

만약 예상이 완전히 빗나간다면 나는 범죄자 플레이어로 전락해 가차 없는 제재를 받게 되겠지.

그때는…… 미안해…….

나는 곁에 주저앉은 아스나를 흘끔 보았다. 동시에 아스나도 고개를 들어 우리의 시선이 교차되었다.

"키리토……?"

아스나가 흠칫한 표정으로 말없이 입술만을 움직였다. 하지만 그때는 이미 내 오른발이 땅을 박차고 있었다.

나는 히스클리프와의 거리 10여 미터, 바닥에 닿을락말락한 높이를 전속력으로 순식간에 질주해 오른손의 검을 비틀며 찔러올렸다. 한손검 기본 돌진계 스킬《레이지 스파이크

(Rage Spike)》. 위력이 약한 스킬이니 이것이 명중한다 해
도 히스클리프를 죽일 수는 없겠지만, 하지만, 내 예상이 옳
다면—.

창백한 푸른색 섬광을 끌며 왼쪽 측면으로부터 날아드는
검극. 히스클리프는 빠른 반응속도로 알아차리고 눈을 부릅
뜬 경악의 표정을 지었다. 즉시 왼손의 방패를 치켜들어 가
드하려 했다.

그러나 그 움직임의 버릇을 나는 듀얼 때 몇 번이나 보며
기억하고 있었다. 한 줄기 광선이 된 나의 검이 공중에서 예
각으로 각도를 바꾸며 방패 끝을 스쳐 히스클리프의 가슴에
날아들고—.

명중하기 직전 눈에 보이지 않는 장벽에 격돌했다. 팔에 격
렬한 충격이 전해져왔다. 보라색 섬광이 작렬하며, 나와 놈
의 중간에 같은 보라색—시스템 컬러 메시지가 표시되었다.

【Immortal Object】. 불사 존재. 연약한 유한의 존재인 우
리 플레이어들에게는 있을 수 없는 속성. 듀얼 때 히스클리
프가 두려워했던 것은 바로 이 초월적인 보호장치가 폭로되
고 마는 것이었다.

"키리토, 무슨—."

내 갑작스런 공격에 놀라 소리를 지르며 달려오려던 아스
나가 메시지를 보고 우뚝 멈춰 섰다. 나도, 히스클리프도,
클라인이나 주위의 플레이어들도 움직이지 않았다. 정적 속
에서 천천히 시스템 메시지가 소멸했다.

나는 검을 거두고 가볍게 뒤로 뛰어 히스클리프와 거리를 벌렸다. 몇 걸음 나선 아스나가 내 오른쪽 옆에 나란히 섰다.

"시스템적 불사……라니…… 어떻게 된 거죠…… 단장 님……?"

당황한 아스나의 목소리에 히스클리프는 대답하지 않았다. 굳은 표정으로 가만히 나를 노려볼 뿐이었다. 나는 양손에 검을 든 채 입을 열었다.

"이것이 전설의 정체였어. 이 자의 HP는 무슨 수를 써도 옐로우 존까지 떨어지지 않도록 시스템으로 보호받고 있었던 거야. ……불사의 속성을 지닐 수 있는 것은…… NPC가 아니면 시스템 관리자 이외에는 있을 수 없지. 하지만 이 게임에는 관리자가 없어. 단 한 사람을 제외하면."

말을 끊고 상공을 흘끔 올려다보았다.

"……이 세계에 온 후 줄곧 품었던 의문이 있었지……. 그 놈은 지금 어디에서 우리를 관찰하며 세계를 조정하고 있을까, 하는 것. 하지만 나는 단순한 진리를 잊어버리고 있었어. 삼척동자라도 다 아는 사실인데 말이지."

나는 붉은 성기사를 똑바로 노려보며 말했다.

"《남이 하는 RPG를 옆에서 구경하는 것만큼 재미없는 짓은 없다》. ……그렇지, 카야바 아키히코?"

모든 것이 얼어붙은 듯한 정적이 주위를 가득 메웠다.

히스클리프는 무표정을 버리지 않은 채 내게 시선을 향하고 있다. 주위의 플레이어들은 모두 꼼짝도 하지 않았다. 아니, 꼼짝도 못하는 것일까.

내 곁에서 아스나가 천천히 한 걸음 나섰다. 그 눈동자는 허무의 공간을 들여다보는 듯 감정이 결여되어 있었다. 입술이 살짝 열리며 메마른 목소리가 새어나왔다.

"단장님…… 사실……인가요……?"

히스클리프는 그 말엔 대답하지 않고 살짝 고개를 기울이더니 나를 향해 말했다.

"……어떻게 알아차렸는지, 참고삼아 가르쳐줄 수 있을까……?"

"……처음 이상하다고 생각했던 건 지난 듀얼 때였지. 마지막 한순간, 당신은 너무나도 빨랐어."

"역시 그랬군. 그건 나로서도 뼈아픈 실수였지. 자네의 움직임에 압도된 나머지 시스템 오버 어시스트를 사용하고 말았거든."

천천히 고개를 끄덕이는 그에게서 처음으로 표정이란 것이 나타났다. 입술 양끝을 일그러뜨리며 어렴풋한 쓴웃음을 짓는다.

"예정상으로는 공략이 제95플로어에 달할 때까지 밝히지 않을 생각이었는데 말일세."

천천히 플레이어들을 돌아보며 웃음의 색채를 초연한 것으로 바꾸더니, 붉은 성기사는 당당히 선언했다.

"―그렇다. 나는 카야바 아키히코다. 덧붙이자면, 최상층 플로어에서 자네들을 기다릴 이 게임의 최종 보스이기도 하지."

곁에서 아스나가 살짝 비틀거리는 기척이 느껴졌다. 나는 시선을 돌리지 않은 채 아스나를 오른손으로 지탱했다.

"……취미가 고상하다고는 못하겠는걸. 최강의 플레이어가 갑자기 최악의 라스트 보스가 되다니."

"제법 괜찮은 시나리오 아닌가? 그동안 분위기도 상당히 무르익었다고 생각하네만, 설마 겨우 4분의 3 지점에서 간파당하다니. ……자네가 이 세계 최대의 불확정 인자라는 생각은 했네만, 이 정도일 줄이야."

이 게임의 개발자이자 1만 명의 정신을 포로로 삼은 사내, 카야바 아키히코는 내 기억 속에 남아 있는 엷은 웃음을 지으며 어깨를 으쓱해 보였다. 성기사 히스클리프의 용모는 현실세계의 카야바와는 전혀 달랐다. 하지만 그 무기질적인, 금속과도 같은 기척은 2년 전 우리 위에 강림했던 무표정한 아바타와 공통된 무언가가 있었다.

카야바는 웃음을 지은 채 말을 이었다.

"……최종적으로 내 앞에 설 플레이어는 자네일 거라고 예상했지. 총 10종이 존재하는 유니크 스킬 중에서도 《이도류》 스킬은 모든 플레이어들 가운데 최고의 반응속도를 가진 자에게 주어지고, 그에게 마왕에 대항할 용자의 역할을 맡길 예정이었다. 이기건 지건. 그러나 자네는 내 예상을 뛰어넘는 힘을 보여주었지. 공격속도도 그렇지만 통찰력 또한 말일세. 뭐…… 이런 생각지도 못한 전개 또한 온라인 RPG의 진수라고 해야 하려나……."

그때, 얼어붙은 듯 움직임을 멈추고 있던 플레이어 중 하나가 천천히 일어났다. 혈맹기사단의 간부였다. 무뚝뚝해 보이는 그 가느다란 눈에 처참한 고뇌의 빛이 어려 있었다.

"네눔…… 네눔이…… 우리의 중성— 희망을…… 잘도…… 잘도……"

거대한 할버드를 치켜들더니,

"잘도——!!"

절규하며 땅을 박찼다. 말릴 새도 없었다. 크게 치켜든 중장 무기를 카야바에게—.

그러나 카야바의 움직임이 조금 더 빨랐다. 그가 왼손을 휘둘러 출현한 윈도우를 재빨리 조작하자 간부 사내의 몸은 공중에서 정지하더니 바닥에 쿵 떨어졌다. HP바에 녹색 아웃라인이 깜빡이고 있다. 마비 상태다. 카야바는 그대로 손을 멈추지 않고 윈도우를 계속 조작했다.

"아…… 키리토……!"

돌아보니 아스나도 지면에 무릎을 꿇고 있었다. 그뿐만이 아니라 주위의, 나와 카야바를 제외한 모든 플레이어가 부자연스러운 모습으로 쓰러져 신음하고 있었다.

나는 검을 등에 꽂은 후 무릎을 꿇고 아스나의 윗몸을 안아 일으키며 그 손을 쥐었다. 그리고 카야바를 향해 시선을 들었다.

"……어쩌려는 거냐. 이 자리에 있는 전원을 죽여 은폐할 생각인가……?"

"설마. 그렇게 부조리한 짓은 하지 않아."

붉은 사내는 미소를 지은 채 고개를 좌우로 저었다.

"이렇게 된 이상 어쩔 수 없지. 예정을 앞당겨서, 나는 최상층 플로어의 《홍옥궁(紅玉宮)》에서 자네들의 방문을 기다리고 있기로 하겠다. 제90플로어 이상의 강력한 몬스터 무리에 대항하기 위한 힘으로 키웠던 혈맹기사단, 그리고 공략파 플레이어 제군들을 도중에 방치하는 것은 아쉬운 일이네만, 뭐얼. 자네들의 힘이라면 분명 도달할 수 있을 걸세. 하지만, 그 전에……."

카야바는 말을 끊더니, 압도적인 의지력이 느껴지는 그 두 눈으로 갑자기 나를 쳐다보았다. 오른손의 검을 가볍게 바닥의 흑요석에 꽂는다. 높고 맑은 금속음이 주위의 공기를 갈랐다.

"키리토, 자네는 나의 정체를 간파했으니 보상을 받아야겠지. 기회를 주겠네. 지금 이 자리에서 나와 1대 1로 싸울 기회를. 물론 불사 속성은 해제하지. 내게 승리한다면 게임은 클리어되고, 모든 플레이어가 이 세계에서 로그아웃할 수 있을 걸세. ……어떤가?"

그 말을 듣자마자 나의 팔 안에서 아스나가 자유를 잃은 몸을 필사적으로 움직이며 고개를 가로저었다.

"안 돼, 키리토……! 널 제거할 생각이야……. 지금은…… 지금은 물러나자……!"

나의 이성도 그 의견이 옳다는 것을 인정하고 있었다. 놈은 시스템 그 자체에 개입할 수 있는 관리자다. 입으로는 공정한 전투라고 해도 무슨 조작을 가할지 알 수 없다. 일단은 물러나서 사람들과 의견을 나누고 대응책을 마련하는 것이 최상의 선택이다.

하지만.

놈이 뭐라고 말했지? 혈맹기사단을 키워왔다고? 분명 도달할 수 있을 거라고……?

"개소리하고 있어……."

내 입에서 무의식적으로 갈라진 목소리가 새어나왔다.

놈은 자신이 창조한 세계에 1만 명의 정신을 유폐시켜놓고는 그중 무려 4천 명의 의식을 전자파로 소각시키는 데서 그치지 않고, 자신이 그린 시나리오대로 플레이어들이 어리석게, 가엾게 발버둥치는 꼴을 바로 옆에서 지켜보고 있었다는 소리다. 게임 마스터로서 이 이상의 쾌감은 없었으리라.

나는 제22플로어에서 들었던 아스나의 과거를 떠올리고 있었다. 내게 매달려 울던 그녀의 눈물을 떠올리고 있었다. 세계 창조의 쾌감을 위해 아스나의 마음을 몇 번이고 몇 번이고 짓밟고, 피를 흘리게 했던 이 사내를 눈앞에 둔 채 어떻게 그냥 물러날 수 있을까.

"좋아. 결판을 내자."

나는 천천히 고개를 끄덕였다.

"키리토……!"

아스나의 비통한 외침에, 팔 안의 그녀에게 시선을 떨어뜨렸다. 가슴을 꿰뚫는 듯한 아픔이 느껴졌지만 어떻게든 웃음을 짓는 데 성공했다.

"미안해. 지금 도망칠 수는…… 없어……."

아스나는 무언가 말하려고 입을 열었지만 도중에 포기하고, 대신 필사적인 미소를 지어 보였다. 눈물방울이 그 뺨을 타고 떨어졌다.

"죽을 생각은…… 아니지……?"

"응……. 반드시 이길 거야. 이겨서 이 세계를 끝장내겠어."

"알았어. 믿을게."

설령 내가 패배해 소멸한다 해도, 너만은 살아줘—. 그렇게 말하고 싶었으나 할 수 없었다. 대신 아스나의 오른손을 힘 있게, 오랫동안 쥐고 있었다.

손을 놓고, 아스나의 몸을 흑요석 바닥에 눕힌 후 일어났다. 말없이 이쪽을 바라보는 카야바에게 천천히 다가가며 양손으로 소리 높여 두 자루의 검을 뽑아들었다.

"키리토! 안 돼—!"

"키리토—!"

목소리가 들린 방향을 쳐다보니 에길과 클라인이 필사적으로 몸을 일으키려 하면서 외치고 있었다. 나는 발을 멈추고, 우선 에길에게 시선을 맞추며 살짝 고개를 끄덕였다.

"에길, 이제까지 검사 클래스들을 서포트해줘서 고마워. 알고 있었어. 네가 번 돈 거의 대부분을 중층 플로어 플레이어 육성에 쏟아 붓고 있었다는 거."

눈을 크게 뜬 거한에게 미소를 지은 후 고개를 살짝 움직였다.

악취미한 반다나의 카타나전사는 덥수룩한 수염이 난 뺨을 부르르 떨며 무언가 말을 고르는 듯 씩씩거리고만 있었다.

나는 그 움푹 들어간 두 눈을 똑바로 들여다보며 크게 숨을 들이마셨다. 어떻게 해도 자꾸만 목이 메어 목소리가 떨리는 것을 억누를 수 없었다.

"클라인. …………그때, 널…… 내버려둬서, 미안해. 계속, 후회하고 있었어."

갈라진 목소리로, 그 말을 끝내자, 오랜 친구의 두 눈가에 작게 빛나는 것이 나타나더니 차례차례 방울져 떨어졌다.

그치지도 않는 눈물과 함께 클라인은 다시 일어나려고 안간힘을 쓰면서 목이 터져라 소리를 질러댔다.

"이…… 이 자식아! 키리토! 사과하지 마! 지금 사과하지 말라고!! 가만 안 둔다! 저쪽 세계에서, 제대로 밥 사면서 사과해! 안 그럼 절대로 가만 안 둔다!!"

끝까지 소리를 질러대려는 클라인에게 고개를 끄덕였다.

"알았어. 약속할게. 다음엔 저쪽에서 보자."

오른손을 들어선 척하고 엄지를 세워주었다.

그리고 나는, 2년간 도저히 할 수 없었던 말을 하게 해준 소녀를 마지막으로 다시 한 번 바라보았다.

눈물과 미소가 범벅된 얼굴로 이쪽을 쳐다보는 아스나에게―

나는 마음속으로 미안하다고 중얼거리며 몸을 휙 돌렸다. 초연한 표정을 유지하고 있는 카야바를 향해 입을 열었다.

"……미안하지만, 한 가지 부탁이 있다."

"뭐지?"

"호락호락 질 생각은 없지만, 만약 내가 죽는다면— 한동안이라도 좋으니, 아스나가 자살할 수 없도록 해줘."

카야바는 의외라는 듯 한쪽 눈썹을 꿈틀 움직였으나 이내 태연하게 고개를 끄덕였다.

"좋아. 그녀는 셀름부르그에서 나오지 못하도록 설정하지."

"키리토, 안 돼!! 그런 거, 그런 거 싫어—!!"

내 등 뒤에서 눈물 섞인 아스나의 절규가 울렸다. 나는 돌아보지 않았다. 오른발을 끌며 왼손의 검을 앞으로, 오른손의 검을 낮추고 자세를 잡았다.

카야바가 왼손으로 윈도우를 조작하자, 나와 놈의 HP바가 동시에 같은 길이로 조정되었다. 레드 존 바로 직전. 강공격 클린히트 한 방이면 결판이 나는 양이다.

이어서 놈의 머리 위에 【Changed into mortal object】—불사 속성을 해제했다는 시스템 메시지가 표시되었다. 카야바는 윈도우를 지우더니 바닥에 꽂아두었던 장검을 뽑아 십자 방패 뒤에서 겨누었다.

의식은 차갑고 맑았다. 아스나, 미안해…… 그런 생각이 거품처럼 떠오른 후 터진 것을 마지막으로, 나는 마음의 투쟁 본능을 얼어붙게 해 날카롭게 갈기 시작했다.

승산은 사실 확신할 수 없다. 지난번 듀얼에서는 소드 스킬로만 따진다면 녀석보다 뒤떨어지는 느낌은 없었다. 그러나 놈이 말하는 《오버 어시스트》, 이쪽이 정지한 채 놈만이 움직이는 시스템 개입기를 사용한다면 그렇지만도 않다.

모든 것은 카야바의 자존심에 달려 있다. 말투로 판단하자면 놈은 《신성검》의 성능 범위 내에서 내게 이기려 들겠지. 그 허점을 찔러 단기결판으로 몰고 가는 것 말고는 내가 살아남을 길은 없을 것이다.

나와 카야바 사이에 긴장감이 높아져갔다. 공기마저도 그 압력에 떨리는 것 같았다. 이것은 듀얼이 아니다. 그저 살육전일 뿐이다. 그렇다— 나는 저자를—

"죽이겠다……!!"

날카로운 호흡을 동시에 내뱉으며 바닥을 박찼다.

오른손 검을 수평으로 휘둘렀다. 카야바가 왼손의 방패로 그것을 아무렇지도 않게 막아냈다. 불꽃이 튀어 두 사람의 얼굴을 순간적으로 밝게 비추었다.

금속이 부딪치는 그 충격음이 전투개시의 신호라도 되는 것처럼 단숨에 가속한 두 사람의 검이 주위의 공간을 제압했다.

그것은 내가 과거 경험했던 무수한 전투 가운데에서도 가장 이질적이고 인간적인 싸움이었다. 두 사람 모두 한 번은 서로의 스킬을 보여준 적이 있다. 게다가 《이도류》 스킬을 디자인한 것은 놈이므로 단순한 연속기는 모두 간파당할 거라고 봐야 한다. 예전의 듀얼에서 내 스킬을 모조리 막아냈

던 것만 봐도 알 수 있다.

나는 시스템으로 설정된 연속기를 일절 쓰지 않고, 좌우의 검을 나의 전투본능이 명령하는 대로 휘둘러댔다. 당연히 시스템 어시스트는 얻을 수 없으나, 한계까지 가속된 지각의 도움을 받아서인지 두 팔은 평소보다 훨씬 빠른 속도로 움직였다. 내 눈에도 잔상 때문에 검이 몇 자루, 몇 십 자루로 보일 정도였다. 하지만―.

카야바는 혀를 내두를 정도로 정확하게 나의 공격을 차례차례 막아내고 있었다. 그러면서도 조금이라도 나에게 허점이 보이면 예리한 일격을 날린다. 이를 내가 순간적인 반응만으로 막아낸다. 국면은 좀처럼 바뀌려 하지 않았다. 조금이라도 적의 생각을, 반응을 읽기 위해 카야바의 두 눈에 의식을 집중시켰다. 두 사람의 시선이 교차한다.

카야바― 히스클리프의 진주색 눈동자는 어디까지나 싸늘했다. 예전 듀얼 때 언뜻 보았던 인간다움은 이제 한 조각도 보이지 않았다.

갑자기 나의 등에 살짝 오한이 내달렸다.

내가 상대하고 있는 것은 4천 명이나 되는 인간을 해치운 자인 것이다. 과연 인간이 그런 짓을 할 수 있을까. 4천 명의 죽음, 4천 명의 원한. 그 중압을 받아들이면서도 제정신을 유지하고 있다면― 그것은 더 이상 인간이 아니다. 괴물이다.

"으아아아아아아!!"

나는 마음속에 태어난 지극히 미약한 공포의 파편을 날려버리기 위해 절규했다. 더욱더 양손의 움직임을 가속시켜 1초에 몇 번이나 되는 공격을 퍼부었지만 카야바의 표정은 변함이 없었다. 눈에도 보이지 않는 속도로 십자 방패와 장검을 움직여 적확하게 내 공격을 튕겨냈다.

나를 가지고 노는 건가—?!

공포가 초조함으로 가속해갔다. 방어 일변도로만 보이지만, 사실 카야바는 언제든지 반격해 내게 일격을 날릴 여유가 있는 것은 아닐까.

나의 마음을 의심이 뒤덮어갔다. 놈에게는 오버 어시스트 따위 쓸 필요도 없었던 것이다.

"빌어먹을……!"

그렇다면— 이건 어떠냐—!

나는 공격을 전환해 이도류 최상위 소드 스킬 《디 이클립스(The Eclipse)》를 날렸다. 태양의 코로나처럼 전방위에서 분출된 검극이 초고속으로 카야바에게 쇄도해갔다. 연속 27회 공격—.

—그러나. 카야바는 그것을, 내가 시스템에 규정된 연속기를 내는 것을 줄곧 기다리고 있었던 것이다. 놈의 입가에 처음으로 표정이 떠올랐다. 그것은 지난번과는 반대인—승리를 확신한 미소였다.

처음 몇 히트를 날린 시점에서 나는 실수했다는 것을 깨달았다. 최후의 최후에, 나의 센스가 아니라 시스템에 의지하고 말았다. 이젠 연속기를 도중에 멈출 수는 없다. 그 순간 경직

시간이 발생하고 만다. 그러나 내가 휘두르는 공격은 모조리, 마지막 일격에 이르기까지 카야바에게 파악당하고 있다.

검이 날아드는 방향을 예측해 눈부시게 움직이는 카야바의 십자 방패에 허무하게 공격을 꽂으며, 나는 마음속으로 중얼거렸다.

미안— 아스나……. 하다못해 너만은— 살아서—.

27히트째의 왼손 찌르기 공격이 십자 방패의 중심에 명중해 불꽃이 튀었다. 직후, 경질적인 비명을 지르며 내 왼손에 쥐어진 검이 박살났다.

"작별일세— 키리토 군."

움직임이 멈춘 내 머리 위에서 카야바의 장검이 높이 올라갔다. 그 검신이 진홍색 빛을 뿜어내고 있다. 핏빛 띠를 이끌며 검이 날아든다—.

그 순간, 내 머릿속에, 강하게, 격렬하게, 목소리가 울려 퍼졌다.

키리토는— 내가— 지키고 말겠어!!

진홍색으로 빛나는 카야바의 장검과 그 자리에 굳어진 내 몸 사이에 엄청난 스피드로 날아든 실루엣이 있었다. 밤색의 긴 머리카락이 하늘에서 춤춘다.

아스나— 어떻게—?!

시스템적 마비상태에 빠져 움직이지 못해야 할 그녀가 내 앞에 서 있었다. 용감하게 가슴을 펴고, 두 팔을 크게 벌린 채.

카야바의 표정에도 경악이 엿보였다. 그러나 공격은 이제 그 누구도 멈출 수 없었다. 모든 것이 슬로우 모션처럼 천천히 움직이는 가운데, 장검은 아스나의 어깻죽지부터 가슴까지 가르며 정지했다.

이쪽을 향해 뒤로 쓰러지는 아스나에게 나는 필사적으로 손을 뻗었다. 소리도 없이 내 팔 안으로 그녀가 허물어졌다.

아스나는 나와 시선이 마주치자 살짝 미소를 지었다. 그 HP바가—소멸했다.

시간이 정지했다.

저녁놀. 초원. 미풍. 쌀쌀하다.

둘이 나란히 언덕에 앉아 짙은 쪽빛 위에 저녁놀의 금적색이 녹아드는 호수를 내려다보고 있었다.

나뭇잎이 부딪치는 소리. 둥지로 돌아가는 새의 소리.

그녀가 살짝 손을 잡는다. 어깨에 머리를 기댄다.

구름이 흘러간다. 하나, 둘, 별이 반짝이기 시작한다.

세계를 물들인 색이 조금씩 변해가는 것을 둘이서 언제까지고 질리지도 않고 바라본다.

마침내 그녀가 말한다.

"조금 졸리네. 무릎, 빌려도 돼?"

미소를 지으며 대답한다.

"그래. 푹 쉬어—."

내 팔 안으로 쓰러진 아스나는 그때와 똑같이 온화한 미소를 지은 채 무한한 자애를 머금은 눈동자로 나를 바라보았다. 하지만 그때 느꼈던 확실한 무게도, 따뜻함도 지금은 없었다.

　아스나의 온몸이 조금씩 금색 광채에 휩싸여간다. 빛의 입자가 무너지며 흩어지고 있다.

　"장난하는 거지…… 아스나…… 이건…… 이런 건……."

　떨리는 목소리로 중얼거렸다. 그러나 무자비한 빛은 점점 광채를 더해가며—

　아스나의 눈동자에서, 한 방울의 눈물이 떨어져, 일순 반짝였다가, 사라졌다. 입술이, 어렴풋하게, 천천히, 소리를 자아내듯 움직였다.

　미 안 해
　잘 있 어

　화악—.

　내 팔 안에서 한층 눈부신 빛이 터지더니 무수한 금색 깃털이 흩날렸다.

　그리고 그곳에 더 이상 그녀의 모습은 없었다.

　소리가 나오지 않는 절규를 지르며, 나는 그 빛을 두 팔로 필사적으로 긁어모으려 했다. 그러나 금빛 깃털은 바람에 날아가듯 허공으로 솟으며, 퍼지고, 증발되었다. 사라진다. 사라지고 말았다.

이런 일이 일어날 수는 없다. 일어나선 안 된다. 안 된다. 안—.

무너지듯 무릎을 꿇은 내 오른손에, 마지막 깃털이 살짝 닿고는 사라졌다.

23

카야바는 입술을 일그러뜨리며 연극적인 몸짓으로 두 팔을 크게 벌려 보였다.

"이거 놀랍군. 스탠드얼론 RPG의 시나리오 같지 않나? 마비에서 회복될 수단은 없었을 텐데……. 이런 일도 다 일어나는군."

그러나 그 목소리도 나의 의식에는 닿지 않았다. 온갖 감정이 끓어올라 어둡고 깊은 절망의 늪으로 떨어져가는 감각만이 나를 에워쌌다.

이로써 무언가를 이룰 이유는 모두 사라지고 말았다.

이 세계에서 싸우는 것도, 현실세계에 돌아가는 것도, 살아가는 것조차도 무의미하다. 이전, 내 무력함 탓에 길드 동료

들을 모두 잃었을 때, 나도 목숨을 끊어야 했던 것이다. 그
랬더라면 아스나와 만날 일도, 그리고 다시 같은 잘못을 되
풀이할 일도 없었다.

아스나가 자살하지 않도록—? 이 무슨 어리석은, 얄팍한
소리를 했단 말인가. 나는 아무것도 몰랐던 것이다. 이런—
공허한 구멍을 끌어안은 채 살아가는 것은 도저히 불가능
하다…….

나는 바닥에서 빛나는 아스나의 세검을 멍하니 바라보고
있었다. 왼손을 뻗어 그것을 움켜쥐었다.

너무나도 가볍고 가녀린 그 무기 안에서 그녀의 존재를 기
록한 무언가를 찾아내기 위해 가만히 응시했지만, 그곳에는
아무것도 없다. 무표정하게 빛나는 그 표면에는 주인의 흔적
이라곤 하나도 남아 있지 않다. 오른손에 나의 검을, 왼손에
아스나의 세검을 쥔 채 비틀비틀 일어났다.

이젠 됐어. 그녀와 지냈던 얼마 안 되는 나날의 기억만을
품고 나도 같은 곳으로 가겠어.

등 뒤에서 누군가가 나를 부르는 소리를 들은 것 같았다.

하지만 멈추지 않고 오른손의 검을 치켜든 채, 나는 카야바
에게 짓쳐 들어갔다. 두 걸음, 세 걸음, 꼴사납게 전진해 검
을 내질렀다.

스킬이라고도 부를 수 없는, 공격조차도 아닌 그 동작에 카
야바는 연민하는 듯한 표정을 짓더니—방패로 어렵지도 않
게 내 검을 튕겨내고는 오른손의 장검으로 가볍게 내 가슴을

꿰뚫었다.

　나는 내 몸에 깊이 틀어박힌 금속의 광채를 아무런 감정도
없이 바라보았다. 아무런 생각도 들지 않았다. 이제 모든 것
이 끝났다는 무색의 체념만이 있을 뿐이었다.

　시야 오른쪽 끝에서 나의 HP바가 천천히 줄어들었다. 지
각의 가속이 아직도 풀리지 않았는지, 소멸해가는 한 도트
한 도트가 모두 보이는 것 같았다. 눈을 감는다. 의식이 사
라지는 그 순간에는 아스나의 미소를 떠올리고 싶었다.

　시야가 어둠 속에 갇혀도 HP바는 사라지지 않는다. 덧없
이, 붉게 발광하는 그 라인은 확실한 속도로 폭을 좁혀간다.
이제까지 나의 존재를 허락해주었던 시스템이라는 이름의
신이 입맛을 다시며 그 순간을 기다리고 있는 기척을 느꼈
다. 앞으로 10도트, 앞으로 5도트, 앞으로—.

　그때, 문득 나는 이제까지 경험한 적이 없는 격렬한 분노를
느꼈다.

　이놈이다. 아스나를 죽인 것은 이놈이다. 창조주인 카야바
조차도 이젠 그 일부에 지나지 않는다. 아스나의 몸을 찢어
발기고 의식을 없앤 것은 나를 에워싼 이 기척—시스템 그
자체의 의지다. 플레이어의 어리석음을 조롱하며 무자비한
낫을 휘두르는 디지털 신—.

　우리는 대체 무엇이란 말인가. SAO 시스템이라는 절대 불
가침의 실에 조종당하는 우스꽝스러운 꼭두각시 인형의 무

리인가? 시스템이 허락하면 살아남고 죽으라면 소멸하는, 그것뿐인 존재인가?

나의 분노를 조롱하듯 HP바가 덧없이 소멸되었다. 시야에 작은 보라색 메시지가 표시되었다. 【You are dead】. 죽어라, 라는 신의 선언.

온몸에 격렬한 냉기가 스며들었다. 몸의 감각이 엷어져간다. 나의 존재를 풀어헤치고, 길라놓고, 집어삼키기 위해 명령 코드의 무수한 무리가 날뛰어대는 것을 느꼈다. 냉기는 등줄기로부터 목을 타고 올라 머릿속까지 기어들었다. 피부 감각, 소리, 빛, 모든 것이 멀어져간다. 몸이 분해되어간다—폴리곤 파편이 되어—흩어지—

그렇게 놔둘 줄 아냐.

나는 눈을 부릅떴다. 보인다. 아직도 보인다. 나의 가슴에 검을 꽂고 있는 카야바의 얼굴, 그 경악의 표정이 보인다.

지각의 가속이 재개된 것인지, 원래는 순식간에 이루어져야 할 아바타의 죽음 처리 과정마저도 극히 느리게 느껴졌다. 몸의 윤곽은 모두 어렴풋하게 흐려지고, 여기저기에서 터져나가듯 빛의 입자가 떨어지며 소멸해가긴 하지만, 아직 나는 존재한다. 아직 나는 살아 있다.

"이야아아아아아아압!"

나는 절규했다. 절규하며 저항했다. 시스템에게. 절대신에게.

그렇게나 어리광쟁이에 외로움을 타던 아스나가 마지막 의지를 쥐어짜내 회복이 불가능한 마비를 깨고, 개입할 수 없는 공격에 몸을 날린 것이다. 나를 구하겠다는, 오직 그 이유만으로. 내가 여기서 허무하게 쓰러질 수는 없다. 결코 그럴 수는 없다. 설령 죽음을 피할 수는 없더라도— 그 전에— 이것만은—.

왼손을 꽉 쥔다. 가느다란 실을 이어가는 듯한 감각을 빼앗아온다. 그 손에 남아 있는 것의 감촉이 되살아난다. 아스나의 세검—여기에 담긴 그녀의 의지가 지금은 느껴진다. 힘내라고 격려하는 소리가 들려온다.

한없이 느리게 나의 왼팔이 움직이기 시작했다. 움직일 때마다 윤곽이 흐려지고 오브젝트가 부서져간다. 하지만 그 움직임은 멈추지 않았다. 조금씩, 조금씩, 영혼을 깎아가면서도 올라가고 있었다.

불손한 반역의 대가인지, 무시무시한 아픔이 전신을 꿰뚫었지만 이를 악물고 팔을 계속 움직였다. 겨우 수십 센티미터의 거리가 한없이 길었다. 몸이 얼어붙은 듯 차갑다. 이미 감각이 있는 것은 왼팔뿐이었다. 냉기는 그 부분에도 급속도로 스며들어왔다. 얼음조각을 깨부수듯 몸이 무너지며 떨어져나가기 시작한다.

그러나 마침내, 은백색으로 빛나는 세검이 카야바의 가슴 한복판에서 번뜩였다. 카야바는 움직이지 않았다. 그 얼굴에 경악의 표정은 이미 없었으며—살짝 벌어진 입가에는 온화한 미소가 떠올랐다.

반은 나의 의지, 나머지 반은 무언가 불가사의한 힘에 이끌려 나의 팔이 마지막 거리를 좁혔다. 소리도 없이 몸을 관통한 세검을 카야바는 눈을 감고 받아들였다. 그의 HP바가 소멸했다.

 서로의 몸을 꿰뚫은 자세 그대로 우리는 그 자리에 잠시 서 있었다. 나는 모든 기력을 쥐어짜내 하늘을 올려다보았다.

 이러면— 됐겠지……?

 그녀의 대답은 들리지 않았으나, 어렴풋한 온기가 잠시 두근, 하고 왼손을 감싸는 것을 느꼈다. 나는 거의 깨져나가기 직전인 몸을 붙들어놓았던 힘을 풀었다.

 어둠으로 가라앉아가는 의식 속에서 내 몸이 수천 개의 파편이 되어 흩어져가는 것을, 그리고 동시에 카야바도 부서지는 것을 느꼈다. 귀에 익은 오브젝트 파쇄음이 두 개, 겹쳐지듯 울렸다. 이번에야말로 모든 것이 멀어져간다. 급속도로 이탈해간다. 어렴풋하게 내 이름을 부른 것은 에길과 클라인의 목소리였을까. 여기에 겹쳐지듯 무기질적인 시스템 보이스가—.

 게임은 클리어되었습니다— 게임은 클리어되었습니다—게임은…….

24

 하늘이 불타는 듯한 저녁놀이었다.

정신이 들고 보니, 나는 이상한 장소에 있었다.

발밑은 두터운 수정판이었다. 투명한 바닥 밑에는 붉게 물든 구름의 무리가 천천히 흘러가고 있었다. 고개를 들어보니 어디까지고 끝없이 이어진 저녁 하늘. 선명한 주황색에서 피와 같은 붉은색, 짙은 보랏빛에 이르기까지 그라데이션을 보이며 무한한 하늘이 펼쳐져 있다. 어렴풋하게 바람 소리가 들렸다.

금적색으로 빛나는 구름 무리 외에는 아무것도 없는 하늘에 떠 있는 조그마한 수정 원반, 그 끄트머리에 내가 서 있었다.

……여기는 어디일까. 분명 내 몸은 무수한 파편이 되어 박살난 후 소멸되었을 텐데. 아직 SAO 안에 있는 것일까…… 아니면 정말로 사후세계에 오고 만 것일까?

내 몸으로 시선을 내려본다. 레더 코트며 긴 장갑 등 장비는 죽었을 때 그대로였다. 그러나 그 모든 것이 어렴풋이 투명했다. 장비만이 아니다. 노출된 몸조차도 색유리처럼 반투명한 소재로 바뀌어 저녁놀의 빛을 받아 붉게 반짝였다.

오른손을 뻗어 손가락을 가볍게 휘둘러보았다. 귀에 익은 효과음과 함께 윈도우가 출현했다. 그럼 이곳은 아직 SAO 내부란 말인가.

그러나 그 윈도우에는 장비 피규어나 메뉴 일람이 존재하지 않았다. 그저 아무 무늬도 없는 화면에 한 마디, 조그마한 글자로 【최종 페이즈 실행 중. 현재 54% 완료】라고 표시되어 있을 뿐이었다. 가만히 보고 있으려니 숫자가 55로 올라갔다. 몸이 붕괴되는 것과 동시에 뇌사—의식 소멸에 빠질 거라고 생각했는데, 이게 어떻게 된 걸까.

어깨를 으쓱하며 윈도우를 닫았을 때, 갑자기 등 뒤에서 목소리가 들렸다.

"……키리토."

천상의 아름다운 음악소리 같은 그 목소리. 충격이 온몸을 휩쓸었다.

지금 그 목소리가 환상이 아니길— 필사적으로 빌며 천천히 돌아보았다.

불타는 듯한 붉은 하늘을 배경으로 그녀가 서 있었다.

긴 머리카락을 바람이 살짝 흔들어주었다. 부드럽게 미소 짓는 그 얼굴은 손을 뻗으면 닿을 것 같은 거리에 있는데도, 나는 움직일 수가 없었다.

한순간이라도 눈을 떼면 사라질 것만 같아— 말없이 바라보기만 했다. 그녀도 나와 마찬가지로 온몸이 투명하게 비치고 있었다. 저녁놀 빛으로 물들어 빛나는 그 모습은 이 세상에 존재하는 어떤 것보다도 아름다웠다.

눈물이 배어나올 것 같았지만 필사적으로 참으며 어떻게든 미소를 지었다. 그리고 속삭이듯 말했다.

"미안. ……나도, 죽어버렸어."

"……바보."

웃으며 말하는 그녀의 눈에서 굵은 눈물이 흘러내렸다. 나는 두 팔을 벌리고 가만히 그녀의 이름을 불렀다.

"……아스나."

눈물방울을 반짝이며 내 가슴에 뛰어든 아스나를 꼭 끌어안았다. 이젠 놓지 않겠다. 무슨 일이 있어도 두 번 다시 이 팔을 풀지 않으리라.

길고 긴 키스 후, 겨우 얼굴을 떼고 우리는 서로를 바라보았다. 그 마지막 싸움에 대해 말하고 싶은 마음과 사과하고 싶은 마음은 굴뚝같았지만, 이미 말은 필요 없다고 생각했다. 대신 시선을 무한한 석양으로 향하고 입을 열었다.

"여긴…… 어디지?"

아스나는 말없이 시선을 낮추더니 손가락으로 한 곳을 가리켰다. 그곳을 쳐다보았다.

우리가 서 있는 작은 수정판에서 멀리 떨어진 하늘의 한 점에— 그것이 떠 있었다. 원뿔형의 꼭짓점을 잘라낸 듯한 모양. 얇은 플로어가 겹쳐져 전체를 구성하고 있다. 가만히 응시하니, 플로어와 플로어 사이에 작은 산이며 숲, 호수, 그리고 도시까지 보였다.

"아인크라드……."

내가 중얼거리자 아스나가 고개를 끄덕였다. 틀림없다. 저 것은 아인크라드다. 무한한 하늘에 떠도는 거대 부유성. 우리가 2년에 걸쳐 싸웠던 검과 전투의 세계. 그것이 지금 눈 아래에 있다.

아인크라드에 오기 전, 원래 세계에서 발표되었던 SAO의

자료로 외견을 본 적이 있다. 하지만 이렇게 실물을 외부에서 바라본 것은 처음이었다. 경외감과도 같은 감정에 휩싸여 숨을 죽였다.

강철의 거성은— 지금 그야말로 붕괴되어가고 있었다.

우리가 말없이 지켜보는 동안에도, 기반 플로어의 일부가 분해되어 무수한 파편을 흩뿌리며 떨어져나갔다. 귀를 기울이니 바람 소리에 섞여 무거운 굉음이 어렴풋이 들려왔다.

"아……."

아스나가 작은 목소리를 냈다. 아래쪽이 한층 크게 무너지며 구조물에 뒤섞인 채 무수한 나무며 물이 차례차례 떨어져선 붉은 구름바다에 묻혀갔다. 저 부근은 우리의 숲속 집이 있었던 곳이다. 2년간의 기억이 새겨진 부유성의 플로어 하나하나가 얇은 막을 벗겨낸 듯 천천히 무너져갈 때마다 애환이 가슴을 찔렀다.

나는 아스나를 끌어안은 채 수정판 끄트머리에 앉았다.

이상하게도 마음은 고요했다. 우리가 어떻게 된 것인지, 앞으로 어떻게 될 것인지, 아무것도 알 수 없었지만 불안감은 들지 않았다. 나는 해야 할 일을 해냈고, 거짓된 목숨을 잃었으며, 지금 이렇게 사랑하는 소녀와 둘이 세계의 마지막을 지켜보고 있다. 이젠 그것으로 족하다—. 어쩐지 충만한 기분이었다.

그것은 아스나도 마찬가지였으리라. 내 팔 안에서 살짝 눈을 뜬 채 무너져가는 아인크라드를 바라보고 있다. 나는 천천히 그녀의 머리카락을 쓰다듬었다.

"제법 절경이로군."

갑자기 곁에서 누군가의 목소리가 들렸다. 나와 아스나가 시선을 오른쪽으로 돌리자. 어느샌가 그곳에는 한 사내가 서 있었다.

카야바 아키히코였다.

성기사 히스클리프가 아니라 SAO 개발자인 그의 원래 모습이었다. 하얀 셔츠에 넥타이를 매고 긴 백의를 걸쳤다. 선이 가는, 날카로운 이목구비 가운데 히스클리프와 똑같은 금속질 눈동자가 부드러운 빛을 머금은 채 사라져가는 부유성을 바라보고 있다. 그의 몸도 우리와 마찬가지로 투명했다.

이 사내와 조금 전까지 서로의 목숨을 건 사투를 벌였는데도 내 감정은 여전히 고요했다. 이 영원한 저녁놀의 세계에 왔을 때 분노나 증오를 놓고 와버린 것일까. 나는 카야바에게서 시선을 돌려 다시 거성을 바라보며 입을 열었다.

"저건, 어떻게 된 거지?"

"비유적인 표현……이라고 해야 할까."

카야바의 목소리도 조용했다.

"현재 아가스 본사 지하 5층에 설치된 SAO 메인프레임의 전 기억장치에서 데이터의 완전 소거 작업을 진행하고 있네. 앞으로 10분이면 이 세계의 모든 것이 소멸되겠지."

"저기 사는 사람들은…… 어떻게 됐어?"

아스나가 문득 물었다.

"걱정할 필요는 없다. 조금 전—."

카야바는 오른손을 움직여 나타난 윈도우를 흘끔 보고 말을 이었다.

"살아남은 전 플레이어 6,147명의 로그아웃이 완료되었다."

그렇다면 클라인도 에길도, 저 세계에서 알게 된, 2년간 살아남은 사람들은 모두 무사히 저쪽으로 돌아간 것이다.

니는 한 차례 질끈 눈을 감은 후 배어나오는 것을 흘려보내며 물었다.

"……죽은 사람들은? 한 번 죽은 우리가 여기 이렇게 있는 걸 보면, 이제까지 죽은 4천 명도 원래 세계로 돌려보내줄 수 있었던 것 아냐?"

카야바는 표정 하나 바꾸지 않고 윈도우를 닫더니, 두 손을 백의의 주머니에 집어넣고 말했다.

"목숨이란 그리 가볍게 다루어서는 안 되는 걸세. 그들의 의식은 돌아오지 않아. 죽은 사람이 사라지는 것은 어느 세계에서나 마찬가지라네. 자네들과는— 마지막으로 조금만 이야기를 나누고 싶어서 이 시간을 만든 것뿐일세."

그것이 4천 명을 죽인 인간이 할 소리인가— 하는 생각이 들었지만, 이상하게도 화가 나지는 않았다. 대신 다른 질문이 꼬리를 물었다. 근원적인, 아마도 모든 플레이어, 아니이 사건을 아는 모든 사람들이 품었을 의문.

"어째서— 이런 짓을 한 거지……?"

카야바가 쓴웃음을 흘리는 기척이 느껴졌다. 한동안의 침묵.

"왜— 랄까. 나도 오랫동안 잊고 있었네. 어째서일까. 풀다이브 환경 시스템을 개발한다는 것을 알았을 때— 아니, 그보다 훨씬 이전부터, 나는 저 성을, 현실세계의 온갖 틀이나 법칙을 초월한 세계를 만들어내는 것만을 원하며 살았지. 그리고 나는…… 내 세계의 법칙마저도 초월한 것을 볼 수 있었어……."

카야바는 평온한 빛을 머금은 눈동자를 나에게 향하더니 다시 얼굴을 돌렸다.

조금 강하게 불어온 바람이 카야바의 백의 끝자락과 아스나의 머리카락을 흔들었다. 거성의 붕괴는 반 이상 이루어졌다. 추억이 많았던 도시 알게이드도 이미 분해되어 구름의 무리에 빨려 들어갔다.

카야바의 말이 이어졌다.

"아이들은 언제나 다양한 것들을 몽상하지? 내가 하늘에 뜬 강철성의 공상에 사로잡혔던 것이 몇 살 때였던가……. 그 정경만은 아무리 세월이 지나도 내 안에서 지워지질 않았네. 나이를 먹으며 점점 더 리얼하게, 크게 펼쳐져갔지. 이 지상에서 떠나 그 성으로 가고 싶다…… 오래, 아주 오랫동안, 그것이 나의 유일한 욕구였네. 나는 말일세, 키리토 군. 아직도 믿고 있다네— 어딘가 다른 세계에는, 정말로 저 성이 존재할 것이라고—……."

갑자기 나는, 내가 그 세계에서 태어나 검사를 꿈꾸며 자란 소년이었던 것 같은 감회에 사로잡혔다. 소년은 어느 날 헤이

즐녓색 눈을 가진 소녀와 만난다. 두 사람은 사랑에 빠지고, 마침내 맺어져, 숲속의 작은 집에서 언제까지고 살아간다—.

"그래…… 그렇다면 좋겠는걸."

나는 그렇게 중얼거렸다. 팔 안에서 아스나도 살짝 끄덕였다.

다시 침묵이 찾아왔다. 시선을 멀리 향하니, 붕괴는 성 이외의 장소에도 미치기 시작했다. 무한히 이어진 구름바다와 붉은 하늘이, 까마득한 저 너머부터 하얀빛에 휩싸여 사라져 가는 것이 보였다. 빛의 침식은 여기저기에서 발생해 천천히 이쪽으로 다가오고 있는 듯했다.

"……이 말을 하는 것을 잊어버렸군. 게임 클리어 축하하네, 키리토 군, 아스나 군."

툭 내뱉은 그 말에 우리는 곁에 선 카야바를 올려다보았다. 그는 온화한 표정으로 우리를 내려다보고 있었다.

"—그러면, 나는 이만 가봐야겠네."

바람이 불더니, 그에 휩쓸려 지워지듯—정신이 들고 보니 그 모습은 이미 아무 데도 없었다. 붉은 석양이 수정판을 투과해 조용히 비추고 있을 뿐이었다. 우리는 다시 단둘만 남았다.

그는 어디로 간 것일까. 현실세계로 돌아갔을까.

아니—그렇지 않다. 의식을 자기 손으로 지워 어딘가에 있을 진짜 아인크라드로 떠난 것이다.

가상세계의 부유성은 이미 꼭짓점 부분만을 남겨놓았을 뿐이다. 결국 우리가 끝까지 보지 못한 제76플로어 위쪽이 덧없이 무너져갔다. 세계를 에워싸며 지워나가는 빛의 장막도 드디어 우리에게 다가오고 있었다. 일렁이는 오로라 같은 그 빛에 닿을 때마다 구름바다와 석양빛 하늘 그 자체가 미세한 파편을 흩뿌리며 무(無)로 돌아갔다.

아인크라드의 최상층에는 화려한 첨탑을 가진 거대한 진홍색 궁전이 보였다. 게임이 예정대로 진행되었다면 우리는 저곳에서 마왕 히스클리프와 검을 마주했겠지.

주인 없는 궁전은 그 바닥이 되는 최상층 플로어가 무너졌어도 운명에 저항하듯 한동안 부유하고 있었다. 붉은 하늘을 배경으로 한층 짙은 진홍색으로 빛나는 그 궁전은 마지막으로 남은 부유성의 심장처럼 보였다.

마침내 파괴의 파도가 가차 없이 진홍의 궁전을 휘감았다. 바닥부터 서서히 무수한 붉은 구슬로 분해되어 구름 틈으로 떨어져간다. 한층 높은 첨탑이 사산되는 것과 빛의 장막이 그 공간을 삼켜버린 것은 거의 동시였다. 거성 아인크라드는 완전히 소멸하고, 세계에는 몇몇 석양빛 구름의 무리와 작은 수정판, 그곳에 앉은 나와 아스나만이 있었다.

이제 남은 시간은 그리 많지 않을 것이다. 지금 우리는 아마 카야바가 준 얼마 안 되는 유예시간 속에 있는 것이다. 이 세계의 소멸과 동시에 너브 기어의 최종 기능이 발동해 모든 것을 끝내리라.

나는 아스나의 뺨에 손을 가져다대고는 천천히 입술을 겹쳤다. 마지막 키스. 시간을 들여 그녀의 모든 존재를 영혼에 새기려 했다.

"……작별이구나."

아스나가 살짝 고개를 저었다.

"아니, 작별이 아니야. 우리는 하나가 되어 사라지는걸. 그러니, 언제까지고 함께야."

속삭이는 듯한, 그러나 또렷한 목소리로 말한 그녀는 내 팔 안에서 몸을 돌리곤 정면에서 나를 똑바로 바라보았다. 그리고 살짝 고개를 기울이며 미소 지었다.

"있지, 마지막으로 이름 가르쳐줘. 키리토의, 진짜 이름."

의미를 이해하지 못해 잠시 당황했으나, 2년 전에 작별을 고했던 저 세계의 이름을 말한다는 것을 겨우 깨달았다.

내가 다른 이름으로 다른 생활을 보내고 있었다는 사실이 마치 머나먼 세계의 일이었던 것처럼 여겨졌다. 기억 속 밑바닥에서 떠오른 이름을, 신비한 감회에 사로잡힌 채 발음했다.

"키리가야…… 카즈토. 지난달에 아마 열여섯 살이 됐을 거야."

그 순간, 멈춰 있던 또 다른 나의 시간이 소리를 내며 흘러가기 시작하는 것 같았다. 검사 키리토의 내면에 파묻혀 있던 카즈토의 의식이 천천히 떠올랐다. 이 세계에서 몸에 걸쳤던 단단한 갑옷이 차례차례 떨어져나가는 것을 느꼈다.

"키리가야…… 카즈토……."

아스나는 한 음절씩 곰씹어보듯 입에 담더니, 살짝 복잡한 표정으로 웃었다.

"연하였구나―. ……난 있지, 유우키…… 아스나. 열일곱 살이야."

유우키…… 아스나. 유우키 아스나. 그 아름다운 여섯 음절을 몇 번이고 가슴속에서 되뇌었다.

문득 두 눈에서 뜨겁게 넘쳐나는 것이 있었다.

영원한 황혼 속에서 정지했던 감정이 움직이기 시작했다. 심장을 헤집는 듯 격렬한 아픔. 이 세계에 사로잡힌 이래 처음으로 눈물이 끊이지 않고 흘러나왔다. 어린아이처럼 목이 메어 두 손을 꾹 쥐고 소리를 내며 울었다.

"미안해…… 미안……. 너를…… 저쪽 세계로…… 돌려보내겠다고…… 약속했는데…… 난……."

말을 잇지 못했다. 결국 가장 소중한 사람을 구해내지 못했다. 그녀가 걸어가야 할 빛으로 넘쳐나는 길을, 힘이 부족해 닫아버리고 말았다는 회한이 눈물로 바뀌어 끊임없이 넘쳐나왔다.

"괜찮아…… 괜찮아……."

아스나도 울고 있었다. 일곱 색으로 빛나는 보석 같은 눈물이 잇달아 뺨을 타고 빛의 입자가 되어 증발했다.

"난, 행복했어. 카즈토와 만나서, 함께 지내서, 이제까지 살아오면서 가장 행복했는걸. 고마워…… 사랑해……."

세상의 종말은 코앞까지 다가왔다. 이제는 강철의 거성도, 무한한 구름바다도, 난무하는 광채 속으로 사라져 빛의 입자를 흩뿌리며 소멸해간다.

나와 아스나는 서로를 꼭 끌어안은 채 마지막 순간을 기다렸다.

백열하는 빛 속에서 감정마저 승화되는 섯 같았다. 마음속에는 이제 아스나에 대한 사모만이 존재할 뿐이었다. 모든 것이 분해되어 증발하는 가운데, 나는 그저 그녀의 이름만을 부르고 있었다.

시야가 빛으로 채워져갔다. 모든 것이 순백색 베일에 휩싸여 가느다란 입자가 되어 흩어진다. 눈앞에서 그녀의 미소가 세계에 넘쳐나는 빛과 섞여간다.

—사랑해…… 사랑해—.

마지막으로 남은 의식 속에 달콤한 종소리 같은 목소리가 울려 퍼졌다.

나라는 존재, 그녀라는 존재를 이루었던 경계가 소멸하며 두 사람이 겹쳐져갔다.

영혼이 녹아들고, 하나가 되어, 확산되었다.

사라져간다.

25

공기에 냄새가 있었다.

나의 의식이 아직 남아 있다는 것보다도, 우선 그 사실에 놀랐다.

　콧속으로 흘러들어오는 공기에는 수많은 정보가 포함되어 있었다. 코를 자극하는 듯한 소독약 냄새. 잘 마른 천의 햇빛 냄새. 과일의 달콤한 냄새. 그리고 내 몸의 체취.

　천천히 눈을 떴다. 그리고 머릿속까지 스며드는 듯한 강렬한 흰빛을 느끼고 황급히 눈을 꽉 감았다.

　주저주저하며 다시 한 번 천천히 눈을 떠본다. 수많은 색을 띤 빛의 난무. 눈에 대량의 액체가 고여 있다는 것을 뒤늦게 깨달았다.

　눈을 깜빡여 그것을 흘려보내려 했다. 하지만 액체는 잇달아 넘쳐 나왔다. 이것은 눈물이다.

　울고 있었던 것이다. 어째서일까. 격렬하고 깊은 상실의 여운만이 가슴속에 애틋한 아픔으로 남아 있다. 누군가가 나의 이름을 부르던 소리가 귓가에 어렴풋이 메아리치고 있는 것 같았다.

　지나치게 강한 빛에 눈을 가늘게 뜨며 어떻게든 눈물을 훔쳐냈다.

　무언가 부드러운 것의 위에 누워 있는 모양이었다. 천장인 듯한 것이 보였다. 베이지색의 광택이 도는 패널이 격자형으로 이어져 있고, 그중 몇몇은 안쪽에 광원(光源)이 있는지 부드럽게 빛을 냈다. 금속으로 된 슬릿이 시야 끄트머리에 들어왔다. 공조장치일까. 낮은 소리를 내며 공기를 뿜어낸다.

　……공조장치. 말하자면 기계다. 그런 것이 있을 리가 없

다. 그 어떤 대장장이 스킬의 달인이라 해도 기계는 만들 수 없다. 가령 저것이 진짜로, 눈에 들어온 모습대로의 역할을 하는 물건이라면— 이곳은 아인크라드가—

아인크라드가 아니다.

나는 눈을 활짝 떴다. 그 생각에 의해 겨우 의식이 깨어났다. 허겁지겁 몸을 일으키려—

그러나 몸이 말을 듣지 않았다. 온몸에 힘이 들어가지 않는다. 오른쪽 어깨가 몇 센티미터 올라갔지만 금세 힘없이 푹 잠겨들고 말았다.

오른손만은 어떻게든 움직일 것 같았다. 내 몸에 덮인 얇은 천에서 오른손을 꺼내 눈앞에 가져가보았다.

놀랄 정도로 바짝 마른 그 팔이 내 것이라는 사실을 한동안 믿을 수가 없었다. 이래서야 검은 도저히 쥘 수 없을 것 같다. 병적으로 하얀 피부를 자세히 보니 무수한 솜털이 돋아나 있다. 피부 밑에는 푸르스름한 혈관이 보였으며, 관절에는 가느다란 주름이 잡혀 있다. 무서울 정도로 리얼하다. 지나치게 생물적이라 위화감이 들 정도였다.

팔꿈치 안쪽에는 주입장치로 보이는 금속관이 테이프로 고정된 채, 그곳에서 가느다란 코드가 뻗어 나와 있었다. 코드를 눈으로 따라가보니 왼쪽 위의 은색 지지대에 매달린 투명한 팩으로 이어졌다. 팩에는 오렌지색 액체가 3분의 2가량 들어 있고, 아래쪽 마개에서 방울이 일정한 리듬으로 떨어진다.

몸 옆에 축 늘어진 왼팔을 움직여 감촉을 느껴보았다. 내가 누워 있는 것은 보아하니 밀도가 높은 젤 소재의 침대인 것 같았다. 체온보다 약간 낮아 서늘하게 젖은 듯한 감촉이 전해져온다. 나는 알몸으로 그 위에 누워 있었다. 먼 기억이 되살아났다. 분명 이런 침대가 거동을 할 수 없는 환자를 위해 개발되었다는 뉴스를 아득한 옛날에 본 것 같았다. 피부의 염증을 막아주며 노폐물을 분해 정화해준다고 했다.

시선을 오른쪽으로 돌려보았다. 작은 방이었다. 벽은 천장과 같은 무기질적인 흰색. 오른쪽에는 하얀 커튼이 드리워진 큰 창문이 있었다. 그 너머를 볼 수는 없지만, 햇빛으로 여겨지는 노란빛이 천을 투과해 스며들었다. 젤 베드 왼쪽 너머에는 등나무 바구니를 실은 금속제 왜건 트레이가 있었다. 바구니 안에는 수수한 색채의 꽃이 큰 다발로 담긴 것이 보였다. 생화였다. 달콤한 냄새의 정체는 이것인 모양이었다. 왜건 너머에는 네모난 문. 닫혀 있다.

얻을 수 있는 정보로 추측컨대, 아마도 이곳은 병실인 것 같았다. 나는 이곳에 혼자 누워 있다.

하늘을 올려다본 채 오른손으로 시선을 돌렸다. 문득 어떤 생각이 떠올라 중지와 검지를 모아 살짝 휘둘러보았다.

아무것도 일어나지 않는다. 효과음도 울리지 않으며 메뉴 윈도우도 나오지 않았다. 다시 한 번. 이번엔 조금 더 힘차게 휘둘러본다. 다시·한 번 더. 결과는 마찬가지.

즉, 이곳은 SAO 세계가 아닌 것이다. 그렇다면 다른 가상세계일까?

하지만 나의 오감으로 얻을 수 있는 압도적인 정보량은 조금 전부터 다른 가능성을 소리 높여 알리고 있었다. 즉—원래 세계다. 2년 전에 떠나 이젠 돌아올 수 없을 거라고까지 생각했던 현실의 세계.

현실세계—. 그 말이 뜻하는 바를 이해하는 데에는 시간이 걸렸다. 내게는 오랜 기간 그 검과 전투의 세계만이 유일한 현실이었다. 그 세계가 이미 존재하지 않고, 내가 이젠 그곳에 없다는 것을 좀처럼 믿을 수 없었다.

그렇다면, 나는 돌아온 것이다.

—그렇게 생각해도 딱히 별다른 감회나 기쁨은 솟지 않았다. 그저 당혹스러움과, 어렴풋한 상실감을 느낄 뿐이었다.

그렇다면 이것이 카야바가 말했던 게임 클리어의 보수인 것이다. 나는 저 세계에서 죽고, 몸은 소멸되어, 그것을 받아들이고, 만족마저 느꼈는데도.

그렇다—나는 그대로 사라져버려도 상관이 없었다. 백열하는 빛 속에서, 분해되고, 증발되고, 세계와 한데 녹아, 그녀와 하나가—.

"아……."

나도 모르게 소리를 냈다. 2년간 쓸 일이 없었던 목에 날카로운 통증이 내달렸다. 그러나 그것조차 의식하지 않았다. 눈을 부릅뜨고 치밀어 오르는 말, 그 이름을 목소리로 냈다.

"아……스……나……."

아스나. 가슴속에 새겨져 있던 아픔이 선명하게 되살아났다. 아스나. 내가 사랑하고, 아내로 삼았으며, 함께 세계의 종말에 입회했던 그 소녀는……

꿈이었단 말인가……? 가상세계에서 본 아름다운 환영……? 문득 그런 생각에 사로잡혔다.

아니, 그녀는 분명히 존재했다. 함께 웃고, 울고, 잠들었던 그 나날들이 꿈일 리가 있나.

카야바는 그때—"게임 클리어 축하하네, 키리토 군, 아스나 군."이라고, 분명히 그렇게 말했다. 나를 생존 플레이어로 포함시켰다면 아스나도 돌아왔을 것이다. 이 세계에.

그렇게 생각하자마자 그녀에 대한 사랑, 미칠 듯한 사모가 내 안에서 넘쳐났다. 만나고 싶다. 머리를 만지고 싶다. 키스하고 싶다. 내 이름을 부르는 그 목소리를 듣고 싶다.

전신의 힘을 쥐어짜내 일어나려 했다. 그제야 겨우 머리가 고정되어 있다는 사실을 알아차렸다. 턱밑에 고정된 딱딱한 잠금장치를 손으로 더듬어 풀어냈다. 무언가 무거운 것을 뒤집어쓰고 있다. 두 손으로 그것을 간신히 벗겨냈다.

나는 윗몸을 일으키고 손 안의 물체를 바라보았다. 진청색으로 도장된 유선형 헬멧이었다. 뒷머리 쪽에 길게 뻗은 패드에서 같은 색의 케이블이 뻗어 나와 바닥으로 이어져 있다. 이것은—

너브 기어다. 나는 이것 때문에 2년 동안 그 세계에 묶여 있었던 것이다. 기어의 전원은 꺼져 있었다. 내 기억 속의 기어는 빛나는 광택을 자랑하고 있었지만, 지금은 색이 바래고 가장자리는 벗겨져 안쪽의 합금 재질이 노출되었다.

이 내부에 그 세계의 모든 기억이 있다―. 그런 감회에 사로잡히며, 나는 기어의 표면을 살짝 쓰다듬었다.

아마도 두 번 다시 이것을 쓸 일은 없겠지. 하지만 너는 정말 잘해주었어…….

가슴속으로 중얼거리며, 나는 그것을 침대 위에 놓았다. 기어와 함께 싸웠던 것은 이미 머나먼 과거의 기억이다. 내게는 이 세계에서 해야만 할 일이 있다.

문득 멀리서 웅성거리는 소리를 들은 것 같았다. 귀를 기울이니 청각이 정상으로 돌아왔다는 것을 알리듯 다양한 소리가 들려왔다.

분명 수많은 사람들의 말소리며 외치는 소리가 들려왔다. 문 너머에서 황급히 오가는 발소리와 바퀴 침대 소리도.

아스나가 이 병원에 있을지 어떨지는 알 수 없었다. SAO 플레이어는 일본 전역에 있었을 테니, 가능성이라고 한다면 이곳에 수용되었을 확률은 지극히 낮다. 그러나 우선은 이곳부터다. 설령 아무리 시간이 걸린다 해도 반드시 찾아내고야 말 테다.

나는 얇은 홑이불을 젖혔다. 말라빠진 온몸에는 무수한 코드가 얽혀 있었다. 사지에 달라붙은 것은 근육 약화를 막기 위한 전극일까. 그걸 어렵사리 하나씩 떼어냈다. 침대 밑에 보이는 패널에서 오랜지색 LED가 깜빡이며 찢어지는 경고음을 냈지만 무시했다.

수액 바늘도 뽑아내고, 간신히 자유를 얻어 발을 땅에 디뎠
다. 천천히 힘을 주어 일어나려고 시도해보았다. 조금씩 조
금씩 몸이 올라가긴 했지만 금세라도 무릎이 꺾일 것 같아
나도 모르게 쓴웃음을 지었다. 그 초인적인 근력 파라미터
보정은 온데간데없었다.

 링거대를 붙들고 몸을 지탱하며 간신히 일어났다. 방을 둘
러보다가 꽃바구니가 놓인 트레이 밑에 개어놓은 환자복을
발견하고 알몸 위에 걸쳤다.

 겨우 그만한 동작으로도 숨이 턱까지 차올랐다. 2년간 쓰
지 않았던 사지의 근육이 아픔으로 항의하고 있다. 그러나
벌써부터 약한 소리를 할 수는 없었다.

 어서, 어서, 하고 재촉하는 목소리가 들렸다. 온몸이 그녀
를 원하고 있다. 아스나를―유우키 아스나를 다시 한 번 이
팔에 안을 때까지 나의 싸움은 끝나지 않는다.

 애검 대신 링거대를 굳게 쥐고, 몸을 기댄 채, 나는 문을 향
해 첫 한 걸음을 내디뎠다.

(『소드 아트 온라인』 1 끝)

후기

이 『소드 아트 온라인』은 7년 전, 즉 2002년도 전격게임소설 대상에 응모하기 위해 태어나서 처음으로 쓴 장편소설입니다.

하지만 어떻게든 완성은 했어도 원고가 당시의 매수 제한이었던 120매를 훨씬 넘고 말았습니다. 이를 규정치까지 잘라내는 근성과 능력이 제게는 없었기 때문에 "이젠 됐어……."라고 중얼거리며 벽을 향해 무릎을 안고 주저앉았습니다.

그렇다곤 하지만 궁상맞은 성격이다 보니 원고를 통째로 삭제하지도 못한 채 "그렇다면 인터넷에 공개해볼까나." 생각하고 웹사이트를 개설했던 것이 그 해 가을이었습니다. 정말 운 좋게도 공개 당초부터 생각보다 많은 분들로부터 호의적인 감상을 얻을 수 있었습니다. 이를 모티베이션 삼아 속편, 번외편, 또 속편 하는 식으로 시리즈를 써가는 동안 어느덧 정신을 차리고 보니 6년이 지났습니다.

때는 흘러 2008년, 겨우겨우 다시 한 번 시도해볼 생각이 든 저는 당시 갓 완성했던 다른 작품(또다시 규정 매수를 한참 오버했지만 이번에는 간신히 120매까지 잘라내) 제15회 전격소설 대상에 응모, 넘쳐나는 행운 덕에 황공하게도 대상을 받게 되었습니다. 게다가 행운은 거기서 그치지 않았습니다. 제가 무작정 써서 쌓아두기만 한 『SAO』 시리즈의 원고를 읽어주신 담당 편집자님께서 "이것도 출판하죠!"라고 해주셨을 때의 기쁨과 감동은 잊을 수가 없습니다.

그렇다곤 하나 일말의 불안을 느꼈던 것 또한 사실이었습니다. 왜냐하면 이 작품은 여기에 열거할 자리가 없을 정도로 수많은 문제점을 내포하고 있었으니까요. 그리고 그 가장 큰 이유가 "이제까지 온라인에 공개했던 것을 출판한다고 갑자기 내려버려도 될까?"하는 망설임이었습니다.

하지만 출판을 하자는 판단을 얻을 수 있었던 것은 정말로 바늘구멍을 통과하는 듯한 타이밍이 맞아떨어진 덕이었습니다. 마침 집필이 일단락된 직후였던 것, 온라인 게임이라는 것이 사회적으로 인지되기 시작했던 것, 그리고 무엇보다 저의 담당인 미키〈일이 애인〉카즈마 씨가 아니었더라면(평소 업무로 지극히 바쁘신 가운데 모든 원고를 겨우 일주일 만에 독파해주신 데는 정말로 경악했습니다) 이 이야기는 나오지 못했을 거라고 생각하니, 이 평생에 한 번 있을까 말까 한 행운 연쇄를 붙잡지 않는다면 게이머가 아니……가 아니라, 작가가 될 수 없다! 고 결의하기에 이르러, 이렇게 페이퍼 미디어판 『소드 아트 온라인 1 아인크라드』를 출판할 수 있게 되었던 것입니다.

이 작품은 "온라인 게임이란 것도 곧 가상세계지?"라는 테마로 한없이 창작을 계속해왔던 저의 원점입니다. 여건이 되어 그 종착점까지 여러분과 함께 해나갈 수 있다면 좋겠습니다.

   '근미래 가상게임이자 판타지'라는 까다로운 설정의 스토리를 수많은 멋진 디자인으로 채색해주시고, 또한 그곳에서 싸우는 캐릭터들을 생생하게 그려주신 일러스트레이터 abec 씨, 또한 수많은 문제점을 내포한 초고를 꼼꼼히 읽고 다시 태어나게 도와주신 담당 미키 씨, 정말로 감사드립니다.

   그리고 이제까지 오랫동안 웹에서 『소드 아트 온라인』을 응원해주신 수많은 분들께도 진심으로 감사를 드립니다. 여러분의 격려가 없었더라면 이 책이 세상에 나오는 것은 물론이거니와 『카와하라 레키』도 없었을 것입니다.

   마지막이 되겠습니다만, 물론 이 책을 들고 여기까지 읽어주신 여러분께도 최대의 감사를!

2009년 1월 28일, 카와하라 레키

≪작가 특별 인터뷰≫

  안녕하세요. 〈액셀월드〉〈소드 아트 온라인〉의 한국어판 출
간을 하게 된 서울문화사 J노블의 편집장입니다. 두 책의 한
국어판 출간을 앞두고 저자이신 카와하라 레키 선생님과 인
터뷰를 하게 되었습니다. 바쁘신 와중에도 인터뷰 시간을 내
어주신 데 대해 다시 한 번 고개 숙여 감사의 인사를 드리며,
본격적인 인터뷰를 시작하도록 하겠습니다. 되도록이면 작
품 속 내용의 미리니름(네타)과 관계된 것은 제외했습니다.

  편집장 : 먼저 제15회 전격소설대상 대상 수상작인 〈액셀
월드〉와 한국 독자들 사이에 이미 인지도가 있는 〈소드 아트
온라인〉이 2009년 11월과 12월에 J노블을 통해 정식으로
발간될 예정입니다. 곧 만나게 될 한국 독자들에게 미리 인
사 한 말씀 부탁드립니다.

  카와하라 레키 : 한국 독자 여러분, 처음 뵙겠습니다. 카와
하라 레키입니다. 이번에 세계 최고의 온라인 게임 선진국인
한국에서 '액셀 월드'와 '소드 아트 온라인'이 발행되어 매
우 기쁩니다. 부디 앞으로 오랫동안 재미있게 읽어주셨으면
좋겠습니다.

편집장 : 〈액셀월드〉나 〈소드 아트 온라인〉은 출간 전에 이미 온라인상으로 연재를 하셨던 것으로 알려졌는데요, 특별한 계기가 있으셨는지?

카와하라 레키 : [액셀 월드]는 [초절가속 버스트링커]라는 제목으로 온라인상에서 발표하고 있었습니다만, 제목을 바꿔 제15회 전격 소설 대상에 응모했다가 상을 받게 되어 상업 작가로 데뷔할 수 있었습니다. 그 후 홈페이지에서 연재하던 [소드 아트 온라인]도 같은 전격문고에서 출판하게 되었습니다.

편집장 : 어째서 많은 소재 중에 게임, 그것도 일본에서는 콘솔이나 그 외 게임에 비해 그다지 게이머가 많지 않은 'MMORPG' 라는 소재를 택했는지요?

카와하라 레키 : 저는 콘솔 게임도 합니다만, 플레이 시간으로 따지면 MMORPG 쪽이 몇 십 배나 길기 때문에 MMO에는 특별히 애착이 많습니다. 또한 제가 [소드 아트 온라인]을 쓰기 시작한 2002년 당시, 일본에는 MMORPG를 주제로 한 소설이 거의 없었기 때문에 테마로 신선했다는 이유도 있었지요.

편집장 : 극중의 게임에 대한 묘사가 상당히 리얼합니다.

어떤 부분은 게임 제작자의 시점에서 봐도 매우 그럴듯하게 보입니다. 이를테면 액셀 월드 2권에서 나오는, 시간마다 리셋되는 게임 필드라는 설정은 (게임 제작자의 관점에서 봤을 때) 스테이지의 파괴가 그대로 반영되는 브레인 버스트 같은 게임에서는 서버의 부하를 줄이기 위해 반드시 필요한 장치로 생각되는데요, 혹시 게임 제작 경험이 있는 것은 아닌지?

카와하라 레키 : 칭찬해 주셔서 고맙습니다. 게임 제작 경험은 유감스럽게도 전혀 없습니다. 다만 던전을 인스턴스 맵으로 해 부하를 줄이려는 것은 최근 MMORPG에선 상식적인 수법이 되었기 때문에 이를 의식한 부분은 분명히 있습니다.

편집장 : 극중의 게임에 대한 설정이 치밀해 실제 게임으로도 옮길 수 있을 것 같습니다. 혹시 한국에서 게임화 제의가 들어올 경우 받아들일 용의가 있으신지?

카와하라 레키 : 물론 출판사나 담당 편집자님과 협의를 해야겠지만, 한국의 기술력으로 게임화를 해주신다면 저로서는 굉장히 기쁘겠습니다!

편집장 : 〈액셀월드〉에서 보면 "브레인 버스트는 소유자의 욕망이나 공포, 강박관념을 세밀하게 분석해 듀얼 아바타를 만들어낸다"라는 부분이 있습니다. 만약 본인이 버스트링커

가 된다면 듀얼 아바타는 어떤 이름의, 어떤 모습일 것 같은 가요?

카와하라 레키 : 어려운 질문이네요(웃음). 저의 최대 욕망은 [눈에 띄지 않게 조용히 있는 것]이니까 듀얼 아바타의 이름은 《그레이 스톤》. 특징은 *《돌멩이로 변신하는 것》 정도가 아닐까요. 아, 이거 쩬네임이랑 똑같네요!

편집장 : 개인적으로는 흑설공주라는 캐릭터의 카리스마에 반해, 액셀 월드의 하루유키가 부럽기 짝이 없습니다. 〈액셀 월드〉나 〈소드 아트 온라인〉 속의 캐릭터 중 특히 애착이 가는 캐릭터라든지, 남녀를 불문하고 이상형이 있는지요?

카와하라 레키 : 제 《이상형 히어로》의 남성 버전은 '소드 아트 온라인'의 키리토, 여성 버전은 '액셀 월드'의 흑설공주가 될 것 같습니다. 따라서 이 둘은 상당히 비슷한 형태를 가지고 있죠. 다만 키리토와 흑설공주는 너무나도 완벽하기 때문에, 애착이 가는 캐릭터라면 '액셀 월드'의 하루유키를 제일 먼저 꼽을 수 있겠네요. 그의 소극적인 면은 저와 매우 비슷합니다(웃음).

---

*카와하라 레키의 '레키(礫)'는 자갈돌이라는 뜻.

지금부터 드릴 질문들은 저희 편집부가 홈페이지와 커뮤니티 카페 등을 통해 독자 여러분이 선생님께 직접 묻고 싶은 질문들을 모은 것들입니다.

편집장 : 평소의 취미는, 물론 게임일 것 같지만, 좋아하는 장르는? 역시 MMORPG인가요? 혹 한국의 MMORPG도 해보신 적은 있는지요?

카와하라 레키 : 이 질문의 대답은 길어져야 할 것 같네요! 우선 제가 가장 오랜 시간 플레이한 MMORPG는 한국의 Gravity사가 제작한 'Ragnarok Online'입니다. 2001년 말 일본에서 1차 베타테스트가 시작되었을 때부터 플레이했지요. 하지만 그렇게나 오래 플레이했는데도 메인 캐릭터인 어새신 크로스가 아직까지 레벨 91이라니……(웃음). 3차 직업이 도입되었으니 열심히 해서 99까지 올린 다음 전생을 시켜볼까 합니다.

또한 제가 'Ragnarok'와 비슷할 정도로 사랑하는 것이 Blizzard사에서 제작한 'Star Craft'입니다. 한국에서는 국민적인 게임인 'Star Craft'는 일본에서는 유감스럽게도 별로 하는 사람이 없지만, 그래도 몇몇 친구들과 이따금 재미있게 대전을 합니다. 주로 사용하는 종족은 Protoss이며, 좋아하는 유닛은 Dark Templar와 Carrier입니다. 싫어하는 유닛은 Lurker죠. 지금은 'Star Craft 2'를 매우 기대하고 있는데, 아니나 다를까(웃음) 발매될 기색이 없네요!

편집장 : 선생님의 작품과 비교해 전개방식이라든지 게임
이라는 소재를 차용하는 방식이 조금 다르긴 합니다만, 한국
에서도 MMORPG를 소재로 하여 쓰여진 소설이 많은 편입
니다. 일본에서는, MMORPG를 소재로 한 소설에 대하여
어떠한 인식(반응)을 가지고 있습니까?

카와하라 레키 : 일본에서는 상업 출판된 MMORPG 소설
은 아직 적습니다만, 인터넷에 공개되는 '온라인 소설' 중에
는 MMO를 테마로 한 것이 아주, 아주 많이 존재합니다. 앞
으로는 상업소설에서도 MMORPG 장르가 늘어날 것을 기
대합니다.

편집장 : 〈소드 아트 온라인〉에서는 생활방식에 따라 플레
이어들을 크게 4종류로 나눌 수 있다는 이야기가 나옵니다
만, 선생님이 직접 〈소드 아트 온라인〉의 세계에 갇힌 상황
이 되었다면 어떤 생활을 택하셨을지 궁금하네요. 단, 주인
공이 아니라는 전제 하에서.

카와하라 레키 : 저는 도저히 주인공 키리토처럼 최전선에
서 싸울 용기가 없기 때문에, 아마 정보통이 되어 신문을 발
행하거나 하지 않을까 싶네요. 그리고 그 지면을 통해 소설

을 연재한다거나······(웃음).

편집장 : 〈소드 아트 온라인〉에서 표현되는 게임의 세계는, 최초에는 만들어진/악의가 있는 [이계]의 느낌이었습니다. 그런데 이야기가 계속 전개되면서 [또 하나의 현실]로서 작용하기 시작하고, 마지막에는 인공생명/인공세계의 존엄을 다루는 커다란 확장을 이루게 됩니다.

기본적인 주제 자체는 아인크라드 편에서부터 있었던 것 같습니다만, 저 장대한 주제의 확장에는 상당히 탄복했습니다. 집필 도중 영향을 받았거나, 참조하신 작품이 있나요?

카와하라 레키 : '소드 아트 온라인' 이라는 작품은 당초 속편 구상이 전혀 없었지만, 연재를 계속하면서 점점 스토리의 스케일이 커지는 바람에 마지막에는 작가인 저도 수습할 수 없을 정도로 확대되고 말았습니다. 이건 담당편집자가 존재하지 않는 온라인 소설이었기 때문에 일어난 현상일 거라고 생각합니다(웃음).

영향을 받은 작품은 매우 많습니다만, 가장 강한 영감을 받은 것은 *J. P. 호건 씨의 SF 소설들이었습니다. 물론 *UO 및 RO를 비롯한 수많은 MMORPG에도 많은 영향을 받았습니다.

---

*J. P. 호건 : James Patrick Hogan. 영국 태생의 SF 작가. 일본에서 엄청난 인기를 끌어 성운상 해외장편상을 세 번 수상했으며 만화로도 발매되었다. 국내에서는 '별의 계승자' 가 소개되어 있다.
*UO : 울티마 온라인. 리처드 개리엇이 제작한 세계 최초의 MMORPG.

편집장 : "제가 듣기로 한국 출판사 쪽에서 출판 제의를 했었던 것으로 압니다. 그때 이미 일본에서의 데뷔가 결정되어서 무산되었지만, 한국에서 선생님의 작품에 대한 팬들이 많았다는 것과 타국에서 출판 제의가 들어왔던 것에 어떠한 느낌을 가지셨는지 알고 싶습니다"라고 한 팬이 여쭤보셨습니다.

카와하라 레키 : 데뷔 전에 서울문화사로부터 출판 오퍼를 받았을 때는 저도 매우 놀랐으며, 또한 기뻤습니다. 일본어로 쓴, 그것도 온라인에 연재한 소설을 고생해서 읽어주시는 분이 한국에도 많이 계신다는 것은 지금도 집필에 큰 격려가 되고 있습니다. 다행히도 이번에 같은 서울문화사에서 번역판을 내게 되어 감동도 한층 더했습니다. 시리즈 끝까지 출판할 수 있었으면 좋겠다고 바랍니다.

지금까지와는 조금 다른 가벼운 질문들을 해보도록 하겠습니다. 설사 질문이 가볍지 않다 하더라도 가벼운 마음으로 대답해주세요(웃음).

편집장 : 자전거를 좋아하며 집필 구상도 자전거를 타며 한다고 저자근황에 밝혔는데, 〈액셀 월드〉 2권의 후기를 보면

하루에도 상당히 많은 시간 자전거를 타는 것 같습니다. 자전거는 역시 집필을 시작하면서 타게 된 것인가요?

카와하라 레키 : 온라인판 '액셀 월드'의 스토리는 자전거를 타며 생각했기 때문에, 굳이 말하자면 자전거가 먼저일 겁니다(웃음). 요즘은 좀처럼 시간을 낼 수가 없어 자전거도 별로 타지 못합니다만, 언젠가 시간이 나면 자전거로 며칠짜리 여행을 해 보리라 계획하고 있습니다.

편집장 : 슬럼프일 때 하는 행동은? 다른 사람에게는 없는 자신만의 습관이랄까, 버릇이 있으신지? 집필할 때 들으시는 특별한 노래가 있으신지?(단답형처럼 짧게 대답해주셔도 됩니다^^)

카와하라 레키 : ◆슬럼프일 때나 아닐 때나, 항상 패밀리 레스토랑에서 작업하고 있기 때문에 행동 자체에는 별로 다를 바가 없습니다(웃음).
　◆버릇은 여러 가지 많을 거라 생각합니다만, 저는 잘 모르겠습니다(웃음). 습관은 PC로 채팅을 하는 것이랄까요……. 이젠 온라인 상태가 아니면 불안하기 짝이 없어요!
　◆집필할 때는 항상 이어폰으로 음악을 듣는데, 집중하면 의식을 하지 않게 되니 시끄럽지 않은 곡이라면 뭐든지 듣습니다.

그럼 마지막으로 몇 가지 질문을 더 하도록 하겠습니다.

편집장 : 다음 작품을 기획하고 있다면 넌지시 귀띔 좀……. 여전히 소재는 게임이 될 것인지요? 혹 게임 외에 다루고 싶은 소재가 있다면?

카와하라 레키 : 다음 작품은 아직 구상한 것이 전혀 없습니다! 게임 외의 소재를 쓴다면 형사물 소설을 써보고 싶다는 생각은 있습니다만, 라이트노벨에서는 어려울지도 모르겠네요(웃음).

편집장 : 자신의 작품에서 독자들이 특히 캐치해 주었으면 하는 포인트가 있다면? 주제라든가, 하고 싶은 말이라든가, 혹은 네타라든가.

카와하라 레키 : 작가인 제가 읽어주시는 여러분께 테마를 강요하는 불손한 짓은 할 수 없지만, 굳이 꼽자면 저의 온라인 게임에 대한 사랑을 느껴주시면 좋겠습니다!

편집장 : 2009년이 굉장히 바쁘셨을 듯합니다. 신인 작가로서는 놀랍게도 두 타이틀을 한 해에 내셨고, 온라인상에

올라온 12월 예정표를 보니 〈소드 아트 온라인〉 3권까지 출간될 계획이라고 공개되었습니다. 2010년의 계획이나 목표, 희망이 있다면?

카와하라 레키 : 2009년은 정말로 눈 깜짝할 사이에 지나가고 있습니다. 솔직히 눈앞의 퀘스트를 해치우는 것도 힘겨웠기 때문에 아마 2010년에도 '출판 페이스를 유지하는' 것이 최대이자 최난관 퀘스트가 되지 않을까 싶네요……. 가능한 한 빨리 한국 독자 여러분께도 '액셀 월드'와 '소드 아트 온라인' 최신간을 보여드릴 수 있도록 노력하겠습니다. 부디 오랫동안 응원해 주십사, 이렇게 부탁드립니다.

감사합니다!

이렇게 긴 인터뷰에 응해주셔서 정말 진심으로 감사합니다. 선생님의 신작이 나올 때마다 이번처럼 인터뷰를 해볼까 하는데…… 괜찮으신지?(농담입니다)

아무튼 한국 독자들과 첫 만남인 이 소중한 인터뷰에 여러 곤란한 질문도 있었을 텐데 성심성의껏 대답해주셔서 정말 감사합니다. 그럼 선생님의 분신과 같은 작품을 통해 한국 독자들과 즐겁고도 행복한 소통이 이루어지길 기대하면서 이만 인터뷰를 마칩니다.

역자 후기

카와하라 레키 씨의 작품을 읽을 때면 페이지가 많아 행복합니다.

카와하라 레키 씨의 작품을 읽을 때면 페이지가 많아 절망합니다.

안녕하세요, 역자입니다.

이번에도 힘겹게 힘겹게 마감을 끝냈습니다. 죄송해요, 편집부.

그래도 재미있네요, 이거. 왜 웹에 올라올 때부터 서울문화사에서 눈독을 들였는지 알 것 같습니다.

저는 '액셀 월드'를 통해 팬이 된 입장이지만, 올드게이머인 데다 오랫동안 게임계에 몸담았던지라 본격 (VR)MMORPG를 표방하고 있는 SAO 쪽이 조금 더 마음에 드네요. 세계관이나 게임 시스템도 제가 좋아하던 옛날 MMO의 향수가 느껴지는 부분들이 있어서 더더욱 그랬던 것 같습니다. 이를테면 전투를 하지 않고 생산계 스킬만으로도 살아갈 수 있다는 것은 울티마 온라인 이후로는 찾아보기 힘들어진 정책이니까요(요즘 나온 그런 게임 알고 계시면 추천해 주세요).

액셀 월드 때도 느꼈지만 카와하라 레키 씨의 게임 시스템에 대한 높은 이해도에는 역시 감탄을 금할 수가 없습니다. 언뜻 황당무계한 초미래 게임인 것만 같지만, 이를 실제 게임으로 '구현'하기 위해서는 어떻게 해야 하는가를 나름대로 고심한 흔적이 엿보입니다.

다만 우리나라와는 조금 다른 게임 문화로 인해 독자 여러분들이 고개를 갸웃거릴 만한 부분도 있겠더군요. 이를테면 온라인 게임을 '구입한다'는 개념은 다운로드 컨텐츠가 발달한 우리나라에서는 매우 생소한 것입니다. 참고로 외국에서는 온라인 게임도 콘솔이나 패키지 게임처럼 돈을 주고 구입을 하는 경우가 많습니다. 과금체계도 정액제가 대부분이죠. 다만 이용료가 저렴한 것은 꽤 매력적입니다.

용어에 있어서도 우리나라와는 다르게 쓰이는 부분이 몇몇 있었습니다. 이런 부분은 속어 같은 느낌이 들지 않는 범위 내에서 최대한 우리나라 실정에 가깝게 번역했습니다.

뭐 그런 것들을 차치하고서라도, SAO에는 만국의 게이머들이 공통적으로 느낄 수 있는 '재미'가 담겨 있습니다. 또한 거기에서 그치지 않고, 미래의 VR 게임에 대한 비전과 함께 가상현실의 인격과 생명 같은 깊은 주제도 함께 다루고 있죠.

이에 대해서는 2권에서 보실 수 있을 겁니다. 아인크라드라는 가상의 현실을 살아가는 사람들의 생활상과 저마다의 상념이 좀 더 자세히 담겨 있으니까요.

그럼 저는 2권에서 다시 뵙겠습니다.

2009년 11월
김완
다들 광렙득템즐겜하세요. (……)

　-여담 : 히스클리프 같은 캐릭터야말로 이른바 사기캐……. 옛날에 모 게임의 운영자를 잠깐 한 적이 있습니다만, 모든 운영자가 이러는 건 아닙니다. 영자캐로 이런 짓하면 혼나요.

SWORD ART ONLINE_소드 아트 온라인 1
〈아인크라드〉

2009년 12월 10일 제1판 제1쇄 발행
2014년 8월 10일 제2판 제26쇄 발행

지음 | 카와하라 레키
일러스트 | abec
옮김 | 김완

발행인 | 이정식
편집인 | 최원영
편집팀장 | 조병권
편집담당 | 심이슬
일본어판 오리지널 디자인 | BEE-PEE
한국어판 디자인 | Design Plus
라이츠담당 | 변혜경
마케팅책임 | 안영배
마케팅담당 | 한성봉
제작담당 | 박석주

발행처 | (주)서울문화사
등록일 | 1988년 2월 16일
등록번호 | 2-484
주소 | 서울특별시 용산구 새창로 221-19
전화 | (02)799-9181(편집), (02)791-0757(마케팅)
인쇄처 | 코리아 피앤피

ISBN 978-89-263-2924-5
ISBN 978-89-263-1086-1 (세트)

서울문화사 점프 / J-Novel 공식 커뮤니티
http://www.jumpcomix.co.kr

J-Novel 공식 홈페이지
http://www.jnovel.co.kr

J-Novel 공식 카페
http://cafe.naver.com/jnovel21

서울문화사 J-Novel과
여러 작품들의 최신 정보, 소식을 얻을 수 있는 곳!!
J-Novel은 매월 10일 발행됩니다!!

검초가 천변만화하는
장대한 판타지 서사시
제3탄!!

성검의
블랙스미스

The Sacred Blacksmith #1.Knight **3**

일본 현지 애니메이션 뜨거운 인기 속 절찬방영 중!!
초판한정 특별선물! 제2, 3권 책갈피 동시 증정!!

Illustration: LUNA© 2007 by Isao Miurs / MEDIA FACTORY,Inc

새로운 몬스터의 위협!
점점 팀워크를 더해가는 세실리와 루크!
그리고 아리아와 리사가 펼치는
성검 액션-!!!

세실리의 질타로 태도를 누그러뜨린 루크는,
들풀을 채집하는 리사를 돕는다.
이때 세실리가 사는 독립교역도시 하우스먼에서는
몬스터의 무차별 살육사건이 발생한다.
세실리 및 자위기사단의 눈앞에 나타난 몬스터는
온몸에 검과 창이 난, 너무나 기괴한 형태였다.
기사단이 목숨을 걸고 포위하지만, 몬스터는
재투성이 숲을 향해 달아나기 시작하는데…?!

미우라 이사오 지음 | **루나** 일러스트 | **김완** 옮김

제1~3권 절찬 판매중!

서울문화사 라이트노벨

J
NOVEL

언젠가는 대마왕 4

만화도 금방 등장합니다~!!

Illustration: 伊藤宗一 ©水城正太郎 2008 by HOBBY JAPAN Co.,Ltd.

"마왕, 눈을 뜨다."

충격적 전개가 펼쳐지는 러브코미디&배틀 제4탄!!

결혼 허락 자리인 줄 모르고 준코의 고향 이가를
방문한 아쿠토, 하지만 그가 한창 준코의 부모님을 만날 때,
학교에 남은 케나에게는 암살자의 마수가 뻗쳐온다.
암살 지령의 배후는? 갑자기 학교에 나타난
야마토 보이치로의 목적은?
암살 지령을 알게 된 아쿠토가 굳게 결심한
내용은 무엇인가?!

미즈키 쇼타로 지음 | **이토 소이치** 일러스트 | **김해룡** 옮김

서울문화사와 엔소니가 함께 하는
HOT한 이벤트!!

소설 보고~ 모바일 게임도 받고~ 초대박 경품까지~!

모바일 리듬게임의 지존 〈뮤직레볼루션〉

★ 스토리 모드로 흥미진진하게~!!
★ 미션 모드로 박진감 넘치게~!!
★ 프리 모드로 개성 넘치게~!!

EVENT 서울문화사 독자만을 위한 대박 이벤트!!

37#82+nete/show/oz로 접속!!
체험판 게임 100% 공짜, 정식판 게임을 다운 받으시면 국내에서 쉽게 구할 수 없는
일본 오리지널 캐릭터 상품들을 추첨을 통해 드립니다.

체험판 게임 100% 공짜 / 엔소니 무료게임 100명

| 학생회 일존 시계 1명 | 명탐정 코난 캘린더 20명 | 블리치 피규어 1명 | 제로의사역마 티셔츠 8명 |

---

* 〈뮤직레볼루션〉 다운로드 이용료: 3천원
* 자세한 이벤트 내용은 엔소니 홈페이지를 통해 확인(www.ensony.com)
* 게임 다운로드 시 별도의 패킷료(1KB당 3.5원)가 발생합니다.

서울문화사 ensony